Jim Thompson

Muttersöhnchen

Kriminalroman

Aus dem Amerikanischen von Andre Simonoviescz

Diogenes

Titel der 1963 bei Regency, Evanston, Illinois,
erschienenen Originalausgabe:
›The Grifters‹

Die deutsche Erstausgabe
erschien 1987 unter dem Titel ›Die Abzocker‹
im Ullstein Verlag, Berlin
Umschlagzeichnung von
Tomi Ungerer

www.diogenes.ch
20/09/44/2
ISBN 978 3 257 22765 9

1

Als Roy Dillon aus dem Laden herausstolperte, war sein Gesicht von einem kränklichen Grün überzogen, und jeder Atemzug bereitete ihm unglaubliche Schmerzen. Ein harter Schlag in den Magen kann einem Mann zusetzen, und Dillon hatte wirklich einen harten Schlag einstecken müssen. Nicht mit der Faust, was schlimm genug gewesen wäre, sondern mit dem dicken Ende eines schweren Baseballschlägers.

Irgendwie hatte er es geschafft, sich zu seinem Wagen zu schleppen, wo er sich auf den Sitz gleiten ließ. Aber zu mehr war er nicht in der Lage. Er stöhnte auf, als die Bauchmuskeln sich beim Positionswechsel verkrampften; dann lehnte er sich mit einem unterdrückten Röcheln aus dem Wagenfenster.

Mehrere Wagen fuhren vorbei, während er sich auf die Straße erbrach; die Insassen lächelten, verzogen das Gesicht mitleidig oder schauten angeekelt in eine andere Richtung. Aber Roy Dillon fühlte sich zu elend, um es zu bemerken, und selbst wenn, wäre es ihm egal gewesen. Als sein Magen sich endlich entleert hatte, fühlte er sich besser, aber immer noch nicht gut genug, um loszufahren. Doch inzwischen hatte ein Streifenwagen hinter ihm angehalten – ein Wagen des Bezirkssheriffs, denn er war in einem Vorort von Los Angeles, nicht in der Stadt selbst unterwegs –, und darum war es auch ein Debuty in der braunen Uniform, der ihn aufforderte, zum Gehsteig hin auszusteigen.

Dillon stieg mit weichen Knien aus.

»Einen zuviel getankt, Mister?«

»Was?«

»Vergessen Sie's.« Der Bulle hatte schon gemerkt, daß sein Atem nicht nach Alkohol roch. »Darf ich mal Ihren Führerschein sehen?«

Dillon zeigte ihn vor und ließ dabei gleichzeitig, scheinbar unabsichtlich, ein großes Sortiment von Kreditkarten sehen. Das Mißtrauen verflüchtigte sich aus dem Blick des Bullen und machte Besorgnis Platz.

»Es scheint Ihnen wirklich nicht gut zu gehen, Mr. Dillon. Haben Sie eine Ahnung, weshalb?«

»Ich schätze, das Mittagessen. Ich hätte es gleich wissen müssen; das Sandwich mit Hühnersalat – es schmeckte etwas komisch – aber ...« Er ließ den Satz unbeendet und lächelte reumütig.

»Mmmh-mmh«, der Bulle nickte grimmig. »Das Zeug macht einen so richtig fertig. Tja ...« Er sah Dillon abschätzend von Kopf bis Fuß an. »Geht's Ihnen jetzt besser? Soll ich Sie zu einem Arzt fahren?«

»Oh, nein. Mir geht's gut.«

»Wir haben einen Sanitäter, ganz in der Nähe, auf unserer Wache. Macht mir überhaupt nichts aus, Sie rüberzufahren.«

Roy lehnte ab, höflich, aber bestimmt. Jedes längere Zusammensein mit Bullen würde zu einer Aktennotiz führen, und jede Art von Akte war bestenfalls ein Ärgernis. Bis jetzt hatte er es vermieden, daß sein Name irgendwo auftauchte; die Streitereien, die er wegen seiner Trickbetrügereien gehabt hatte, waren den Bullen unbekannt geblieben. Und es sollte so bleiben.

Der Deputy ging zum Streifenwagen zurück und fuhr mit seinem Kollegen davon. Roy winkte ihnen zum Abschied lächelnd nach und stieg dann wieder in seinen Wagen ein. Vorsichtig, er bebte etwas, zündete er sich eine Zigarette an. Als er schließlich davon überzeugt war, daß er sich nicht mehr erbrechen würde, zwang er sich dazu, sich tief in die Polster zurückzulehnen.

Er befand sich in einem der Vororte von Los Angeles, einem von vielen, der sich der Eingemeindung trotz wechselseitiger Abhängigkeiten und des Mangels an sichtbaren Grenzen widersetzte. Von hier aus waren es fast dreißig Meilen bis zur City, und zu dieser Tageszeit waren diese dreißig Meilen besonders lang. Er mußte in besserer Verfassung sein, sich noch etwas ausruhen, bevor er sich in den abendlichen Stoßverkehr stürzen konnte. Und noch wichtiger war, die Einzelheiten der eben erlebten Katastrophe zu rekonstruieren, solange er noch alles frisch im Gedächtnis hatte.

Er schloß die Augen für einen Moment. Dann öffnete er sie wieder und richtete den Blick auf die sich verändernden Lichter der nahen Ampel. Und plötzlich, ohne den Wagen zu verlassen – physisch zu verlassen –, war er wieder im Laden. Trank eine Limonade aus dem Sodaspender, während er sich unauffällig umschaute.

Es sah nicht viel anders aus als in anderen kleinen Läden in Los Angeles: kleine Sodaspender, ein oder zwei Vitrinen mit Zigarren, Zigaretten und Süßigkeiten und überladene Regale mit Illustrierten, Taschenbüchern und Grußkarten. An der Ostküste hießen solche Läden Schreibwaren- oder Süßigkeitengeschäfte. Hier nannte man sie Konditorei oder einfach »Fountains« wegen der Sodaspender.

Dillon war der einzige Kunde im Laden. Außer ihm war nur noch der Verkäufer anwesend, ein großer, fett aussehender junger Mann von etwa neunzehn oder zwanzig. Während Dillon die Limonade austrank, beobachtete er den jungen Mann, wie dieser das Eis um die Kühlbehälter verteilte; seine Arbeitsweise war eine paradoxe Mischung aus Pedanterie und Nachlässigkeit. Von seinem Gesicht konnte man ablesen, daß er genau wußte, was zu tun war, daß er aber auf Teufel komm raus keinen einzigen Handschlag zuviel tun würde. Bloß keine Anstrengung, er brauchte niemandem zu imponieren. Der Sohn des Chefs, entschied Dillon, stellte sein Glas hin und rutschte vom Hocker. Er schlenderte zur Kasse hinüber, und der junge Mann legte den abgesägten Baseballschläger beiseite, mit dem er das Eis zerstoßen hatte. Und nachdem er sich die Hände an der Schürze abgewischt hatte, ging auch er zur Kasse hinüber.

»Zehn Cents«, sagte er.

»Und noch ein Päckchen Pfefferminz.«

»Zwanzig Cents.«

»Zwanzig Cents, soso.« Roy begann in seinen Taschen zu wühlen, während der Verkäufer ungeduldig herumzappelte. »Also, ich weiß genau, daß ich hier irgendwo Kleingeld habe. Es muß einfach hier sein. Ich frage mich, wo zum Teufel ...«

Verzweifelt schüttelte er den Kopf und holte seine Brieftasche heraus. »Tut mir leid. Macht es Ihnen was aus, einen Zwanziger zu wechseln?«

Der Verkäufer riß ihm den Schein fast aus der Hand. Er knallte ihn auf den Rand der Registrierkasse und zählte das Wechselgeld aus dem Fach ab. Dillon nahm es abwesend entgegen und setzte dabei die unbeholfene Suche in seinen Taschen fort.

»Also, ist das nicht zum Verrücktwerden? Wenn man genau weiß, daß man etwas bei sich hat, aber ...« Er unterbrach sich, die Augen weiteten sich, als er zufrieden lächelte. »Da sind sie ja – zwei Dimes! Geben Sie mir einfach den Zwanziger zurück, ja?«

Der Verkäufer nahm ihm die beiden Münzen ab und warf ihm den Schein fast zurück. Dillon drehte sich lässig zur Tür um und blieb auf seinem Weg zum Ausgang am Illustriertenständer stehen, um sich das Angebot ohne großes Interesse anzusehen.

Damit hatte er heute schon zum zehnten Mal den *Zwanziger* erfolgreich durchgeführt, einen der drei Standardtricks aus dem Repertoire der kleinen Schwindler. Die beiden anderen waren der *Smack* und der *Tat*, beide brachten normalerweise mehr ein, waren aber weder so schnell noch so sicher. Es gab Dummköpfe, die auf den *Zwanziger* wiederholt hereinfielen, ohne überhaupt Verdacht zu schöpfen.

Dillon sah nicht, wie der Verkäufer hinter der Theke hervorkam. Der Typ war plötzlich einfach da; das Gesicht zu einer ärgerlichen Grimasse verzogen, schwang er den abgesägten Schläger wie einen Rammbock.

»Dreckiger Dieb«, schnaufte er wütend. »Dreckige Diebe wie du betrügen mich immer wieder, und Papa schimpft mich dafür aus!«

Das dicke Ende des Schlägers grub sich in Dillons Magen. Selbst der Verkäufer war von der Wirkung überrascht. »Also, Sie können es mir wirklich nicht übelnehmen, Mister«, stammelte er. »Sie haben mich dazu provoziert. Ich – ich habe Ihnen das Wechselgeld für Ihren Zwanziger zurückgegeben und – und ...«, seine selbstgerechte Wut geriet ins Wanken. »W-wirklich, Mister, Sie w-wissen genau, daß Sie das getan haben, Mister.«

Roy fühlte nur seinen Schmerz. Er drehte sich mit tränenden Augen zu dem Verkäufer um und sah ihn schmerzerfüllt und schockiert an. Dieser Blick ließ den jungen Mann zu einem Nichts zusammenschrumpfen.

»Es war einfach n-nur ein Versehen, Mister. S-Sie haben sich vertan, und ich hab m-mich vertan, und – Mister!« Er wich entsetzt zurück. »S-schauen Sie mich nicht so an!«

»Du hast mich umgebracht«, röchelte Dillon. »Du hast mich umgebracht, du dreckiger Hundesohn!«

»Nee! B-bitte sagen Sie d-das nicht, Mister!«

»Ich bin so gut wie tot«, röchelte Dillon. Und dann hatte er es irgendwie geschafft, den Laden zu verlassen.

Und jetzt, als er in seinem Wagen saß und den Vorfall rekonstruierte, konnte er keinen Fehler erkennen, seine Technik war perfekt gewesen. Er hatte eben Pech gehabt. Er war einfach einem Irren in die Arme gelaufen, und Irre waren nun mal unberechenbar.

Womit er recht hatte. Und er irrte sich auch nicht in anderer Hinsicht, auch wenn er es noch nicht wußte.

Während er nach Los Angeles zurückfuhr – wobei er im immer dichter werdenden Verkehr dauernd bremsen oder beschleunigen, anhalten und wieder anfahren mußte –, starb er mit jeder Minute, die verging.

Wenn er die richtige Pflege bekommen würde, konnte er dem Tod vielleicht entgehen. Andernfalls hatte er nicht mehr als drei Tage zu leben.

2

Roy Dillons Mutter stammte aus einer Familie verlumpter weißer Hinterwäldler. Sie war dreizehn, als sie einen dreißigjährigen Gleisarbeiter heiratete, und noch nicht einmal vierzehn, als sie Roy zur Welt brachte. Ungefähr einen Monat nach der Geburt verunglückte der Ehemann tödlich, und sie war Witwe. Dank der Umstände seines Todes war sie, jedenfalls gemessen an den Maßstäben der Gemeinde, in der sie lebte, recht wohlhabend. Jeden Monat konnte sie ganze zweihundert Dollar nur für sich allein ausgeben. Und genau das hatte sie auch vor.

Ihre Familie, der sie Roy sofort überließ, hatte andere Vorstellungen. Sie behielten den Jungen drei Jahre lang, und es gelang ihnen manchmal, ihrer Tochter ein paar Dollar abzuschwatzen. Dann erschien eines Tages Lillys Vater in der Stadt; im einen Arm hielt er Roy, mit der anderen Hand schwang er eine Pferdepeitsche. Und dann begann er seine Lebensphilosophie, daß Mädchen nie zu alt sind, ein paar übergezogen zu bekommen, in die Tat umzusetzen.

Da sich Lilly Dillons Persönlichkeit schon vor langer Zeit herausgebildet hatte, zeigten die Peitschenhiebe wenig Wirkung. Aber da sie keine andere Wahl hatte, behielt sie Roy bei sich; und wegen der drohenden Ankündigung ihres Vaters, sie zu kontrollieren, zog sie fort.

Sie ließ sich in Baltimore nieder, wo sie eine lukrative und wenig anstrengende Arbeit als Bardame fand. Oder, um genauer zu sein, es war wenig anstrengend, wie sie ihre Arbeit tat. Lilly Dillon plagte sich für niemanden ab, schon gar nicht für ein paar Dollar oder ein paar Drinks. Ihre sprichwörtliche Hartherzigkeit verärgerte ihre Klienten oft, aber dafür fand sie das Wohlwollen ihrer Arbeitgeber. Schließlich gab es genug Flittchen und lose Weiber, die man für ein Lächeln oder einen Gin haben konnte. Aber eine intelligente junge Frau, eine Puppe, die nicht nur toll aussah und ein sicheres Auftreten hatte, sondern auch noch *intelligent* war – nun, so eine Frau konnte man gebrauchen.

Man betraute sie mit immer verantwortungsvolleren Aufgaben. Als leitende Hostess einer Bar, als Anwerberin für eine Kette von Bars; als Detektivin, die Angestellte überführte, die in die eigene Tasche wirtschafteten oder durch Unfähigkeit Geld verloren; als Kurier; als Kontaktperson; als Kundschafterin für Beutezüge; als Schuldeneintreiberin und Zahlmeisterin. Und so stieg sie immer weiter die Leiter hinauf – oder sollte man besser sagen, fiel sie hinunter? Das Geld jedenfalls floß in Strömen, aber davon fiel wenig für Roy ab.

Sie wollte ihn in ein Internat stecken, änderte aber fast beleidigt ihre Meinung, als man ihr die Kosten nannte. Ein paar tausend im Jahr, plus zahlreiche Extras – und das nur, um auf ein Kind aufzupassen! Nur um ein Kind daran zu hindern, Dummheiten anzustellen! Ha, für soviel Geld konnte sie sich schon eine Nerzjacke kaufen.

Sie entschied, daß man sie wohl für einen Trottel hielt. Sie würde also selbst auf Roy aufpassen, obwohl er eine Nervensäge war. Und wehe, er würde etwas anstellen – sie würde ihm bei lebendigem Leibe die Haut abziehen.

Sie war natürlich mit einigen unauslöschbaren Instinkten ausgestattet; und auch wenn diese ausgehöhlt und abgenutzt waren, so gab es doch gewisse, wenn auch seltene Momente, in denen sie sich Gewissensbisse machte. Und gewisse Pflichten mußten erledigt werden, sei es auch nur, um den Schein zu wahren. Und um den Unannehmlichkeiten zu entgehen, die die Vorwürfe der Vernachlässigung nach sich gezogen hätten. Jedenfalls war es offensichtlich, und Roy nahm es instinktiv wahr: Was immer sie tat, war reiner Egoismus; entweder aus Angst, oder weil sie ihr Gewissen beruhigen wollte.

Im großen und ganzen verhielt sie sich wie eine egoistische ältere Schwester gegenüber ihrem kleinen, störenden Bruder. Sie stritten sich. Es machte ihr Spaß, seinen Teil eines Essens, das er besonders mochte, zu verschlingen, während er in hilfloser Wut auf den Boden stampfte.

»Du bist gemein! Du bist eine dreckige, verfressene Sau, genau das bist du!«

»Hör auf, mich zu beschimpfen, du Pimpf!« – und sie schlug ihn. »Dich werd ich's lernen!«

»Lern mich, lern mich! Du bist sogar zu doof, lehren zu sagen!«

»Hab ich doch gesagt! Ich hab lehren gesagt!«

Er war ein hervorragender Schüler und benahm sich vorbildlich. Lernen fiel ihm leicht, und gutes Benehmen war für ihn einfach selbstverständlich. Warum sollte er Ärger riskieren, wenn es ihm doch nichts einbrachte? Warum sollte er ganz umsonst nach Schulschluß nachsitzen, wenn er zur gleichen Zeit gewinnbringend Zeitungen verkaufen konnte, Besorgungen erledigen oder als Caddy beim Golf arbeiten konnte? Zeit war Geld, und in der ganzen Welt drehte sich alles ums Geld.

Als der intelligenteste und bravste Schüler war er natürlich ein Ziel für den Unmut der Klassenkameraden, deren Leistungen und Verhalten zu wünschen übrigließen. Aber wie grausam oder häufig er auch verprügelt wurde, Lillys Kommentare waren immer zynisch.

»Was, nur einen Arm?« würde sie sagen, wenn er einen verrenkten und geschwollenen Arm vorzeigte.

Oder wenn man ihm einen Zahn ausgeschlagen hatte: »Was, nur einen Zahn?«

Und wenn man ihn so richtig durchgeprügelt und ihm anschließend Schlimmeres angedroht hatte, hieß es: »Was willst du eigentlich? Sie können dich vielleicht umbringen, aber sie können dich nicht auffressen.«

Seltsamerweise trösteten ihn ihre zynischen Bemerkungen in gewisser Weise. Oberflächlich betrachtet waren sie schlimmer, als wenn sie nichts gesagt hätte, es war einfach noch Salz in seine Wunden; aber in ihnen lag eine gefährliche und brutale Lebensphilosophie: eine Art Fatalismus, Fressen oder Gefressenwerden, der einfach in den Abgrund führen mußte.

Er mochte Lilly nicht, aber er bewunderte sie mehr und mehr. Sie hatte ihm immer das Leben schwergemacht, womit ihm die gleiche großzügige Behandlung zuteil geworden war wie allen Menschen, denen sie begegnete. Aber sie war erfolgreich. Sie wußte genau, was das Beste für sie war.

Sie blieb hart, bis er ein Teenager war, ein gutaussehender junger Mann mit rabenschwarzem Haar und weit auseinanderliegenden grauen Augen. Dann, und er amüsierte sich heimlich darüber, stellte er eine subtile Veränderung in ihrem Verhalten fest. Ihre Stimme wurde weicher, wenn sie mit ihm sprach, und in ihren Augen konnte er eine unterdrückte Lust ablesen, wenn sie ihn anschaute. Und wenn er sie so ansah und genau wußte, warum sie sich verändert hatte, machte es ihm ein höllisches Vergnügen, sie zu verhöhnen.

Stimmte etwas nicht? Wollte sie, daß er für eine Weile verschwände und sie allein ließe?

»Oh, nein, Roy. Wirklich nicht. I-ich bin gern mit dir zusammen.«

»Aber Lilly. Ich weiß, daß du nur höflich sein willst. Ich geh besser gleich.«

»Bitte, Schatz ...« Sie biß sich angesichts der ungewohnten Koseform auf die Lippen, Schamröte breitete sich auf ihrem schönen Gesicht aus. »Bleib bitte hier. Schließlich bin ich – bin ich d-deine M-Mutter.«

Aber nicht doch – hatte sie es denn vergessen? Er konnte sich noch gut erinnern, daß sie ihn immer für ihren jüngeren Bruder ausgegeben hatte; und jetzt war es zu spät, um ihre Geschichte zu ändern.

»Ich werd dich sofort allein lassen, Lilly. Ich weiß, du willst mich nur nicht verletzen.«

Er war früh erwachsen geworden, was nur natürlich war. Mit siebzehn, kurz vor seinem achtzehnten Geburtstag im Frühjahr, als er sein Examen auf der Highschool machte, war er so erfahren wie ein Mann in den Zwanzigern.

Am Abend nach dem letzten Examen sagte er Lilly, daß er sie verlassen würde. Für immer.

»Ausziehen ...?« Er wußte, daß sie so etwas erwartet hatte, aber glaubte nicht, daß sie es so ohne weiteres hinnehmen würde. »A-aber – aber das geht doch nicht! Du mußt aufs College gehen.«

»Kann ich nicht. Kein Geld.«

Sie lachte unsicher auf und nannte ihn »Dummerchen«; sie vermied es, ihn anzusehen, sie weigerte sich, die Ablehnung anzuerkennen, obwohl sie sie erwartet hatte.

»Natürlich hast du Geld dafür! Ich habe genug, und alles, was mir gehört, gehört auch dir. Du ...«

»Alles, was ich habe, gehört auch dir.« Roys Augen verengten sich zu Schlitzen. »Das wäre ein guter Titel für ein Lied, Lilly.«

»Du kannst auf ein wirklich gutes College gehen, Roy. Harvard, Yale, oder wie immer sie heißen. Deine Zensuren sind gut genug dafür, und mit meinem Geld – unserem Geld ...«

»Wirklich, Lilly. Du weißt genau, daß du das Geld für dich selbst brauchst. Das war doch immer so.«

Sie zuckte zusammen, als hätte er sie geschlagen. Ihre Gesichtsmuskeln bewegten sich, als hätte sie Schmerzen, und das enge, maßgeschneiderte Kostüm schien plötzlich schlaff an ihr zu hängen: Sie war ein Opfer der eigenen Lebensmoral, sie hatte alles bekommen, aber nichts war ihr gegeben worden. Einen Augenblick lang war er bereit nachzugeben. Er hatte sogar fast Mitleid mir ihr.

Und dann verdarb sie alles. Sie begann zu weinen, laut loszuheulen wie ein Kind. Das war wirklich eine lächerliche, dumme Reaktion von Lilly Dillon, und wie um ihre groteske und peinliche Entgleisung zu krönen, setzte sie einen fatalen Höhepunkt:

»Sei nicht so gemein zu mir, Roy. Bitte, bitte, tu es nicht. D-du – du brichst mir das Herz.«

Roy lachte laut. Er konnte sich nicht zurückhalten:

»Was, nur ein Herz, Lilly?«

3

Roy Dillon lebte im Hotel Grosvenor-Carlton, ein Name, der einen Rang vortäuschen sollte, der absolut nicht angemessen war. Großspurig warb die Hotelleitung mit »hundert Räumen und hundert Badezimmern«, aber dies war eine absolute Täuschung. In Wirklichkeit gab es nur achtzig Räume und fünfunddreißig Badezimmer, und darin waren die Gemeinschaftsbäder auf den Etagen und die zwei Toiletten, die von der Hotelhalle abgingen und eigentlich keine richtigen Badezimmer waren, schon inbegriffen.

Das Hotel hatte vier Etagen, eine weiße Sandsteinfassade und ein kleines Foyer mit Steinfußboden. Die Angestellten waren ältere Rentner, die mehr als zufrieden waren, für ein winziges Gehalt und ein kostenloses Zimmer arbeiten zu können. Der schwarze Page, dessen einziges Uniformstück eine ehemalige Schaffnermütze war, arbeitete gleichzeitig auch als Hauswart und Fahrstuhlführer, außerdem war er für sämtliche Reparaturen zuständig. Angesichts solcher Arbeitsbedingungen ließ der Service etwas zu wünschen übrig. Aber wie der gönnerhaft-redselige Besitzer konstatierte, jeder Gast, dem es hier nicht gefiel, konnte sich sofort auf den Weg zu einem der Beverly Hill Hotels machen, wo er zweifellos ein kleines, nettes Zimmer für fünfzig Dollar pro Tag bekommen konnte – im Gegensatz zum Mindestpreis des Grosvenor-Carlton von fünfzig Dollar pro Monat.

Im großen und ganzen gab es keinen Unterschied zwischen dem Grosvenor-Carlton und den zahlreichen Hotels für Familien und Geschäftsreisende, die man überall auf der West Seventh Street und Santa Monica sowie den anderen Hauptverkehrsstraßen des westlichen Los Angeles findet; Adressen für pensionierte Ehepaare sowie berufstätige Frauen und Männer, die eine ruhige Unterkunft brauchen. Vor allem die letztere Gruppe war häufig im Hotel anzutreffen – männliche Angestellte, Verkäufer und Büropersonal, denn der Besitzer hatte ein ausgesprochenes Vorurteil gegenüber alleinstehenden Frauen.

»Sagen wir es einmal so, Mr. Dillon«, führte er im Laufe ihres ersten Treffens aus. »Wenn ich ein Zimmer an eine Frau vermiete, muß es ein Bad haben. Darauf bestehe ich, denn wissen Sie, andernfalls besetzt sie die ganze Zeit das Badezimmer im Korridor, wäscht sich dauernd die Haare, ihre Kleidung und alles andere, was ihr verdammt noch mal in den Kram kommt. Also, der Mindestpreis für ein Zimmer mit Bad beträgt siebzehn Dollar pro Woche – fast achtzig Dollar im Monat, bloß um ein Zimmer zum Schlafen zu haben, und Kochen ist auch untersagt. Und wieviel Miezen verdienen schon so viel, daß sie achtzig Dollar im Monat für ein Zimmer zum Schlafen bezahlen können, dann noch fürs Essen im Restaurant Geld ausgeben, sich Kleider kaufen und für wer weiß was alles für Schmierzeug zahlen können, das sie sich aufs Gesicht schmieren, das ihnen der liebe Gott gegeben hat und – und –, Sie sind doch ein gottesfürchtiger Mann, Mr. Dillon?«

Roy nickte aufmunternd, um nichts in der Welt hätte er den Hotelbesitzer unterbrochen. Menschen waren sein Geschäft, und darum mußte er sie kennenlernen. Und der einzige Weg, sie kennenzulernen, war, ihnen zuzuhören.

»Eben, ich nämlich auch. Ich und meine verstorbene Frau – Gott sei ihrer Seele gnädig – traten gleichzeitig in die Kirche ein. Das war vor siebenunddreißig Jahren, unten in Wichita Falls, in Texas, wo ich mein erstes Hotel hatte. Und da hab ich meine ersten Erfahrungen mit den Miezen gemacht. Die verdienen einfach nicht genug, um im Hotel leben zu können, wissen Sie, und es gibt nur einen Weg für sie, es sich zu beschaffen: Indem sie sich verkaufen, den netten kleinen Hintern, den sie alle haben. Zuerst machen sie es nur dann und wann, gerade mal so oft, um sich zu holen, was sie brauchen. Aber bald sind sie vierundzwanzig Stunden am Tag dabei; zum Teufel, warum nicht, sagen sie sich. Sie brauchen ja nur ihr süßes kleines Loch aufzumachen, und schon klingelt die Kasse; und es macht ihnen ja nichts aus, wenn sie nem Hotel einen schlechten Ruf verschaffen.

Oh, ich sag es Ihnen, Mr. Dillon, ich habe überall in unserem wunderbaren Land Hotels gehabt, aber eins weiß ich genau: Huren und Hotels, das paßt einfach nicht zusammen. Es verstößt gegen Gottes Gesetze und gegen die der Menschen. Man sollte glauben, die Bullen hätten genug damit zu tun, *richtige* Verbrecher zu fangen, statt nach Nutten zu suchen. Aber wie man so schön sagt: Die Kleinen hängt man, die Großen läßt man laufen, und ich stell mich nicht dagegen. Ein bißchen Vorbeugung, das ist mein Motto. Wenn man die Miezen raushält, hält man auch die Huren raus; und dann hat man ein sauberes, respektables Hotel wie dieses hier, wo man nicht nen Haufen Bullen rumhängen sieht. Wirklich, wenn jetzt ein Bulle hier reinkommt, weiß ich, daß es ein Neuer ist, und ich sag ihm, daß er sich erst mal auf dem Revier erkundigen soll, bevor er wiederkommt. Und er kommt nie wieder, denn man sagt ihm, daß es verdammt noch mal nicht notwendig ist, denn das hier ist ein Hotel und kein Puff.«

»Das freut mich zu hören, Mr. Simms«, sagte Roy wahrheitsgemäß. »Ich war immer vorsichtig, wenn es darum ging, mir eine Bleibe auszusuchen.«

»Das sollte ein Mann auch sein«, sagte Simms. »So, jetzt lassen Sie uns mal sehen. Sie wollten eine Zweizimmersuite, das heißt, Wohn-, Schlafzimmer und Bad. Muß zugeben, daß hier nicht häufig nach einer Suite gefragt wird. Habe die Suiten darum geteilt, in Zimmer mit und ohne Bad. Aber ...«

Er schloß eine Zimmertür auf und führte seinen zukünftigen Mieter in ein großes Schlafzimmer, dessen hohe Decke verriet, daß es vor dem Krieg gebaut worden war. Die Verbindungstür führte in ein anderes, identisch aussehendes Zimmer, abgesehen davon, daß es kein Bad hatte. Dies war früher das Wohnzimmer gewesen, und Simms versicherte Roy, daß es in kürzester Zeit wieder in ein solches zurückverwandelt werden könnte.

»Aber sicher, wir können das Schlafzimmermobiliar ausräumen und sofort die Wohnzimmermöbel reinstellen – Schreibtisch, Sofa, Sessel, was immer Sie wollen, natürlich in Grenzen. Die Möbelstücke gehören zum Besten, was Sie jemals gesehen haben.«

Dillon sagte, daß er sie sich gern ansehen wolle, und Simms führte ihn in einen Lagerraum im Untergeschoß. Es war natürlich nicht das beste Mobiliar, das er jemals zu Gesicht bekommen hatte, aber es war solide und bequem; und er hatte weder etwas anderes erwartet, noch wollte er etwas wirklich außergewöhnlich Anspruchsvolles für sich haben. Er mußte ein gewisses Bild wahren: das eines jungen Mannes, der ein gutes Einkommen hatte – gut, aber nicht zu gut – und sich mit diesem Rahmen zufriedengab.

Er erkundigte sich nach der Miete für die Suite. Simms' Antwort war etwas gewunden; er sagte, er müsse bei all dem zwei Ziele im Auge behalten. Einerseits müsse er für eine erstklassige Kundschaft sorgen, und er würde sich niemals, um Gottes willen nicht, auf einen Kompromiß einlassen – andererseits müsse er aber auch Profit machen, und das sei in diesen Zeiten verdammt noch mal schwer für einen gottesfürchtigen Mann.

»Stellen Sie sich vor, was für Hinterwäldler wir hier haben, also, die *versuchen*, hier reinzukommen; die fangen doch wegen einer ausgebrannten Glühbirne Streit an. Denen kann man einfach nichts recht machen, verstehen Sie, was ich meine? Ist wie bei Kindern mit Süßigkeiten und Popcorn, sie kriegen nie genug davon. Aber so spielt das Leben nun mal, nicht wahr? In Wichita haben wir immer gesagt, wer keine Torpfosten mag, soll auch nicht anfangen, Löcher zu graben. Äh, einhundertfünfundzwanzig Dollar pro Monat, Mr. Dillon?«

»Das hört sich ganz vernünftig an«, sagte Roy lächelnd. »Ich nehme es.«

»Es tut mir leid, Mr. Dillon. Ich würde es Ihnen gern ein bißchen billiger überlassen; ich meine, ich *würde* den Preis für die richtige Sorte von Mieter wirklich senken. Wenn Sie mir also versprechen würden, mindestens, sagen wir mal, drei Monate zu bleiben, also ...«

»Mr. Simms«, sagte Roy.

»... also wirklich, ich könnte Ihre Miete dann senken. Ich würde Ihnen entgegenkommen, sagen wir ...«

»Mr. Simms«, sagte Dillon bestimmt. »Ich werde die Suite für ein Jahr mieten. Ich zahle Ihnen zwei Monatsmieten im voraus – und einhundertfünfundzwanzig Dollar im Monat ist in Ordnung.«

»Ist – in Ordnung?« Der Hotelbesitzer war fast sprachlos. »Sie wollen die Suite ein Jahr lang für hundertundfünfundzwanzig, und – und ...«

»Ja. Ich ziehe nicht gern um; ich mache Gewinn in meinem Gewerbe und erwarte, daß es allen so ergeht.«

Simms gluckste vor Vergnügen, er mußte nach Luft schnappen. Sein fetter Bauch schwappte in der Hose, und sein ganzes Gesicht, einschließlich der kahlen Stelle über seiner Stirn, rötete sich vor Freude. Er sei ein routinierter und gewiefter Menschenkenner, erklärte er. Er wisse genau, wann er einen Hinterwäldler vor sich habe und wann einen Gentleman; und er habe Roy Dillon sofort der letzteren Kategorie zugeordnet.

»Und Sie sind schlau«, nickte er weise. »Sie wissen genau, daß es nicht klug ist, sich dort knauserig zu benehmen, wo man lebt. Warum zum Teufel auch? Was hat man schon davon, wenn man einem Hotel ein paar Dollar abhandeln kann – also von Leuten, die man jeden Tag sieht, wenn man sie nur damit verärgert?«

»Sie haben absolut recht«, sagte Dillon herzlich.

Simms sagte, er wolle verdammt sein, wenn er nicht absolut recht habe. Nehmen wir an, fuhr er fort, daß sich jemand nach einem Gast der Hinterwäldler-Kategorie erkundige. Was könne man schon über solch einen Mann sagen, abgesehen davon, daß er hier wohne; denn schließlich sei es ja nur christlich, nichts über eine Person zu sagen, es sei denn, man könne etwas Gutes über sie berichten. Aber wenn ein *Gentleman* das Objekt der Erkundigung sei, nun ja, dann müsse man schon ganz ehrlich sagen, daß er nicht nur schlicht und einfach in diesem Hotel *wohne*, sondern daß er hier *lebe*, ein Herr, der offensichtlich einen guten Leumund und Vermögen hat und der für ein ganzes Jahr und ...

Dillon nickte, lächelte und ließ ihn weiter vor sich hinschwätzen. Das Grosvenor-Carlton war das sechste Hotel, das er seit seiner Ankunft aus Chicago aufgesucht hatte. Alle hatten ihm Räume angeboten, die mit diesen hier vergleichbar waren und genauso preiswert, oder noch preiswerter als die, die er hier gemietet hatte. Denn es gibt in Los Angeles ein chronisches Überangebot an kleinen Hotels. Aber er hatte alle bisherigen Angebote aus vagen Gründen abgelehnt. Sie *sahen* nicht ganz so *aus*, wie er es sich vorgestellt hatte. Er *fühlte*, daß sie nicht ganz das richtige für ihn waren. Nur das Grosvenor-Carlton und Simms erschienen ihm rundum passend.

». . . und noch etwas«, meinte Simms gerade. »Dies ist Ihr Heim, verstehen Sie? Wenn Sie hier etwas mieten, ist es, als ob Sie eine Wohnung oder ein Haus mieten würden. Wie es im Gesetz heißt, es ist Ihre Burg; und sollten Sie den Wunsch haben, einen Gast zu empfangen, Sie wissen schon, was ich meine, eine Dame, dann haben Sie natürlich das gute Recht dazu.«

»Vielen Dank, daß Sie mir das sagen«, antwortete Roy mit ernstem Nicken. »Im Moment fällt mir keine bestimmte Person ein, aber ich schließe schnell Freundschaften, wo immer ich bin.«

»Aber natürlich. Ein so gutaussehender junger Mann wie Sie hat bestimmt Freundinnen, und ich wette, daß sie auch Klasse haben. Nicht wie diese Flittchen, die das Niveau eines Hotels gleich runterziehen, sobald sie durch die Eingangshalle kommen.«

»Niemals«, versicherte Dillon. »Ich bin sehr vorsichtig, was meine Freunde angeht. Vor allem bei Damen.«

Er war wirklich vorsichtig. Während der vier Jahre, die er in diesem Hotel wohnte, hatte er nur eine Dame empfangen, eine geschiedene Frau in den Dreißigern, und alles, was sie betraf – ihr Aussehen, ihre Kleidung und ihr Auftreten –, war selbst für den kritischen Mr. Simms mehr als zufriedenstellend. Der einzige Fehler, den er an ihr finden konnte, war, daß sie nicht oft genug kam. Denn Moira Langtry war ebenfalls sehr kritisch. Wenn es nach ihr gegangen wäre, und Dillon widersetzte sich ihr aus taktischen Gründen oft, würde sie sich noch nicht einmal in die Nachbarschaft des Grosvenor-Carlton begeben haben. Schließlich hatte sie eine eigene, sehr hübsche Wohnung mit einem Schlafzimmer, zwei Badezimmern und einer Hausbar. Wenn er sie wirklich sehen wollte – und sie begann daran zu zweifeln –, warum kam er dann nicht einfach zu ihr?

»Also was hindert dich daran?« fragte sie, während Dillon im Bett saß und mit ihr telefonierte. »Für dich ist es nicht weiter als für mich.«

»Aber du bist viel jünger, meine Liebe. Eine junge Frau wie du kann es sich erlauben, einem klapprigen alten Mann wie mir nachzugeben.«

»Schmeicheleien nutzen dir auch nichts, Mister«, aber in Wirklichkeit freute sie sich über seine Bemerkung. »Ich bin fünf Jahre älter und spüre davon jede Minute.«

Dillon mußte grinsen. *Fünf* Jahre älter? Zum Teufel, es waren mindestens zehn. »Ich fühle mich wirklich nicht wohl«, erklärte er ihr. »Nein, es ist nichts Ansteckendes. Letzte Nacht bin ich über einen Stuhl gestolpert und habe mir einen Schlag in den Magen eingefangen.«

»Naja ... ich könnte ja kommen ...«

»Braves Mädchen! Ich würde ja auch die Luft anhalten, wenn ich nicht so japsen müßte.«

»Soo? Dann laß mal hören.«

»Japs, japs«, sagte er.

»Du armes Kerlchen«, sagte sie. »Moira kommt, so schnell sie kann.«

Offensichtlich war sie schon zum Ausgehen angekleidet, als er sie angerufen hatte, denn sie kam in weniger als einer Stunde. Oder vielleicht schien es ihm auch nur so. Er war aufgestanden und hatte schon die Tür für sie aufgeschlossen, und als er sich ins Bett zurückgelegt hatte, fühlte er sich seltsam ausgelaugt und müde. Daher hatte er die Augen zugemacht, und als er sie wieder öffnete – nur kurze Zeit schien vergangen zu sein –, betrat sie gerade das Zimmer. Besser gesagt, sie stürmte in ihren kleinen, hochhackigen Schuhen herein, eine zierliche, aber wohlgerundete Frau mit glänzendem, schwarzem Haar und feurigen, dunklen Augen.

Als sie über die Schwelle getreten war, hielt sie einen Augenblick lang an, selbstsicher, aber auch ergeben. Ihre Haltung erinnerte an die eines arrogant verlangenden Mannequins. Dann griff sie hinter sich, suchte und fand den Türschlüssel. Und schloß die Tür mit einem leisen Klicken ab.

Roy vergaß ganz, sich über ihr Alter Gedanken zu machen.

Alt genug war Moira Langtry wirklich.

Und jung genug.

Sie fühlte seine stille Bewunderung, und mit einer kleinen Körperdrehung ließ sie die Hermelinstola über eine Schulter rutschen. Dann kam sie, die Hüften sanft schwingend, quer durch den Raum auf ihn zu; das kleine Kinn vorgestreckt, als würde es von dem üppigen Gewicht unter der engen weißen Bluse vorwärtsgezogen.

Sie preßte die Knie an sein Bett, und als er zu ihr aufschaute, konnte er nichts weiter sehen als ihre Nasenspitze, die sich von den Umrissen ihrer Brüste abhob.

Er streckte einen Finger aus, berührte erst eine, dann die andere.

»Ihr versteckt euch«, sagte er. »Kommt heraus, zeigt euch, wer immer ihr seid.«

Sie ließ sich graziös auf die Knie nieder, ihre pechschwarzen Augen funkelten ihn an.

»Du Ekel«, sagte sie tonlos, und ihre Bluse schimmerte, als sie hauchte: »Ich hasse dich.«

»Die Zwillinge sind offensichtlich unruhig«, sagte er. »Wir sollten sie ins Bett stecken.«

»Weißt du, was ich tun werde? Ich werde dich erdrükken.«

Er sagte: »Tod, wo ist dein Stachel?«, und dann konnte er für eine Weile nichts sagen. Nach einer unendlich langen, süßen Ewigkeit erlaubte sie ihm, sich aufzurichten, um Luft zu schnappen. Und er flüsterte ihr zu:

»Du riechst gut, Moira. Wie eine läufige Hündin im Treibhaus.«

»Liebling, das hast du aber schön gesagt!«

»Vielleicht riechst du doch nicht so gut . . .«

»Oh, doch. Du hast es gerade selbst gesagt.«

»Vielleicht sind es nur deine Kleider.«

»Nein, das bin ich! Soll ich es dir beweisen?«

Er wollte, und sie bewies es.

4

Während seiner ersten Zeit in Los Angeles mußte sich Roys Interesse an Frauen notwendigerweise auf ein Mindestmaß beschränken. Damals war er einundzwanzig und sehr reif für sein Alter. Er begehrte Frauen so sehr wie jeder Mann, vielleicht noch mehr, weil er soviel Erfolg gehabt hatte. Aber er reiste mit leichtem Gepäck, wie man so schön sagt. Er hatte sich gründlich und sorgfältig umgesehen, bevor er Los Angeles als Basis für seine Operationen auswählte, und sein Kapital war auf weniger als tausend Dollar geschrumpft.

Das war natürlich noch immer eine anständige Summe. Denn im Gegensatz zu den großen Trickbetrügern, deren elaborierte, großangelegte Maschinerie manchmal mehr als hunderttausend Dollar an reinem Unterhalt kostete, konnte der kleine Trickbetrüger sozusagen mit Pennies auskommen. Aber obwohl Roy Dillon sich auch weiterhin auf einfache Tricks beschränkte, veränderte er doch den Modus seiner Arbeitsweise.

Mit einundzwanzig hatte er das schnelle Abräumen und Abhauen satt. Er wußte, daß das ständige Abhauen – der Wechsel von einer Stadt in die andere, bevor der Boden zu heiß wurde – auf die Dauer den größten Teil seiner Profite verschlingen würde, selbst wenn er sparsam lebte. Er konnte daher so hart arbeiten, wie er wollte, und so oft, wie es ihm aus Sicherheitsgründen möglich war, trotzdem hatte er stets ein Rudel Wölfe im Nacken.

Roy hatte solche Männer seiner Zunft schon erlebt.

Einmal hatte er eine ganze Truppe dieser armen Teufel in einem Sonderzug aus Denver getroffen, deren Kapital so geschrumpft war, daß sie zusammenlegen mußten.

Sie arbeiteten mit einem Dreier-Kartentrick, einer Abwandlung des Hütchenspiels. Der Geber hatte die Rolle des Tölpels übernommen, den die anderen Mitglieder der Gruppe hereinlegen wollten. Während er den Kopf abwandte, um mit zwei seiner Kumpane, die ihn »ablenken« sollten, zu »streiten« – er hielt die drei Karten offen in der Hand –, machte der »freundliche Helfer« schnell ein kleines Kreuz mit einem Bleistift auf die Rückseite der höchsten Karte und blinzelte Roy dann übertrieben zu.

»Nimm ihn aus, mein Freund!« Er flüsterte wie auf der Bühne, es klang lächerlich und viel zu laut. »Leg einen großen Schein hin!«

»Fünfzig oder hundert?« flüsterte Roy zurück.

»Den Hunderter! Beeil dich!«

»Könnte ich auch fünfhundert setzen?«

»Naja, äh, nee. Fang lieber mit hundert an.«

Die so einladend ausgestreckte Hand des Gebers ermüdete. Die zwei »Ablenker« hatten bald keine Argumente mehr, um zu streiten. Aber Roy kostete sein grausames Spiel aus.

»Was für ne Karte ist die mit dem Kreuz?«

»Ein As, verdammt noch mal! Die beiden anderen sind Zweier! Los . . .«

»Ist ein As höher als eine Zwei?«

»Ob ein . . .! Zum Teufel, ja, verdammt noch mal! Los, nun setz doch schon!«

Die anderen Reisenden an der Bar bekamen mit, was sich abspielte, und grinsten. Roy holte umständlich seine Brieftasche heraus und zog einen Hundertdollarschein heraus. Der Geber breitete eine Menge zerknitterter Ein- und Fünfdollarscheine vor ihm aus. Dann, während er die Karten mischte, ließ er das markierte As in seinem Ärmel verschwinden, ersetzte es durch eine markierte Zwei und vertauschte auf die gleiche Weise eine der Zweier-Karten mit einem unmarkierten As. Oder besser, man konnte die Markierung nicht mit dem bloßen Auge erkennen.

Dann kam das Finale. Die drei Karten lagen verdeckt auf dem Tisch. Roy sah sie sich genau an, er blinzelte angestrengt. »Ich kann nicht gut sehen«, beschwerte er sich, »kann ich mal deine Brille haben?« Und mit einem schnellen Griff nahm er die »Lesebrille« des Gebers.

Durch die getönten Gläser konnte er das markierte As erkennen und kassierte das Geld ein.

Die Truppe schlich sich unter dem Gejohle der anderen Passagiere aus dem Salonwagen. Als der Zug das nächste Mal in einem Kaff, das einer schlammigen Straße entlang gebaut war, anhielt, stiegen sie alle aus. Wahrscheinlich hatten sie kein Geld mehr, um weiterzufahren.

Als der Zug wieder anfuhr, sah Roy sie auf dem menschenleeren Bahnsteig: die Schultern wegen der Kälte hochgezogen, nackte Angst auf den bleichen, eingefallenen Gesichtern. Im warmen, bequemen Salonwagen ließ dieser Anblick ihn frösteln.

Er wußte, daß das Frösteln auch ihm selbst galt.

So konnte dieses Abräumen und Abhauen enden, dahin konnte es einen selbst bringen. Dies oder weitaus Schlimmeres erwartete die Entwurzelten. Männer, für die Wurzeln eher Fesseln als Halt bedeuteten. Auch die großen Trickbetrüger waren nicht immun gegen das Schicksal ihrer ärmeren Brüder. In Wirklichkeit war ihr Schicksal oft härter. Selbstmord. Drogenabhängigkeit und Delirium tremens. Gefängnis und Irrenhaus.

Das würde Roy Dillon nicht passieren.

Während seines ersten Jahres in Los Angeles blieb er total sauber. Er arbeitete als selbständiger Vertreter, der kleine Geschäftsleute aufsuchte. Und als er nach und nach wieder in den Trickbetrug hineinrutschte, blieb er doch Vertreter. Er war kreditwürdig und hatte ein Bankkonto. Er kannte buchstäblich Hunderte von Leuten, die seinen tadellosen Charakter beschwören würden.

Manchmal mußten sie das wirklich, wenn ein Verdacht sich in eine Polizeiuntersuchung zu verwandeln drohte. Aber selbstverständlich bat er dieselbe Person niemals zweimal um diesen Gefallen; außerdem passierte es nicht oft. Doch diese Sicherheit gab ihm Selbstbewußtsein. Sicherheit und Selbstbewußtsein hatten im Laufe der Zeit zur Perfektion geführt.

Während er all dies bewältigte, hatte er keine Zeit für Frauen gehabt. Nur die flüchtigen Kontakte, die jeder junge Mann hat. Erst jetzt, während des dritten Jahres in dieser Stadt, hatte er begonnen, nach einer gewissen Art von Frau Ausschau zu halten. Einer Frau, die nicht nur sehr begehrenswert war, sondern die auch bereit war oder es sogar vorzog, die einzige Art von Beziehung, die er bieten konnte, anzunehmen.

Er begegnete ihr, das heißt Moira Langtry, in einer Kirche.

Es war eine jener verrückten Sekten, die besonders an der Westküste florierten. Der Obermacker war ein Yogi oder Lama oder so etwas Ähnliches. Während seine Zuhörer wie hypnotisiert lauschten, pries er die Weisheit des Fernen Ostens, ohne jemals zu erklären, warum Krankheit, niedrige Lebenserwartung und Analphabetentum ausgerechnet an diesem Quell der Weisheit weltweit gesehen am häufigsten auftraten.

Roy war etwas erstaunt, jemanden wie Moira hier vorzufinden. Sie war einfach nicht der Typ. Er war sich ihrer Verwunderung bewußt, als sie ihn ansah, aber er hatte gute Gründe, hier zu sein. Es war ein unschuldiger Zeitvertreib. Billiger als Kino und doppelt so witzig. Außerdem, obwohl er erfolgreich war, schloß er doch niemals die Möglichkeit aus, sich noch mehr zu verbessern. Und solche Versammlungen konnten ihm vielleicht neue Ideen geben, genau das zu verwirklichen.

Man konnte davon ausgehen, daß die Zuhörer alle Trottel waren. Zumeist wohlhabende Trottel, Witwen und alte Jungfern in den Fünfzigern und Sechzigern; sie alle litten unter einer unbestimmten Unruhe, die man vielleicht für ein fettes Bündel kurieren konnte. Also . . . man wußte ja nie, oder?

Man brauchte nur die Augen offenzuhalten, ohne sich zu sehr anzustrengen.

Der Obermacker hatte seine Vorstellung beendet. Man reichte Körbe herum, um die Kollekte für das Allerheiligste einzusammeln. Moira warf ihr Programm in einen Korb und ging hinaus. Dillon folgte ihr grinsend.

Sie stand unschlüssig im Foyer herum und zog sich umständlich die Handschuhe an. Als er sich näherte, schaute sie ihn vorsichtig einladend an.

»Also, wirklich«, sagte er, »was macht denn eine nette junge Frau wie Sie hier?«

»Ach, wissen Sie« – ein leises Lachen – »ich bin nur vorbeigekommen, um ein Glas Joghurt zu essen.«

»Ha, ha. Nur gut, daß ich Ihnen keinen Martini angeboten habe.«

»Da haben Sie recht. Unter einem doppelten Scotch lohnt es sich nicht – das ist mein Minimum.«

Ihre Beziehung entstand wie dieses Vorgeplänkel.

Und sie entwickelte sich sehr schnell, bis sie die heutigen Formen annahm. Oder doch fast.

In letzter Zeit, besonders heute, hatte er das Gefühl, daß sie die Beziehung intensivieren wollte.

Und seiner Meinung nach war das nur auf eine Weise zu verhindern: locker und ironisch. Niemand konnte zugleich lachen und ernst sein.

Sie setzte sich auf, schwang die Beine aus dem Bett und holte sich eine Zigarette vom Nachttisch. Nachdem sie angezündet war, nahm Roy sie ihr ab, und Moira holte sich noch eine für sich selbst.

»Roy«, sagte sie, »sieh mich an.«

»Oh, ich sehe dich an, Liebes; darauf kannst du dich verlassen.«

»Bitte, hör mir zu! Ist – ist das alles, was wir gemeinsam haben? Ist das alles, was wir haben werden? Ich will es ja nicht schlechtmachen, aber sollte es nicht noch etwas mehr geben?«

»Und was sollten wir nach dieser Nummer jetzt noch tun? Sollten wir uns an den Füßen kitzeln?«

Sie sah ihn schweigend an, ihre glühenden Augen verloren ihren Glanz, sie starrte ihn wie durch einen unsichtbaren Schleier an. Ohne den Kopf zu wenden, streckte sie eine Hand aus und drückte langsam ihre Zigarette aus.

»Das war ein Witz«, sagte er. »Du hättest lachen sollen.«

»Oh, ich lache, mein Lieber«, sagte sie, »glaube mir, ich lache wirklich.«

Sie beugte sich hinunter, hob einen Strumpf auf und begann ihn anzuziehen.

Ein bißchen besorgt, drehte er sie zu sich um.

»Worauf willst du hinaus, Moira? Heirat?«

»Das habe ich nicht gesagt.«

»Aber danach habe ich gefragt.«

Sie runzelte zögernd die Stirn, schüttelte dann den Kopf. »Ich glaube nicht. Ich bin ein sehr praktisches Mädchen, und ich gebe nie mehr, als ich bekomme. Das könnte sehr schwierig werden für einen Streichholz-Vertreter, oder was immer du bist.«

Sie hatte ihn getroffen, aber er behielt den spielerischen Ton bei. »Würdest du mir bitte den Verbandskasten geben? Jemand hat mich mit der Kralle erwischt.«

»Mach dir keine Sorgen, diese Katze ist gegen alles geimpft.«

»In Wahrheit sind die Streichhölzer nur Fassade. Im Hauptberuf bin ich Geschäftsführer eines Bordells.«

Er ließ seine Hand ihren Körper heruntergleiten, bis er an ihrem Bauchnabel angelangt war. »Weißt du was?« sagte er. »Wenn du da eine Rosine reinlegst, könntest du als Plätzchen gehen.«

»Laß das«, sagte sie, nahm seine Hand hoch und ließ sie aufs Bett fallen.

»Oder du könntest einen Kreis um deinen Nabel malen und dir einbilden, du wärst ein Berliner.«

»Ich fühle mich schon fast wie ein Berliner«, sagte sie.

»Mit der Füllung in der Mitte.«

»Oh, ach so. Ich dachte schon, du meintest etwas Unanständiges.«

Dann unterbrach sie ihn scharf, brachte ihn zum Thema zurück. »Aber du weißt doch genau, worauf ich hinaus will, Roy. Wir wissen nichts über den anderen. Wir sind keine Freunde, noch nicht einmal Bekannte. Seit wir uns kennen, ist es immer dasselbe. Wir gehen gleich ins Bett.«

»Du hast gesagt, daß du es nicht schlechtmachen willst.«

»Tu ich auch nicht. Es ist mir sehr wichtig. Aber ich glaube nicht, daß es Anfang und Ende einer Beziehung sein sollte. Es ist, als ob man nur von Bouletten mit Senf leben würde.«

»Und du willst Pâté?«

»Steak. Etwas Nahrhaftes. Ach, zum Teufel, Roy ...«, sie schüttelte mißmutig den Kopf. »Ich weiß nicht recht. Vielleicht steht es gar nicht auf der Speisekarte. Vielleicht bin ich einfach im falschen Restaurant.«

»Madame ist wirklisch grausam! Pierre wiird zisch gleisch in der Suppee ertränken!«

»Pierre ist es vollkommen egal«, sagte sie, »ob Madame lebt oder stirbt. Er hat es ganz klar gesagt.«

Sie machte Anstalten aufzustehen, die Bewegung hatte etwas Endgültiges an sich. Er packte sie und zog sie aufs Bett zurück, preßte seinen Körper wieder an ihren. Er streichelte sie zärtlich, fuhr ihr sanft durchs Haar und küßte sie auf die Lippen.

»Mmmh, ja«, sagte er. »Ja, ich bin mir ganz sicher. Ich nehme dieses Modell, Umtausch ausgeschlossen.«

»Und jetzt machst du es schon wieder«, sagte sie. »Immer in höheren Sphären, anstatt mit beiden Beinen auf der Erde zu bleiben.«

»Ich wollte sagen, daß ich mir große Mühe gegeben habe, dich zu finden. Ein süßes kleines Rebhuhn. Vielleicht gibt es noch hübschere im Unterholz, aber vielleicht auch nicht. Und ...«

»... und ein Spatz in der Hand ist besser als die Taube auf dem Dach. Oder so ähnlich. Es tut mir leid, aber ich fürchte, daß ich dir deine Monologe stehle, Roy.«

»Bleib hier!« Er hielt sie fest. »Ich versuche dir etwas zu sagen. Ich mag dich, und ich bin faul. Ich habe keine Lust weiterzusuchen. Also nenn mir den Preis, und wenn ich kann, kauf ich's.«

»Das hört sich schon besser an. Ich glaube, es könnte ganz profitabel für uns beide sein.«

»Und wo sollen wir anfangen? Ein paar Nächte in der City? Ein Wochenende in Las Vegas?«

»Mmh, nein. Du könntest es dir nicht leisten.«

»Du wirst überrascht sein«, sagte er scharf. »Ich würde sogar für dich bezahlen.«

»Also, wirklich, Roy . . .«, sie zerzauste liebevoll sein Haar. »An so etwas hatte ich überhaupt nicht gedacht. Ein Haufen nackter Mädchen auf der Bühne, Flitter und Kristallgläser. Wenn wir ausgehen, dann ins Restaurant an der Straßenecke. Weißt du, ganz entspannt, ruhig, so daß wir uns zur Abwechslung mal unterhalten können.«

»Naja. In La Jolla ist es um diese Jahreszeit ganz hübsch.«

»La Jolla ist zu jeder Jahreszeit ganz hübsch. Aber bist du sicher, daß du es dir erlauben . . .«

»Mach nur so weiter«, warnte er sie. »Noch ein Wort dieser Litanei, dann hast du den rötesten Hintern von La Jolla. Die Leute werden denken, es wäre noch ein Sonnenuntergang.«

»Pah! Wer hat schon Angst vor dir?«

»Und verschwinde jetzt von hier, hörst du? Geh schon, und kriech in deinen Abwasserkanal zurück! Du hast mich ausgesaugt, bringst mich dazu, die Ersparnisse meines ganzen Lebens zu verschwenden, und jetzt willst du mich auch noch zu Tode reden!«

Sie lachte zufrieden und stand auf. Als sie angezogen war, kniete sie sich für einen Auf-Wiedersehen-Kuß neben das Bett.

»Bist du sicher, daß es dir gutgeht, Roy?« Sie strich ihm das Haar aus der Stirn. »Du siehst ganz bleich aus.«

»Oh, mein Gott«, stöhnte er, »wird diese Frau mich denn nie allein lassen? Erst läßt sie mich eine Extraschicht fahren, und dann sagt sie, ich sähe bleich aus!«

Als sie ging, lächelte sie selbstgefällig; sie war sehr mit sich zufrieden.

Roy stand erschöpft auf, schwankend ging er ins Badezimmer und wieder zurück zum Bett. Er ließ sich hineinfallen, zum ersten Mal machte er sich Sorgen über seinen Zustand. Was war der Grund für diese überwältigende Müdigkeit? Sicherlich nicht Moira, er hatte sich an sie gewöhnt. Auch nicht die Tatsache, daß er in den letzten drei Tagen sehr wenig gegessen hatte. Er hatte oft über lange Zeiträume keinen Hunger, dies war nichts Besonderes gewesen. Was immer er aß, erbrach er als braunverfärbte Flüssigkeit. Was wirklich seltsam war, da er nur Eis und Milch zu sich genommen hatte.

Stirnrunzelnd setzte er sich auf und untersuchte sich. Auf seinem Bauch war ein schwacher, violett-gelber Bluterguß. Aber die Stelle schmerzte ihn nicht mehr, es sei denn, er drückte sehr fest darauf. Er hatte keine Schmerzen mehr gehabt seit dem Tag, an dem man ihm den Schlag versetzt hatte.

Was dann ...? Schulterzuckend legte er sich hin. Wahrscheinlich eines dieser unerklärlichen Dinge. Er fühlte sich nicht krank. Und wenn man krank war, fühlte man sich doch *krank*.

Er legte die Kissen aufeinander und lehnte sich halb sitzend zurück. Diese Position schien besser für ihn zu sein. Doch obwohl er müde war, fühlte er sich unruhig. Mit einiger Mühe langte er nach seiner Hose, die auf einem Stuhl in der Nähe des Bettes hing, und holte sich einen Vierteldollar aus der Uhrentasche.

Augenscheinlich sah er aus wie jeder Vierteldollar, aber

das täuschte. Die Fläche mit der Zahl war abgenutzt, die andere Seite aber nicht. Wenn er die Münze zwischen den Kuppen von Daumen und Zeigefinger rieb und dabei die Ränder der Münze mit den Fingern verdeckte, konnte er die jeweilige Seite der Münze identifizieren.

Er warf die Münze in die Luft, fing sie auf und klatschte sie mit dem typischen *Smack*-Geräusch auf die andere Hand. Denn dies war der *Smack*, oder besser eine Version des Tricks, der zu den drei Standardmanövern des schnellen Schwindlergewerbes gehört.

»Zahl«, murmelte er, und die Seite mit der Zahl lag oben.

Er warf die Münze wieder in die Luft und sagte »Kopf« voraus. Und die Seite mit dem Kopf war sichtbar.

Er schloß die Augen, während er seine Voraussagen machte, um sicherzugehen, daß er nicht unbewußt mogelte. Die Münze flog immer wieder hoch in die Luft, und seine Handfläche schlug ebensooft täuschend laut auf den Rücken der anderen Hand.

Kopf ... Zahl ... Kopf, Kopf ...

Und dann blieb das typische *Smack*-Geräusch aus.

Seine Augen waren geschlossen und blieben es auch.

Es war kurz nach zwölf Uhr mittags. Als Roy die Augen wieder öffnete, lag das Zimmer im Zwielicht, und das Telefon klingelte. Er schaute sich verwirrt um, alles war ihm fremd, er wußte nicht, wo er war. Er war in einer seltsamen, furchterregenden Welt gefangen. Dann, als er sein volles Bewußtsein wiedererlangt hatte, hob er den Hörer ab.

»Ja«, sagte er; und dann: »Was, was? Sagen Sie es noch

mal, ja?« Denn was der Angestellte am Empfang ihm gerade mitgeteilt hatte, ergab absolut keinen Sinn.

»Jemand will Sie besuchen, Mr. Dillon. Eine sehr attraktive, junge Dame. Sie sagt ...« – taktvolles Lachen – »sie behauptet, sie sei Ihre Mutter.«

5

Als er fast achtzehn war, hatte Roy Dillon sein Zuhause verlassen. Er nahm nichts mit außer der Kleidung, die er trug – Kleidung, die er selbst gekauft und bezahlt hatte. Und er nahm kein Geld mit, abgesehen von dem bißchen, das er bei sich hatte, und auch das hatte er selbst verdient.

Von Lilly wollte er nichts. Sie hatte ihm nichts gegeben, als er es brauchte, als er zu jung war, um es sich selbst zu beschaffen; und jetzt, wo er soweit war, wollte er sie nicht an seinem Leben teilhaben lassen.

Während der ersten sechs Monate nach seinem Auszug hatte er keinen Kontakt zu ihr. Dann, um die Weihnachtszeit, schickte er ihr eine Karte, und zum Muttertag die nächste. Beide waren kitschig und sentimental, der dicke Gefühlssirup tropfte förmlich aus ihnen; aber die zweite Karte war besonders garstig. Voller Herzen und Blümchen und fetten kleinen Engelchen, die Zusammenstellung war einfach herzzerreißend komisch. Die Widmung lautete »Für die liebe, alte Mama«, und es folgten tränenreiche Beschreibungen von Gutenachtküssen, Tellerchen voller warmer Plätzchen, Becherlein voller Milch – für den kleinen Jungen, der vom Spielen nach Hause kam.

Man hätte denken können, daß die »liebe, alte Mama« (Gott segne ihr silbernes Haar) die Besitzerin einer Mischung aus Milch- und Backwarengeschäft war, die niemand anderen bediente als nur ihren eigenen kleinen Sohn (auf seinem neuen Fahrrad).

Er mußte so sehr lachen, als er die Karte abschickte, daß er sich fast bei der Adressierung verschrieben hätte. Aber später dachte er noch einmal nüchtern über alles nach. Vielleicht richtete sich der Witz gegen ihn selbst? Vielleicht zeigte er mit dieser Verhöhnung, wie tief und anhaltend er getroffen war; gab zu, daß sie härter war als er. Und das durfte selbstverständlich nicht sein. Er hatte alles geschluckt, was sie ihm aufgetischt hatte, und es hatte keine Spur in ihm hinterlassen. Zum Teufel noch mal, diesen Gedanken durfte er niemals in ihr wecken.

Also schrieb er ihr auch weiterhin, zu Weihnachten, zu ihrem Geburtstag und so weiter. Aber von nun an wahrte er immer die Form. Sie war ihm einfach nicht wichtig genug, sagte er sich selbst, als daß er etwas so Lächerlichem nachgeben durfte. Da bedurfte es schon einer anderen Frau als Lilly Dillon, um ihn zu treffen.

Der einzige Weg, seine wahren Gefühle auszudrücken, lag für ihn in den gegenseitigen Geschenken. Denn obwohl Lilly sich offensichtlich kostspieligere Präsente erlauben konnte, wollte er sich das nicht eingestehen. Jedenfalls gab er es erst zu, als seine Versuche, mit ihr Schritt zu halten oder sie gar zu übertreffen, nicht nur seine langfristigen Pläne gefährdeten, sondern auch erkennen ließen, was hinter diesen Anstrengungen steckte: Auch sie offenbarten nur seine psychischen Verletzungen.

Sie hatte ihn verletzt – oder jedenfalls schien es so –, und er verwehrte ihr kindisch jede Wiedergutmachung.

Jedenfalls dachte sie das vielleicht wirklich – und das konnte er nicht zulassen. Also hatte er beiläufig in einem Brief erwähnt, daß die Schenkerei heutzutage total kommerzialisiert sei und daß sie von nun an ihre gegenseitige Zuneigung in symbolischer Form ausdrücken sollten. Wenn sie etwa eine Spende an die Wohltätigkeitsorganisation seiner Wahl machen würde, wäre das eine gute Idee. »Boys Town« wäre geeignet. Er würde selbstverständlich auch an eine Organisation ihrer Wahl spenden.

Zum Beispiel an das »Asyl für obdachlose Frauen« ...

Aber jetzt greifen wir der Geschichte vor und vergessen das wichtigste Element.

New York ist zwei Autostunden von Baltimore entfernt. Zwischen seinem siebzehnten und achtzehnten Lebensjahr fuhr Roy oft dorthin, denn New York war das logische Ziel für einen jungen Mann, dessen einziger Vorzug sein gutes Aussehen war und der immer auf der Suche nach einem schnellverdienten Dollar war.

Er brauchte einen Verdienst mit sofortiger Auszahlung in bar, und darum verkaufte er von Tür zu Tür auf reiner Provisionsbasis: Illustrierte, Fotozubehör, Kochgeräte, Staubsauger – was immer am vielversprechendsten war. Alles schien anfangs profitabel, doch waren die Ergebnisse immer mager.

Vielleicht hatte Miles aus Michigan wirklich in seinem ersten Monat 1380 Dollar verdient, indem er seinen Freunden superelegante Anzugsstoffe verkaufte; und vielleicht hatte O'Hara aus Oklahoma wirklich neunzig

Dollar am Tag verdient, während er Aufträge für den »Oopsy Doodle« Babylaufanzug an Land zog. Aber Roy bezweifelte es entschieden. Obwohl er sich buchstäblich überarbeitete, brachte er es gerade mal auf 125 Dollar in der Woche. Und das war seine erfolgreichste Woche. Der Durchschnitt lag zwischen fünfundsiebzig und achtzig Dollar, und dafür mußte er sich verdammt anstrengen.

Trotzdem, es war immer noch besser als Botenarbeit im Büro zu verrichten oder irgendeinen anderen unbedeutenden Angestelltenjob anzunehmen, der immer »ausgezeichnete Möglichkeiten« und »gute Aufstiegschancen« versprach statt einer anständigen Bezahlung. Versprechen waren billig. Angenommen, er würde zu einer dieser Firmen gehen und ihnen versprechen, eines Tages als Präsident für sie zu arbeiten – und dafür einen Vorschuß auf sein späteres hohes Gehalt einfordern?

Die Vertreterarbeit war wirklich nicht lukrativ, aber es war das einzige, was er konnte. Er war sehr unzufrieden mit sich selbst. Er war jetzt fast zwanzig und schon ein absoluter Versager. Was fehlte ihm bloß? Welches Talent hatte Lilly, das er offensichtlich nicht besaß?

Und dann fiel ihm der Trick mit den Zwanzigern in den Schoß.

Es war reines Glück. Der Typ, Besitzer eines Zigarrenladens, hatte sich eigentlich selbst betrogen. Geistesabwesend hatte Roy in seinen Taschen nach einer Münze gesucht, nachdem er das Wechselgeld für seinen Schein erhalten hatte; und der ungeduldige Ladeninhaber, der die anderen wartenden Kunden bedienen wollte, hatte plötzlich die Geduld verloren.

»Um Himmels willen, Mister!« bellte er los. »Sind ja nur fünf Cent! Geben Sie sie mir, wenn Sie nächstes Mal vorbeikommen.«

Dann hatte er ihm den Zwanzigdollarschein regelrecht wieder zurückgeworfen; und Roy war schon eine Straßenecke weiter, bevor ihm klar wurde, was geschehen war.

Und es folgte eine weitere Erkenntnis: Ein junger, erfolgshungriger Mann wartet nicht einfach auf solch glückliche Zufälle. Er hilft ihnen nach. Und er begann sofort damit.

In zwei Geschäften wurde er einfach kalt abgewiesen. In drei weiteren erklärte man ihm – mehr oder minder höflich –, daß die Rückgabe des Zwanzigdollarscheins außer Frage stehe. In den verbleibenden drei Läden kassierte er ab.

Er war überschwenglich vor Glück. (Und er hatte wirklich außergewöhnliches Glück gehabt.) Er fragte sich, ob es noch andere Tricks außer dem mit dem Zwanziger gäbe, andere Wege, soviel Geld in ein paar Stunden zu verdienen, für die ein *Narr* sich eine ganze Woche abquälte.

Es gab sie. Er lernte sie am gleichen Abend in einer Bar kennen, wo er seinen Erfolg feierte.

Der Gast, der neben ihm saß, stieß ihn etwas mit dem Ellbogen an, und etwas aus Roys Glas schwappte über den Rand. Der Mann entschuldigte sich und bestand darauf, Roy einen neuen Drink zu zahlen. Dann bestellte er für beide noch eine Runde. Jetzt wollte Roy auch eine Runde bestellen, doch die Aufmerksamkeit des Mannes war gerade abgelenkt. Er starrte auf den Boden, langte hinunter und hob einen Würfel auf, den er auf die Bartheke legte.

»Haben Sie den verloren, mein Freund? Nein? Also hören Sie mal zu. Ich trinke nicht so schnell, aber wenn Sie mit mir um die nächste Runde würfeln wollen, damit jeder mal drankommt ...«

Sie würfelten. Roy gewann. Das war natürlich nicht das gewünschte Ergebnis. Also würfelten sie noch einmal, jetzt um vier Drinks; und diesmal gewann der andere. Und das gefiel ihm nun auch wieder nicht, damit wollte er absolut nicht aufhören. Zum Teufel, sie gaben sich schließlich nur gegenseitig die Drinks aus, wie gute Freunde, und er wollte auf keinen Fall als Gewinner die Bar verlassen.

»Also, diesmal würfeln wir um acht Drinks, na, sagen wir einfach, um fünf Dollar, und dann ...«

Der *Tat* mit den sich ständig verdoppelnden Einsätzen ist mörderisch für den Arglos-Uneingeweihten. Und genau darin liegt seine tückische Faszination. Denn wenn das Opfer nicht sehr viel Geld bei sich hat, wird ihn der Profi mit seinem Wir-sind-ja-wie-Freunde-Gerede in kürzester Zeit in nur wenigen Würfelrunden total ausnehmen.

Nach zwanzig Minuten konnte Roy die Erträge aus seinen Tricks in den Wind schreiben.

Und nach weiteren zehn Minuten hatte er sein ehrlich verdientes Geld ebenfalls verloren. Sein Mitspieler hatte regelrecht ein schlechtes Gewissen, er sagte es ihm sogar. Er wollte Roy ein paar Dollar zurückgeben, und ...

Aber Roy hatte Blut geleckt, die Trickbetrügerei ließ ihn nicht mehr los. Er sagte nachdrücklich, daß er die Hälfte seines Geldes zurückhaben wolle. Der Trickster – er hieß Mintz – könne die andere Hälfte behalten, als Bezahlung für Roys Unterweisung in der Kunst des Trickbetrugs.

»Sie können Ihre erste Lektion gleich beginnen«, sagte Roy. »Fangen Sie damit an, mir den Trick mit dem Würfel zu erklären, mit dem Sie mich gerade ausgenommen haben.«

Mintz protestierte unschuldig, Roy blieb hart. Aber am Ende gingen beide in eine der Nischen, und an diesem Abend und den folgenden verhielten sie sich wie Lehrer und Schüler. Mintz hielt mit nichts zurück. Im Gegenteil, er redete so viel, daß es Roy fast ermüdete. Denn hier sah Mintz seine einmalige Chance, die Maske fallenzulassen. Endlich konnte er zeigen, wie gerissen er war, was in seinem Alltag absolut unmöglich war, und er konnte es in absoluter Sicherheit vorführen.

Mintz mochte den Zwanziger-Trick nicht. Dafür brauchte man ein gewisses Etwas, das er nicht besaß. Und er hatte diesen Trick auch noch nie ohne Partner ausgeführt, jemand, der das Opfer ablenkte, während er die Nummer durchzog. Und mit einem Partner arbeitete Mintz auch nicht gern zusammen. Der Ertrag mußte geteilt werden. Man legte sich selbst einen Apfel auf den Kopf und gab dem Partner ein Gewehr in die Hand. Trickbetrüger, so schien es jedenfalls, hatten den unwiderstehlichen Drang, die Kollegen auszunehmen. Es war nicht besonders glorreich, einen Tölpel auszunehmen – Tölpel waren schließlich dazu da, ausgenommen zu werden. Aber sich an einem Profi zu bereichern, selbst wenn es sich auf lange Sicht nicht lohnen sollte, befriedigte das Selbstbewußtsein ungeheuerlich.

Mintz gefiel der *Smack*. Es war einfach eine Selbstverständlichkeit. Jeder spielte »Kopf oder Zahl«.

Aber am meisten gefiel ihm der *Tat*, dessen Vorzüge fast unerschöpflich waren. Wenn man eine Gruppe von Leuten mit dem *Tat* süchtig machte, konnte man eine ganze Woche davon leben.

Den *Tat* mußte man immer auf einer sehr begrenzten Fläche durchführen, einer Bar oder einem Tischchen in einer Nische. So daß man den Würfel nicht richtig ausrollen konnte, obwohl man sich natürlich den Anschein gab. Man schüttelte die Hand heftig und hielt den Würfel dabei fest, achtete darauf, daß eine hohe Augenzahl oben lag, ließ ihn aber niemals in der Hand rollen, dann warf man ihn auf die Unterlage, ließ ihn gleiten, aber niemals rollen. Wenn die Opfer Verdacht schöpften, benutzte man einen Becher, oder besser, da man sich in einer Bar befand, ein Glas. Aber auch hier durfte man nie zulassen, daß der Würfel sich drehte. Man hielt ihn wie zuvor und ließ ihn heftig gegen das Glas klicken, während man vorgab, ihn im Glas herumzurollen; dann warf man ihn wie gehabt auf die Unterlage.

Sicher, man mußte lange üben. Aber so war das eben mit jeder Kunst.

Wenn die Situation zu heiß wurde, holte der Barmann gegen ein gutes Trinkgeld den Trickster aus dem Spiel. Simulierte einen Telefonanruf; meldete, daß die Polizei auf dem Weg ins Lokal sei, oder ähnliches. Die Männer hinter der Bar hatten seit jeher nichts für Betrunkene übrig. So war es ihnen gar nicht so unlieb, wenn diese betrogen wurden, vor allem, wenn sie selbst ein paar Dollar dabei verdienen konnten – es sei denn, die Opfer waren ihre Freunde.

Abgesehen von den drei Standardtricks kannte Mintz noch sehr viel mehr. Einige versprachen weitaus mehr als tausend Dollar, die Obergrenze für die schnellen Standardtricks. Aber für sie brauchte man immer mehrere Partner und sehr viel Zeit und Vorbereitungsarbeit, die, kurz gesagt, an der Grenze zu großen Betrugsaktionen waren. Und sie hatten einen sehr ernsten Nachteil: Wenn der Geprellte den Trick durchschaute, war man dran. Man konnte sich nicht auf ein Versehen oder einen Fehler herausreden; es war nicht einfach nur Pech. Man war erledigt.

Es gab allerdings zwei entscheidende Details, die für den Trickbetrüger von größter Wichtigkeit waren, die Mintz seinem Schüler aber nicht erklärte. Das eine ließ sich auch nicht rational erklären. Es war etwas, was man nicht lernen konnte, aber jeder Trickster mußte es sich für sich, ganz auf sich selbst zugeschnitten, langsam erwerben: die Fähigkeit, anonym zu bleiben und sich doch gleichzeitig viel in der Öffentlichkeit zu bewegen. Selbstverständlich konnte man sich nicht einfach verkleiden. Es war vielmehr eine Frage des Unterlassens. Man mußte Manieriertheiten, besondere Ausdrucksweisen, eine bestimmte Sprechweise oder Tonlage, jede auffällige Körperhaltung, Gesten oder Gehweisen – einfach alles, wodurch man identifiziert werden konnte – vermeiden.

Das also war die erste, nicht systematisch zu erfassende Voraussetzung.

Die zweite erklärte Mintz wahrscheinlich nicht, weil sie zu offensichtlich schien. Er nahm an, daß Roy sie selbst kannte.

Die Lektionen waren zu Ende.

Roy begann seine Trickster-Karriere mit großem Fleiß. Er kaufte sich eine ansehnliche Garderobe. Er zog in ein gutes Hotel. Er verwöhnte sich selbst mit viel Extravaganzen und konnte dabei auch noch mehr als viertausend Dollar zurücklegen.

Die Monate vergingen. Dann, eines Tages, als er in einem Restaurant in Astoria saß, kam ein Detektiv herein, der nach ihm suchte.

Er beschrieb dem Besitzer Roys Aussehen bis ins kleinste Detail. Er hatte kein Foto, aber das Porträt eines Polizeizeichners, und die Ähnlichkeit war verblüffend.

Roy sah, wie die beiden während ihres Gesprächs in seine Richtung schauten, und er hatte den jähen Impuls loszurennen, nach hinten zur Küche zu stürzen und dann zur Hintertür hinaus. Wahrscheinlich war der einzige Grund, der ihn davon abhielt loszurennen, daß sich seine Beine wie Pudding anfühlten.

Und dann sah er sich selbst im Spiegel hinter dem Tresen, und er seufzte zitternd, aber erleichtert auf.

Nachdem er morgens das Hotel verlassen hatte, war es plötzlich warm geworden, und er hatte Hut, Mantel und die Krawatte in einem Schließfach in der U-Bahn untergebracht. Und außerdem hatte er sich vor ungefähr einer Stunde noch einen Bürstenhaarschnitt verpassen lassen.

Sein Aussehen hatte sich also entschieden verändert. Jedenfalls genug, um ihn vor einer Verhaftung zu bewahren. Aber der Vorfall hatte ihn total durcheinandergebracht. Er schlich sich auf sein Hotelzimmer zurück und fragte sich, ob er jemals wieder den Mut haben würde, als Trickster zu arbeiten. Er blieb bis zur einbrechenden Dunkelheit in seinem Zimmer, dann suchte er Mintz.

Mintz hatte das kleine Hotel verlassen, in dem er gewohnt hatte. Das war schon Monate her; er hatte auch keine neue Adresse hinterlassen. Roy begann ihn aufzuspüren. Es war reines Glück, daß er ihn in einer Bar, sechs Straßenecken weiter, fand.

Der Trickster war entsetzt, als Roy ihm erzählte, was passiert war. »Willst du damit sagen, daß du die ganze Zeit hier gearbeitet hast? Jeden Tag? Oh, mein Gott! Weißt du, wo ich überall in den letzten sechs Monaten gewesen bin? In zwölf Städten! Die ganze Strecke zur Küste runter und wieder zurück!«

»Aber warum? Ich meine, New York ist doch ne große Stadt. Warum ...«

Mintz unterbrach ihn ungeduldig. New York sei *keine* große Stadt, betonte er. Es wohnten einfach nur ne Menge Leute hier, und zwar auf einer relativ kleinen Fläche zusammengedrängt. Und es würde auch nicht seine Überlebenschancen verbessern, wenn Roy vom übervollen Manhattan in einen der anderen Bezirke wechselte. Er würde nicht nur dieselben Leute wiedertreffen, die zwar in Astoria, Jackson Heights oder sonstwo wohnten, aber alle in Manhattan arbeiteten, sondern in den Außenbezirken würde er auch leichter auffallen. Die Dummköpfe hätten's da leichter, ihn wiederzuerkennen. »Und, Junge, ein Blinder würde dich wiedererkennen! Schau dir bloß deinen Haarschnitt an! Die vornehme Armbanduhr und die dreifarbigen Sportschuhe! Warum trägst du nicht gleich eine schwarze Augenbinde und zeigst allen deine Goldzähne?«

Roy wurde rot. Er fragte besorgt, ob es sich mit allen Städten so verhalte. Müßte er immer die Stadt wechseln, sein Kapital angreifen und weiterziehen, kaum daß er sich irgendwo auskannte?

»Was willst du eigentlich?« fragte Mintz achselzukkend. »Sahne auf die gebratene Ente? In Los Angeles kannst du dich längere Zeit niederlassen, denn es ist eigentlich keine Stadt. Mehr wie ein Landbezirk mit vielen Städten, Dutzenden. Und der Straßenverkehr ist so quälend, die öffentlichen Verkehrsmittel sind so mies, daß die Leute nicht so viel ausgehen wie in New York. Aber ...« – er hob einen Finger und schüttelte ihn warnend – »das bedeutet noch lange nicht, daß du dich wie ein Wilder aufführen kannst, Junge. Du bist ein Trickster, ja? Ein Dieb. Du hast kein Zuhause, keine Freunde und kein sichtbares Einkommen. Ich hoffe, daß du das zum Teufel noch mal nie vergißt!«

»Werd ich nicht«, versprach Roy. »Aber, Mintz ...«

»Ja?«

Roy lächelte und schüttelte den Kopf, er behielt seine Gedanken für sich. *Angenommen, ich hätte ein Zuhause, einen festen Wohnsitz? Angenommen, ich hätte Hunderte von Freunden und Bekannten? Angenommen, ich hätte eine Anstellung und ...*

Jemand klopfte an die Tür, und er sagte: »Komm rein, Lilly« – und seine Mutter kam herein.

6

In den sieben Jahren, in denen er sie nicht gesehen hatte, schien sie kaum ein Jahr älter geworden zu sein. Er war jetzt fünfundzwanzig, was bedeutete, daß sie fast neununddreißig war. Aber sie sah aus wie Anfang Dreißig, ungefähr einunddreißig oder zweiunddreißig. Sie sah aus wie ... wie ... Aber sicher doch! Wie Moira Langtry! Sie erinnerte ihn an Moira Langtry! Man konnte zwar nicht sagen, daß sie sich *wirklich* glichen; sie waren beide brünett und ungefähr gleich groß, aber ihre Gesichter hatten keine Ähnlichkeiten. Sie waren eher vom gleichen Typ als einander persönlich ähnlich. Beide waren Frauen, die wußten, wie man sich Attraktivität nicht nur erhielt, sondern sie sogar intensivierte. Frauen, die entweder mit dem dafür Nötigen ausgestattet waren oder keine Mühe scheuten, es sich zuzulegen.

Lilly setzte sich zögernd auf einen Stuhl, unsicher, wie ihr Empfang ausfallen würde; sie erklärte hastig, daß sie aus Geschäftsgründen in Los Angeles war. »Ich setze unsere Gelder als ›Playback‹ beim Pferderennen, Roy. Ich fahre nach Baltimore zurück, sobald die Rennen vorbei sind.«

Roy nickte verständnisvoll. Ihre Erklärung klang einleuchtend. »Playback« war eine übliche Methode beim Wetten am Totalisator. Man setzte größere Summen auf aussichtslose Pferde, um so die Quote für den Favoriten zu drücken.

»Ich freue mich, dich zu sehen, Lilly. Ich wäre wirklich gekränkt gewesen, wenn du nicht vorbeigekommen wärst.«

»Ich bin auch froh, dich zu sehen, Roy. Ich ...« Sie schaute sich im Zimmer um, lehnte sich etwas nach vorn, um einen Blick ins Badezimmer zu werfen. Schließlich verwandelte sich ihre Unsicherheit in ein ratloses Stirnrunzeln. »Was soll das alles? Warum lebst du in so einem Hotel?«

»Warum, was gefällt dir denn nicht?«

»Hör auf, mich zu verspotten! Es paßt einfach nicht zu dir, das gefällt mir nicht. Schau dich doch bloß um! Sieh dir doch nur die kitschigen Clownsbilder an! Ist das der Geschmack meines Sohnes? Roy Dillon und Kitsch?!«

Roy hätte gelacht, wenn er nicht so schwach gewesen wäre. Die vier Bilder waren sein eigener Beitrag zur Ausstattung. Hinter den voluminösen Rahmen steckte der Ertrag seiner Trickster-Arbeit. Zweiundfünfzigtausend Dollar in bar.

Er murmelte vor sich hin, daß er die Suite so gemietet hätte, wie er sie vorgefunden habe, sie sei das Beste, was er sich leisten könne. Schließlich sei er ja nur ein Vertreter, der auf Kommissionsbasis verkaufe, und ...

»Und das ist wohl auch ein Witz«, sagte Lilly. »Du bist seit vier Jahren in einer Stadt wie Los Angeles und hast es grade mal zum lausigen Vertreter gebracht! Glaubst du wirklich, daß ich dir das abnehme? Das ist ne Tarnung, stimmt's? Diese Bude hier ist Fassade. Du arbeitest im

Milieu, und behaupte bloß nicht das Gegenteil, denn ich bin dir ein paar Jahre voraus!«

»Lilly ...« Seine schwache Stimme schien von weither zu kommen. »Lilly, verdammt noch mal, kümmere dich um deine eigenen Angelegenheiten ...«

Für einen Augenblick schwieg sie, mußte sich von seiner Rüge erholen und besann sich darauf, daß er eher ein Fremder als ein Sohn für sie war. Dann flehte sie ihn fast an: »Du brauchst nicht so zu leben, Roy. Du hast so viel mehr drauf als ich – so viel mehr, als ich jemals hatte – und ... Du weißt doch, was es aus einem Menschen macht, Roy. Ich ...«

Seine Augen waren geschlossen. Es war ein eindeutiges Signal: entweder sie hielt den Mund, oder sie verschwand. Sie zwang sich zu einem Lächeln und meinte, daß er recht habe, sie wolle nicht sofort anfangen, ihn zu kritisieren, kaum daß sie ihn wiedersah.

»Warum bist du noch im Bett, mein S-Sohn? Bist du krank?«

»Nein, nichts«, murmelte er. »Bloß ...«

Sie kam zu ihm ans Bett. Scheu legte sie eine Hand auf seine Stirn und stieß erschrocken aus: »Aber Roy, du bist ja eiskalt! Was ...« Als sie die Nachttischlampe anknipste, fiel Licht auf das Kissen. Wieder ein Stoßseufzer: »Roy, was ist los? Du bist weiß wie ein Leintuch!«

»Nichts ...« Seine Lippen bewegten sich kaum. »Alles in O-Ordnung, Lilly.«

Plötzlich hatte er schreckliche Angst. Er wußte, ohne den Grund zu kennen, daß er im Sterben lag. Und mit der schrecklichen Angst vor dem Tode erfaßte ihn eine unerträgliche Traurigkeit. Unerträglich, weil es allen egal war, weil niemand seinen Schmerz lindern würde. Niemand, absolut niemand, mit dem er seine Gefühle teilen konnte.

Nur ein Tod, Roy? Was willst du denn eigentlich?

Aber sie können dich nicht auffressen, oder? Sie können dich umbringen, aber sie können dich nicht auffressen.

»Tu's nicht«, schluchzte er, seine Stimme kämpfte gegen eine überwältigende Müdigkeit an. »Lach mich nicht aus – ich ...«

»Mach ich doch nicht! Ich lache doch gar nicht, Schatz! Ich – Hör mir gut zu, Roy!« Sie drückte verzweifelt seine Hand. »Du fühlst dich nicht krank an. Kein Fieber oder so – wo tut es weh? Hat dich jemand verletzt?«

Es tat nicht weh. Seit dem Tag, an dem man ihm den Schlag versetzt hatte, hatte er keine Schmerzen gehabt. Aber ...

»Einen Schlag ...«, murmelte er. »Vor drei Tagen ...«

»Vor drei Tagen? Wie? Wo hat man dir einen Schlag versetzt? Was – Warte einen Moment, Liebling! Warte nur, bis deine Mutter telefoniert hat, und dann ...«

In einer Rekordzeit für das Grosvenor-Carlton bekam sie eine Verbindung. Am Telefon sprach sie dann mit solcher Schärfe, daß es sich wie Peitschenhiebe anhörte.

»... Lilly Dillon, Doktor. Ich arbeite für Justus, Unternehmen für Unterhaltungsspiele in Baltimore, und ... *Was*? Laß mich bloß nicht abblitzen, Junge! Erzähl mir ja nicht, daß du nie von mir gehört hast! Soll ich Bobo Justus sagen, daß er dich anrufen soll, wie? Also, gut. Dann zeigen Sie mir mal, wie schnell Sie hier rüberkommen können!«

Sie warf den Hörer auf und drehte sich wieder zu Roy um.

Der Doktor kam atemlos an, er sah etwas mißmutig aus; doch während er Lilly mit den Augen regelrecht verschlang, vergaß er seine gekränkte Eitelkeit.

»Es tut mir leid, daß ich so brüsk war, Mrs. Dillon. Aber wollten Sie mir wirklich erzählen, daß dieser kräftige junge Mann Ihr Sohn ist?«

»Lassen wir das«, Lilly unterbrach seine Schmeicheleien schroff. »Helfen Sie ihm. Ich glaube, es geht ihm wirklich schlecht.«

»Na, gut. Lassen Sie mich mal sehen.«

Er ging an ihr vorbei und schaute auf die bleiche Gestalt im Bett. Sofort veränderte sich sein unbeschwertes Auftreten; seine Bewegungen waren zügig und präzise, als er Roys Herz abhörte und Puls und Blutdruck maß.

»Wie lange ist er schon in diesem Zustand, Mrs. Dillon?« fragte er formell, ohne sich zu ihr umzudrehen.

»Ich weiß nicht. Er war im Bett, als ich vor ungefähr einer Stunde kam. Wir unterhielten uns, und es schien ihm nichts zu fehlen, abgesehen davon, daß er immer schwächer wurde und ...«

»Das glaube ich gern! Hat er schon mal Magengeschwüre gehabt?«

»Nein. Das heißt, ich bin mir nicht sicher. Ich habe ihn in den letzten sieben Jahren nicht gesehen, und ... Was fehlt ihm, Doktor?«

»Wissen Sie, ob er in den letzten Tagen einen Unfall hatte? Wo er sich innere Verletzungen zugezogen haben könnte?«

»Nein ...« Sie verbesserte sich erneut. »Na ja, doch, ja! Er versuchte mir davon zu erzählen. Vor drei Tagen hat man ihm in den Magen geschlagen – ich glaube, es war ein Betrunkener in einer Bar ...«

»Und hat er sich danach erbrochen? Bräunlich, wie Kaffee?« Der Arzt riß das Laken herunter und nickte ernst angesichts des Blutergusses. »Also?«

»Ich weiß nicht ...«

»Welche Blutgruppe hat er? Wissen Sie das?«

»Nein. Ich ...«

Er ließ das Laken zurückfallen und hob den Telefonhörer auf. Er bestellte einen Krankenwagen und brach die Rekordzeit für eine Verbindung nach außen zum zweiten Mal an diesem Tag; dann starrte er Lilly mit einer Art besorgtem Vorwurf an.

Er legte den Hörer auf. »Es wäre wirklich gut, wenn Sie seine Blutgruppe kennen würden«, sagte er. »Wenn ich ihm sofort eine Bluttransfusion geben könnte und nicht warten müßte, bis wir die Blutgruppe ermittelt haben ...«

»Ist es ... Er wird wieder gesund, nicht wahr?«

»Wir tun, was wir können. Künstliche Beatmung wird ihm sicher helfen.«

»Aber wird er wieder gesund?«

»Sein Blutdruck ist unter hundert, Mrs. Dillon. Er hat innere Blutungen gehabt.«

»Hören Sie auf!« Sie wollte ihn anschreien. »Ich habe Sie etwas gefragt! Ich habe gefragt, ob ...«

»Es tut mir leid«, sagte er ruhig. »Die Antwort ist nein. Ich glaube nicht, daß er noch leben wird, wenn er das Krankenhaus erreicht.«

Lilly taumelte. Dann beherrschte sie sich, richtete sich auf und bemühte sich, ihre Stimme nicht zittern zu lassen. Und als sie mit dem Arzt sprach, klang ihre Stimme ganz fest:

»Mein Sohn wird wieder gesund«, sagte sie. »Wenn nicht, lasse ich Sie umbringen.«

7

Carol Roberg kam um fünf Uhr nachmittags im Krankenhaus an, eine Stunde, bevor ihre Schicht begann. Der bloße Gedanke, zu spät zur Arbeit zu kommen, flößte ihr Furcht ein; außerdem konnte sie, wenn sie so früh kam, ein verbilligtes Essen in der Personalkantine zu sich nehmen, bevor sie ihren Dienst begann. Und das war sehr wichtig für Carol – eine gute und zugleich preiswerte Mahlzeit. Selbst wenn sie keinen Hunger hatte, war sie – was selten war, jedenfalls in Amerika, wo die Leute offenbar fast nie Hunger hatten – immer etwas besorgt darüber, wann sie wieder zu essen bekommen würde.

Ihre weiße Krankenschwesterntracht war so steif gestärkt, daß sie knackte und raschelte, als Carol den Marmorkorridor entlang eilte. Die Tracht war sehr lang, wie in Europa üblich, und sie sah aus wie ein Kind, das sich das Gewand seiner Mutter ausgeliehen hatte. Rocksaum und Manschetten waren an den Rändern nach außen gekehrt und schienen damit ein Vorbild für Augen, Mund, Brauen und die kurz geschnittenen Haarspitzen zu bieten. Alles an ihr war witzig nach oben gebogen, und selbst die größte Ernsthaftigkeit konnte wenig dagegen ausrichten. Ja, je ernsthafter sie sich gab, je strenger ihre Haltung, um so mehr mußte der Betrachter sein Lachen unterdrücken: ein Kind, das sich offensichtlich bemühte, den Erwachsenen zu spielen.

Nachdem sie die Kantine betreten hatte, ging sie direkt zum langen Tresen, wo das Essen ausgegeben wurde. Sie errötete befangen und vermied es geflissentlich, mit jemandem, der zufällig in ihre Richtung sah, Blickkontakt aufzunehmen. Manchmal war es ihr passiert, hier und anderswo, daß man sie eingeladen hatte, am selben Tisch zu essen. Es hatte immer zu peinlicher Beklommenheit geführt. Die Männer, Krankenhausärzte und technisches Personal, hatten Witze gemacht, die sie mit ihrem beschränkten Wortschatz nicht verstand, so daß sie nie wußte, wie sie reagieren sollte. Die Krankenschwestern waren nett zu ihr, bemühten sich, freundlich zu sein. Aber zwischen ihnen lag eine Kluft, die nur die Zeit überwinden konnte. Weder sprach noch handelte sie wie sie, und die anderen Schwestern schienen das als Kritik aufzufassen.

Carol nahm sich ein Tablett und Besteck von der Theke und schaute sich die zahlreichen dampfenden Speisen genau an. Sie wählte vorsichtig aus, wog Vor- und Nachteile der einzelnen Speisegänge gegeneinander ab.

Kartoffeln mit Soße kosteten acht Cents. Also würde die Zweier-Portion logischerweise fünfzehn Cents kosten, oder? Einen Penny weniger.

»Eine Zweier-Portion . . .?« Die dicke Frau hinter dem Tresen lachte. »Ach, Sie meinen eine doppelte Portion?«

»Eine doppelte, ja. Kostet sie fünfzehn?«

Die Frau zögerte, schaute sich verschwörerisch um. »Ich will dir was sagen, Liebes. Wir geben dir's für den einfachen Preis, hmm? Ich tu einfach ein bißchen mehr auf den Löffel.«

»Können Sie das?« Carol schaute sie erschreckt aus großen, runden Augen an. »Kriegen Sie dann keine Schwierigkeiten?«

»Ich? Ha! Mir *gehört* der Laden hier, Liebes!«

Carol fand, daß damit alles korrekt sei. Es war nicht wie Stehlen. Mit ruhigem Gewissen konnte sie auch die zwei Extra-Würste annehmen, die die Frau unter ihrer Portion Bockwurst und Sauerkraut begraben hatte.

Sie zögerte, als es zum Nachtisch kam; war kurz davor, wegen der gerade gemachten Einsparung den Apfelstrudel zu wählen, als sie hinter sich Stimmen hörte: Es war die dicke Frau, die mit einer Angestellten sprach:

»... die kleine Koscher-Fresserin kann wirklich ne Menge verdrücken, was?«

»Sicher, aber nur, wenn's umsonst ist. Nur so kommen die Itzigs zu was.«

Carol erstarrte einen Moment. Dann ging sie steif weiter, zahlte die Rechnung und trug ihr Tablett zu einem Tisch in der hintersten Ecke des Raums. Sie begann zu essen, ganz methodisch zwang sie sich dazu, das plötzlich geschmacklose Essen in sich hineinzuschaufeln, bis es wieder gut schmeckte und sie es lustvoll aß.

So mußte man leben. Immer aus allem das Beste machen und die Wirklichkeit so nehmen, wie sie nun einmal war. Normalerweise war nichts so schlimm, wie es aussah; und wenn auch nicht immer alles gut war, so wurde es doch im Laufe der Zeit besser, und sei es auch nur deshalb, weil es immer noch Schlimmeres gab. Fast alles im Leben war für sie relativ gut. Essen war besser, als hungrig zu sein. Leben besser als Sterben.

Selbst gespielte Freundlichkeit war besser als gar keine. Die Leute mußten dazu wenigstens eine Anstrengung – zumindest eine kleine – machen. Ihre eigenen Verwandten und Glaubensgefährten, Immigranten wie sie selbst, hatten nicht immer so gehandelt.

Sie war mit Hilfe von Verwandten, einer Tante und einem Onkel, die Österreich vor dem *Anschluß* verlassen hatten, in die USA eingewandert. Nun, da beide wohlhabend waren, hatten sie Carol zu sich genommen und sie wie eine Art Tochter auf Probe behandelt. Aber die unausgesprochenen Voraussetzungen dazu konnte Carol nicht erfüllen, sie war nicht dazu in der Lage, sich total in die Familie einzufügen, genauso zu leben wie sie – und damit ganz mit ihrem vorherigen Leben zu brechen.

Die rituellen Mahlzeiten, die vielen verschiedenen Speisen in ebenso vielen Schüsseln; all das war ihr fast zuwider. So viel Verschwendung in einer Welt, in der es an so vielem mangelte! Andererseits fand sie es geradezu töricht, in all diesem Überfluß zu fasten.

Sie konnte den bärtigen Talmud-Gelehrten mit den rosa Lippen trotz seines Wissens nicht ausstehen. Für sie war er ein Parasit, den man, wie alle anderen auch, zur Arbeit hätte zwingen sollen. Und es schockierte sie, wie Dummheit als Stolz ausgegeben wurde – oder besser, was sie für Dummheit hielt: die Weigerung, eine neue Sprache zu lernen, um damit einen Weg zu einer neuen und vielleicht besseren Lebensweise zu finden. Alles in allem machte ihr dieser bewußte Separatismus Angst, sie spürte darin den Keim zu einer Tragödie.

Weil ihre neue Familie sie aber liebevoll behandelte oder es zumindest gut meinte, versuchte Carol, so zu werden wie sie. Sie versuchte sogar zu glauben, daß sie selbst im Unrecht war und die Familie recht hatte. Aber ihre mühsamen Versuche, ihre Bereitwilligkeit waren nicht genug für die anderen. Man beklagte, daß sie ihren Glauben – an den sie sich noch nicht einmal mehr erinnern konnte – verraten hätte. Und die Tyrannei ihrer neuen Familie erschien ihr fast so schlimm wie die, vor der sie geflohen war. Und schließlich blieb ihr nichts anderes übrig, als auch vor ihnen zu fliehen.

Das Leben außerhalb der Emigrantenzirkel war nicht einfach. Diese Alternative war für sie eine Welt mit ebenso vielen Vorurteilen wie die, die sie gerade hinter sich gelassen hatte. Aber es war nicht immer so. Es gab einige Menschen, denen es vollkommen egal war, was sie einmal gewesen war. Die vorurteilslos waren, wo es am meisten zählte. Sie – es gab nur sehr wenige, und Mrs. Dillon war dafür das beste Beispiel – akzeptierten Carol als das, was sie *heute* war. Und ...

Sie sah, daß Mrs. Dillon auf sie zukam, gebieterisch und geschmeidig zugleich bewegte sie sich zwischen den anderen Tischen auf sie zu. Hastig stellte Carol ihre Teetasse auf den Tisch und stand auf.

»Bitte, setzen Sie sich doch, Mrs. Dillon. Soll ich Ihnen eine Tasse Tee holen? Oder Kaffee? Etwas zu essen ...?«

»Nichts.« Lilly lächelte und forderte sie mit einer Handbewegung auf, sich wieder zu setzen. »Ich werde heute abend nicht im Krankenhaus bleiben, wollte mich aber mit Ihnen unterhalten, bevor ich gehe.«

»Stimmt etwas nicht? Ich – ich habe doch ...«

»Nein, ich bin mit Ihrer Arbeit zufrieden. Alles in Ordnung«, versicherte ihr Lilly. »Holen Sie sich noch eine Tasse Tee, wenn Sie wollen. Wir haben es nicht eilig.«

»Besser nicht«, sagte Carol kopfschüttelnd. »Es ist fast sechs, und die andere Schwester ...«

»Ich bezahle auch die andere Schwester«, sagte Lilly kategorisch. »Ich bin ihre Arbeitgeberin, nicht das Krankenhaus. Wenn sie keine bezahlten Überstunden machen möchte, kann sie kündigen.«

Carol nickte und murmelte unterwürfig. So hatte sie Mrs. Dillon noch nie erlebt. Lilly lächelte wieder.

»So, und jetzt entspann dich einfach und setz dich bequem hin. Ich mag es, wie du arbeitest. Und ich mag dich. Ich hoffe, daß du mich auch magst – meinen Sohn und mich.«

»Oh, ja, sehr sogar! Sie waren immer sehr nett zu mir.«

»Warum hast du eigentlich keine Festanstellung? Warum mußt du immer als Aushilfe arbeiten?«

»Nun ja ...«, Carol zögerte mit der Antwort. »Die Krankenhäuser, fast alle Krankenhäuser, bilden ihre Schwestern selbst aus, und ich habe keinen solchen Abschluß. Und die anderen Stellen, Sprechstundenhilfen und so, da erwartet man noch andere Kenntnisse, die ich nicht habe. Oft zum Beispiel Buchhaltung und Kurzschrift, und ...«

»Ich verstehe. Und wie kommst du bei dieser Aushilfsarbeit finanziell klar? Stimmt die Kasse?«

»Nun, ich verdiene nicht immer so viel wie zur Zeit«, sagte Carol ernsthaft. »Es hängt davon ab, wieviel Arbeit ich bekommen kann, und das ist nicht immer sehr viel. Und dann muß ich noch die Gebühren für die Arbeitsvermittlung zahlen. Aber ... naja, wie auch immer, ich komme schon hin. Wenn ich mehr Kenntnisse habe und mein Englisch besser ist ...«

»Ja, sicher. Wie alt bist du, Carol?«

»Siebenundzwanzig.«

»Ach ja?« Lilly war überrascht. »Ich hätte niemals gedacht, daß du schon so alt bist.«

»Manchmal fühle ich mich sehr viel älter. Als ob ich schon seit Ewigkeiten gelebt hätte. Aber ja, ich bin siebenundzwanzig.«

»Na ja, das macht ja nichts. Hast du einen Freund? Gehst du fest mit jemandem? Nein?« Lilly fand auch das seltsam. »Also, ein Mädchen wie du hat doch sicher jede Menge Verehrer.«

Carol schüttelte den Kopf, ihre nach oben gerichteten Gesichtszüge wirkten komisch in ihrer Ernsthaftigkeit. Carol wies darauf hin, daß sie in einem möblierten Zimmer wohne, und dort könne sie unmöglich junge Männer gebührend empfangen. Und da sie außerdem immer arbeiten müsse, wenn sich eine Gelegenheit bot, und die Arbeitszeiten immer unregelmäßig seien, könne sie ihre Verabredungen nie im voraus planen, da sie sich nie sicher war, ob sie sie auch einhalten könne.

»Und dann«, schloß sie errötend, »dann versuchen die

jungen Männer auch gewisse Dinge zu tun. Sie – oft bringen sie mich in große Verlegenheit.«

Lilly nickte, sie fühlte eine seltsame Zärtlichkeit für die junge Frau. Hier war etwas, war jemand, der nichts verbarg, denn es gab nichts Schlechtes zu verbergen. Vielleicht wäre sie selbst, unter anderen Umständen, auch so ehrlich, anständig – und *echt* geworden wie Carol. Aber – sie zwang sich, diese Gedanken nicht weiterzudenken – zum Teufel mit diesen Sentimentalitäten.

Sie war eben so, wie sie war, und darum war auch Roy so geworden, wie er jetzt war. Und was sie, Lilly, anging, konnte man jetzt nichts mehr ändern, vorausgesetzt, sie wollte es überhaupt; aber vielleicht war es noch nicht zu spät für ...

»Du wunderst dich vielleicht, warum ich so neugierig, äh, ich meine, warum ich so viele Fragen gestellt habe«, sagte Lilly. »Also, die Sache ist so. Ich möchte nichts beschwören, indem ich jetzt sage, daß mein Sohn wieder gesund wird, aber ...«

»Oh, aber ich bin mir sicher, daß er gesund wird, Mrs. Dillon. Ich ...«

»Sag so was nicht«, sagte Lilly scharf und klopfte auf den hölzernen Tisch. »Es könnte Unglück bringen. Sagen wir jetzt nur, daß falls und wenn er das Krankenhaus verlassen kann, ich es gern sähe, wenn du dich noch eine Weile um ihn kümmern würdest. In meiner Wohnung, versteht sich. Würde dir das gefallen?«

Carol nickte eifrig, ihre Augen glänzten. Mrs. Dillon hatte sie schon mehr als zwei Wochen ständig beschäftigt, noch nie hatte man sie so lange angestellt. Es wäre wunderbar, wenn sie für Mrs. Dillon und ihren netten Sohn weiterarbeiten könnte. Am liebsten unbegrenzt lange.

»Dann ist ja alles in Ordnung«, sagte Lilly. »Alles ist geregelt. So, und jetzt muß ich gehen, aber – ja?«

»Ich habe mich gerade gefragt«, sagte Carol zögernd, »ich meine, ich dachte, ob – ob es Mr. Dillon auch gefallen würde. Er ist immer sehr höflich, aber ...« Sie zögerte wieder, konnte nicht richtig ausdrücken, was sie dachte, ohne unhöflich zu sein. Lilly sagte es an ihrer Stelle.

»Du glaubst, daß Roy mich ablehnt. Er ist gegen alles, was ich tue – aus dem einfachen Grund, daß *ich* es bin, die es macht.«

»Oh, nein. Das wollte ich nicht sagen. Auf jeden Fall nicht so. Ich wollte nur ...«

»Also, ich habe es ziemlich genau getroffen«, sagte Lilly lächelnd und versuchte unbeschwert zu klingen. »Aber mach dir darüber keine Sorgen, Liebes. Du arbeitest für mich, nicht für ihn. Alles, was ich für ihn tue, ist nur zu seinem Besten, und es macht nichts, wenn er am Anfang etwas dagegen aufbegehrt.«

Carol nickte, mit einer Spur von Zweifel.

Lilly stand von ihrem Stuhl auf und begann ihre Handschuhe anzuziehen.

»Wir behalten die Sache zunächst für uns«, sagte sie. »Vielleicht schlägt Roy es selbst vor.«

»Wenn Sie meinen«, murmelte Carol.

Sie gingen zusammen zur Kantinentür. Dann wandte sich Lilly in Richtung Eingangshalle, während Carol sich schnell auf den Weg ins Zimmer ihres Patienten machte.

Die andere Krankenschwester ging gleich, nachdem sie

das Krankenblatt mit Carol durchgesprochen hatte. Roy lächelte Carol schwach und müde an und sagte ihr dann, daß sie sehr schlecht aussehe.

»Sie gehören ins Bett, Miss Roberg«, sagte er. »Ich werde meins mit Ihnen teilen.«

»Aber ich nicht mit Ihnen!« Carol errötete vor Wut. »Hören Sie auf damit!«

»Oh, doch, Sie werden. Ich kenne junge Frauen mit diesem Blick. Nur das Bett kann da Abhilfe schaffen.«

Carol kicherte gegen ihren Willen, sie fühlte sich sehr lasterhaft. Roy sagte ihr mit gespielter Strenge, daß man über so etwas nicht lachen dürfe. »Sie sollten sich wirklich besser benehmen, sonst gebe ich Ihnen keinen Gutenachtkuß. Und dann wird es Ihnen leid tun.«

»Wird's mir nicht!« Carol errötete, wand sich und kicherte. »Jetzt hören Sie damit auf!«

Roy hörte nach ein, zwei Minuten auf, sie aufzuziehen. Es war ihr wirklich peinlich, entschied er, und ihm war auch nicht zum Witzeln zumute.

Links von seinem Bett stand ein Stahlgestell, an dem ein Behälter mit sirupähnlichem Blut hing. Von der nach unter gerichteten Öffnung führte ein Schlauch in eine kielförmige Kanüle, die in seinem Arm steckte. Auf der anderen Seite des Bettes stand eine ähnliche Vorrichtung, die Kochsalzlösung in seinen anderen Arm träufelte. Seit seiner Einlieferung ins Krankenhaus wurden ihm Blut und Kochsalzlösung intravenös zugeführt. Die ganze Zeit hatte er mit ausgestreckten Armen, auf dem Rücken liegend, verbracht. Jeder Körperteil schmerzte unglaublich, die einzige Erleichterung war, wenn Körper und Arme taub wurden. Manchmal fragte er sich, ob das Leben solch einen Preis wirklich wert sei. Aber diese Frage war nur ein Scherz, und noch nicht einmal ein besonders guter.

Er hatte lange an der Schwelle zum Tod gestanden, und was er sah, hatte ihm überhaupt nicht gefallen.

Er war sehr, sehr froh zu leben.

Eines bedauerte er allerdings jetzt, wo er offensichtlich außer Lebensgefahr war: daß es Lilly gewesen war, die ihm das Leben gerettet hatte. Der einzigen Person, der er nichts schuldig sein wollte, schuldete er nun alles; eine Verpflichtung, die er niemals abtragen konnte.

Er mochte sich grämen, die Sache in Gedanken immer wieder durchspielen. Er mochte seine unglaublich zähe Konstitution, den unbedingten Lebenswillen als wahren Grund für sein Überleben anführen. Die Ärzte hatten es doch praktisch selbst zugegeben, oder? Es war wissenschaftlich unmöglich zu überleben, wenn Blutdruck und Hämoglobinspiegel unter bestimmte Grenzwerte sanken. Und seine Werte lagen weit unter diesen Grenzwerten, als er ins Hospital eingeliefert wurde. Ohne Hilfe von außen hatte er sich ans Leben geklammert, *bevor* man etwas für ihn unternommen hatte. Daher ...

Kein Daher. Er hatte schnelle Hilfe gebraucht, und Lilly hatte sie ihm beschafft. Moira hatte nicht gemerkt, daß ihm etwas fehlte, er selbst hatte es nicht gewußt, niemand – außer Lilly. Und von wem hatte er, da er gerade dabei war, die psychische und physische Kraft, die es ihm erlaubte, so lange am Leben zu bleiben, bis medizinische Hilfe eintraf? Von Fremden, was? Ha, ha!

Wie auch immer man es betrachtete, er verdankte Lilly

sein Leben. Und Lilly, unbewußt oder voller Absicht, stellte sicher, daß er es nicht vergaß.

Mit sanfter Bosheit hatte sie Moira Langtry so vergrault, daß diese ihre Krankenhausbesuche nach zwei Tagen einstellte. Moira rief ihn jeden Tag an, um ihn wissen zu lassen, daß sie sich um ihn sorge, aber sie war nie wieder ins Krankenhaus gekommen. Und Lilly gelang es sogar oft, während Moiras Anrufen im Zimmer zu sein, so daß er sich auf einsilbige Antworten beschränkte.

Lilly hatte offensichtlich vor, seiner Affäre mit Moira ein Ende zu setzen. Und ihre Pläne gingen noch weiter. Für den Tagesdienst hatte sie ihm eine Krankenschwester ausgesucht, die wie ein Panzer gebaut war; tüchtig, aber mit dem Charme eines Feldwebels. Andererseits hatte Lilly für den Nachtdienst ein richtiges Püppchen ausgesucht, ein Mädchen, auf das er fliegen mußte, selbst wenn Lilly nicht die gesamte Konkurrenz verscheucht hätte.

Oh, ja, er wußte genau, was geschah. Wo immer er auch hinsah, überall erkannte er Lillys Pläne. Und was konnte er schon dagegen unternehmen? Ihr sagen, sie solle gefälligst verschwinden und ihn allein lassen? Sollte er einfach sagen: »Also gut, du hast mein Leben gerettet, aber das bedeutet noch lange nicht, daß du über mich verfügen kannst!«

Ein Arzt kam ins Krankenzimmer; nicht derjenige, der ihn im Hotel behandelt hatte – den hatte Lilly sofort weggeschickt –, sondern ein vergnügt aussehender junger Mann. Ihm folgte ein Pfleger, der einen kleinen Wagen mit einer Metallklappe vor sich herrollte. Roy sah die Instrumente auf dem Wagen und stöhnte auf.

»Oh, nein! Nicht das schon wieder!«

»Wollen Sie damit sagen, daß Sie es nicht mögen?« Der Arzt lachte. »Er flunkert uns was vor, Schwester, nicht wahr? In Wirklichkeit liebt er es, wenn sein Magen ausgepumpt wird.«

»Aber ich bitte Sie«, Carol zog mißbilligend die Brauen hoch. »Es ist wirklich nicht komisch.«

»Ach was. Dieser Typ hier kennt einfach keine Schmerzen. Und jetzt alle ans Werk, damit wir's hinter uns haben.«

Der Pfleger hielt Roy von einer Seite fest, er hatte seine Hand fest auf die intravenöse Kanüle gelegt. Carol hielt mit einer Hand die Nadel am anderen Arm fest, die andere Hand lag auf dem Rand einer Schüssel mit Eisstücken. Der Arzt griff sich einen dünnen Gummischlauch und führte ihn durch Roys Nasenloch ein.

»So, und jetzt schön stillhalten, mein Junge! Halten Sie still, sonst reißen Sie sich beide Nadeln raus!«

Roy versuchte stillzuhalten, aber es gelang ihm nicht. Als der Schlauch durch Nase, Mund und Hals in den Magen eingeführt wurde, bäumte er sich auf und kämpfte mit aller Kraft dagegen an. Würgend und nach Atem ringend versuchte er sich loszureißen. Während der Arzt ihn spielerisch verfluchte, preßte Carol kleine Eisstücke zwischen Roys Lippen.

»Bitte versuchen Sie zu schlucken, Mr. Dillon. Wenn Sie das Eis schlucken, wird der Schlauch damit zusammen in den Magen rutschen.«

Roy schluckte und schluckte. Schließlich hatte der Schlauch seinen Magen erreicht. Der Arzt veränderte die

Position noch mehrmals geringfügig, dabei senkte oder zog er ihn etwas höher.

»Na, wie steht's? Sind doch noch nicht auf dem Boden, was?«

Roy meinte, daß es nicht der Fall sei. Alles schien in Ordnung.

»Gut.« Der Arzt studierte die Glasampulle, an die der Schlauch angeschlossen war. »Ich bin in einer halben Stunde zurück, Schwester. Wenn er Schwierigkeiten macht, hauen Sie ihm eins in den Magen.«

Carol nickte unbeeindruckt. Sie sah dem Arzt mit hochgezogenen Brauen nach, als er das Zimmer eilig verließ; dann ging sie zum Bett hinüber und wischte Roy den Schweiß von der Stirn.

»Es tut mir leid. Ich hoffe, es ist nicht allzu schlimm für Sie.«

»Es geht schon.« Es war ihm jetzt ein bißchen peinlich, daß er sich so angestellt hatte. »Aber man weiß eben immer schon, was auf einen zukommt, verstehen Sie?«

»Ich weiß. Das schlimmste ist, den Schlauch runterzukriegen, aber der Rest ist auch nicht gut. Man kann nicht schlucken, und auch das Atmen ist ein bißchen beeinträchtigt; man gewöhnt sich nie daran. Man fühlt immer, daß etwas nicht stimmt.«

»Hört sich so an, als hätte man Ihnen auch schon den Magen ausgepumpt.«

»Ja, hat man, sehr oft.«

»Innere Blutungen?«

»Nein. Obwohl ich später auch innere Blutungen hatte. Aber nicht am Anfang.«

»Wie?« fragte er stirnrunzelnd. »Ich verstehe Sie nicht. Warum hat man Ihnen den Magen ausgepumpt, wenn Sie ...«

»Ich weiß nicht.« Sie lächelte plötzlich und schüttelte den Kopf. »Es war vor sehr langer Zeit. Und überhaupt, es ist nicht angenehm, darüber zu sprechen.«

»Aber ...«

»Und ich glaube, Sie sollten auch nicht soviel sprechen. Sie werden jetzt ganz ruhig liegen und Ihren Mageninhalt nicht in Aufruhr versetzen.«

»Ich kann mir nicht vorstellen, daß ich noch irgend etwas im Magen habe.«

»Wie auch immer«, sagte sie bestimmt. Und er ließ es dabei bewenden.

Es war leicht für ihn, das Thema zu beenden. Leicht, weil er nur ein Ziel hatte, nämlich zu überleben, und alle möglichen Ablenkungen ignorierte. Jahrelanges Training machte es ihm so leicht, fast automatisch abzuschalten.

Er lag ruhig da und beobachtete Carol, die sich geschäftig im Zimmer herumbewegte; ihre jungendliche Frische war für ihn ein belebender Kontrast zu Moira. Was für ein nettes kleines Ding, dachte er, so hübsch und nett wie nur wenige. Daher sollte man sie auch in Ruhe lassen. Andererseits, wäre es nicht ein bißchen seltsam, wenn ein so hübsches Mädchen wie sie immer anständig gewesen wäre? War es nicht sehr unwahrscheinlich? Und wenn sie nicht wußte, wie hübsch sie war ...

Nun ja, ein Thema zum Nachdenken. Sicher eine nette Art und Weise, Lilly zu zeigen, wo ihre Grenzen waren.

Der Arzt kam zurück. Er sah sich den Inhalt der Glasampulle aufmerksam an und lachte dröhnend. »Nur grüne Galle. Davon ist er voll, Schwester, das macht ihn so übellaunig; aber ich erzähle Ihnen ja nichts Neues.«

Er entfernte den Schlauch. Dann, Wunder über Wunder, ordnete er an, daß beide Kanülen aus Roys Armen entfernt wurden. »Warum nicht? Warum sollten wir einen Simulanten wie Sie verwöhnen?«

»Ach, gehen Sie doch zum Teufel.« Roy grinste ihn an und beugte seinen Arm lustvoll. »Lassen Sie ihn mich bloß mal ausstrecken.«

»Ganz schön frech, hmm. Wie wäre es mit etwas zu essen?«

»Meinen Sie damit die flüssige Kreide, die man hier Milch nennt? Bringen Sie sie herbei, Bruder.«

»Nein. Heute abend gibt es Steak, Kartoffelpüree, das ganze Menü. Sie können sogar ein paar Zigaretten rauchen.«

»Sie machen Witze.«

Der Arzt schüttelte den Kopf, wurde ernst. »Seit drei Tagen haben Sie keine Blutungen mehr gehabt. Es wird Zeit, daß sich Ihr Magen wieder an feste Kost gewöhnt, damit er sich richtig erholt, und das ist mit Flüssignahrung nicht möglich.«

Roy war ein bißchen unbehaglich zumute. Schließlich war es *sein* Magen. Der Doktor beruhigte ihn, er habe nichts zu befürchten.

»Wenn Ihr Magen das Essen nicht bei sich behält, brauchen wir Sie nur aufzuschneiden und ein Stück Magen zu entfernen. Ist ganz einfach.«

Er ging pfeifend hinaus.

Wieder sah Carol ihm mit hochgezogenen Brauen nach. »Dieser Mann! Oh, ich würde ihn gern mal so richtig durchschütteln!«

»Glauben Sie, daß das gut ist?« fragte Roy. »Ich meine, wieder richtig zu essen. Ich bin nicht besonders hungrig, und ...«

»Natürlich ist es gut! Sonst würde man es Ihnen nicht erlauben.«

Sie nahm eine seiner Hände in die ihren und sah ihn so beschützend an, daß er versucht war zu lächeln. Er unterdrückte den Impuls und hielt ihre Hand fest, während er Carol sanft auf den Stuhl an seinem Bett schob.

»Sie sind ein nettes junges Mädchen«, sagte er sanft. »Ich habe noch niemand wie Sie kennengelernt.«

»V-vielen Dank ...« Ihre Augen senkten sich, und die Stimme senkte sich zu einem Flüstern. »Ich habe auch noch nie jemand wie Sie kennengelernt.«

Er lag da und sah sie aufmerksam im immer stärker werdenden Zwielicht des Zimmers an. Er studierte ihr ehrliches Gesicht mit den aufwärts geschwungenen Zügen; und er war sich bewußt, wie sehr sie ihn an ein ernsthaftes, unschuldiges Kind erinnerte. Dann drehte er sich zur Seite und rutschte vorsichtig näher an die Bettkante heran.

»Ich werde Sie vermissen, Carol. Können wir uns treffen, nachdem ich hier entlassen worden bin?«

»I-ich weiß nicht.« Sie atmete schwer, sah ihn immer noch nicht an. »Ich – ich würde das gerne tun, a-aber ich muß arbeiten, wann immer ich kann, wann immer man mich anfordert und ...«

»Carol?«

»J-ja?«

»Komm mal her.«

Er zog sie vorsichtig zu sich heran, seine andere Hand landete auf ihrer Schulter. Schließlich sah sie ängstlich auf, verzweifelt entzog sie sich seinem Griff. Und dann, plötzlich, lag sie in seinen Armen, preßte ihr Gesicht an seins.

»Magst du mich, Carol?«

»Oh, ja!« Heftig zustimmend nickte sie mit dem Kopf. »So, so sehr! A-aber ...«

»Hör zu«, sagte er. Und dann, als sie bereit war, ihm zuzuhören, schwieg er. Zügelte seine Gefühle. Sagte sich, daß dies alles zu nichts führen würde.

Aber würde es das? Er brauchte doch jemand, der ihn für eine Weile pflegen würde, oder? Lilly hatte so etwas angedeutet, hatte vorgeschlagen, daß er eine Woche oder so in ihrer Wohnung bleiben sollte. Natürlich war er dagegen gewesen; erstens, weil es ihr Vorschlag gewesen war, und zweitens, weil es sinnlos schien. Wenn sie die ganze Zeit auf dem Rennplatz war, würde er ja allein sein. Aber ...

Carol zitterte leicht in seiner Umarmung. Er wollte sie wegschieben, aber unbewußt preßte er die Arme noch fester um sie.

»Ich habe mir gerade etwas überlegt«, sagte er. »Nach meiner Entlassung hier bin ich sicher noch etwas schwach auf den Beinen. Vielleicht ...«

»Ja?« sagte sie, hob den Kopf und lächelte aufgeregt zu ihm hinunter. »Sie möchten, daß ich Sie eine Weile pflege, ja? Ist es das?«

»Würde es dir gefallen?«

»Ja! Oh, wirklich, ja!«

»Nun ja«, sagte er unbeholfen. »Wir werden beide darüber nachdenken. Und dann müssen wir sehen, was meine Mutter dazu sagt. Ich lebe in einem Hotel, daher müßte ich in ihrer Wohnung bleiben. Und ...«

»Das geht alles in Ordnung!« Ihre Augen sprühten. »Ich weiß es.«

»Was meinst du damit?«

»Ich meine, das ist genau, was Ihre Mutter will! Ich – wir wollten es Ihnen nur noch nicht sagen. Sie wußte ja nicht, wie Sie reagieren würden, und – und ...«

Ihre Stimme erstarb unter seinem kalten Blick. Sofort zeigte sich Angst in den aufwärts geschwungenen Winkeln ihres Mundes.

»Bitte. S-stimmt was nicht?«

»Nein«, sagte er. »No, Sir, alles in Ordnung.«

8

Das vierte Rennen war vorbei. Die Menschenmenge flutete von der Rennbahn durch die Tunnels, die unter den Tribünen zu den unterirdischen Bars, Restaurants, Schaltern der Wettbüros und Totalisatoren führten. Einige gingen eilig vorüber, lächelten breit oder selbstgefällig. Sie gingen zu den Schaltern der Wettbüros, wo man die Gewinner auszahlte. Die anderen, die große Mehrheit, gingen sehr viel langsamer; sie studierten ihr Rennprogramm, Voraussagen und Berichte über die Form der

Pferde; ihr Gesichtsausdruck war gleichgültig, verzweifelt, wütend oder niedergeschlagen. Sie hatten verloren, und einige gingen unter der Tribüne durch die Ausgänge auf die Parkplätze hinaus; andere wandten sich zur Bar, die meisten aber marschierten mit den Einsätzen für das nächste Rennen zu den Einzahlungsschaltern der Buchmacher.

Es war noch relativ früh, was bedeutete, daß es noch viele gut gefüllte Brieftaschen gab. Die Menschenmenge würde sich nicht vor Ende des sechsten Rennens nennenswert reduzieren.

Lilly Dillon kassierte drei Gewinne an ebenso vielen Schaltern. Sie steckte das Geld in den Teil ihrer Handtasche, wo sie die Scheine aufbewahrte, die sie später abrechnen mußte; sie beeilte sich, um zu den Einzahlungsschaltern zu gelangen. Ihr Wettgeld, das »Playback«-Geld, das ihr jeden Tag per Post überwiesen wurde, war bereits in Bündel von Zwanzigern, Fünfzigern und Hundertern sortiert. Sie bezahlte meist mit Zwanzigern – oft setzte sie hundert oder zweihundert Dollar –, solange die begrenzte Zeit, die sie für die Wetteinsätze hatte, es erlaubte. Mit den Fünfzigern ging sie etwas vorsichtiger um, während sie die Hunderter sehr sparsam ausgab.

Vielleicht, nein, wahrscheinlich, war ihre Vorsicht unbegründet. Die Fahnder vom Finanzministerium hatten kein Interesse an den Einsätzen, sondern nur an den Gewinnen, wenn bündelweise Fünfzig- oder Hundertdollarcoupons eingelöst wurden. Aber Lilly war schließlich nicht hier, um zu gewinnen, und das geschah auch sehr selten. Ihre Aktivitäten waren zum größten Teil Vorsichtsmaßnahmen, sie setzte selten auf Favoriten oder ihre Rivalen. Die Quoten für diese Pferde regulierten sich sozusagen von selbst. Sie setzte auf mittelmäßige Pferde oder Außenseiter, und diese gewannen selten. Wenn sie doch gewannen, kassierte sie nur, wenn es ihr absolut sicher erschien. Wenn das nicht der Fall war, ließ sie die Gewinne verfallen und behielt die Coupons als Belege.

Bis zu einer gewissen Grenze bestimmte sie ihre Aktivitäten selbst. Sie hatte ein paar allgemeine Anweisungen, aber innerhalb dieser gesetzten Grenzen *konnte* sie nicht nur selbst entscheiden, man erwartete es sogar von ihr. Aber das machte es nicht gerade leichter für sie. Im Gegenteil. Es war ein schwieriges Geschäft, und sie wurde gut dafür bezahlt. Und es gab Möglichkeiten, ihre Bezahlung aufzubessern.

Möglichkeiten, die Bobo Justus mißbilligen würde, die aber schwer zu überprüfen waren.

Sie schlenderte zu einer der Bars hinüber, ihre Augen hinter den dunklen Sonnenbrillengläsern beobachteten scharf, was alles um sie herum vorging. Mehrmals beugte sie sich schnell hinunter, hob einen fortgeworfenen Wettcoupon vom Boden auf und steckte ihn zu den anderen in ihrer Handtasche. Verlierer warfen ihre Coupons normalerweise weg. Solange sie nicht zerrissen oder von Fußabdrücken beschmutzt waren, konnte sie sie als eigene Ausgaben absetzen.

Jedenfalls einige von ihnen. So etwas durfte man nicht übertreiben. In dieser Saison hatte sie es nur einmal überzogen, und das war ein Fehler gewesen. Oder besser, sie hatte es getan, um einen Fehler zu vertuschen.

Es war vor fast drei Wochen passiert, gleich nachdem sie Roy ins Krankenhaus gebracht hatte. Vielleicht war ihr der Fehler deshalb unterlaufen, weil sie mehr an Roy als an ihre Aufgabe gedacht hatte. Aber wie auch immer, ein lahmer Klepper, der mit einhundertvierzig zu zwei zu Buche stand, hatte gewonnen. Und sie hatte keinen Dime auf das Pferd gesetzt.

In der folgenden Nacht war sie zu verängstigt und besorgt gewesen, um einzuschlafen. Am nächsten Tag hatte sie noch mehr Angst bekommen, als sie in den Zeitungen las, daß viel Geld in den Wettbüros außerhalb der Rennbahn auf den alten Gaul gesetzt worden war. Als eine kostspielige, aber notwendige Vorsichtsmaßnahme schickte sie am nächsten Tag fünftausend Dollar ihres eigenen Geldes nach Baltimore – ihr vorgeblicher Gewinn. Das hatte offensichtlich funktioniert, denn seitdem hatte sie nichts von Bobo gehört. Aber viele Tage waren vergangen, bis sie sich ganz beruhigt hatte.

Eine Zeitlang trug sie sogar einen Revolver bei sich, wenn sie auf die Toilette ging.

Sie stand an der Bar, trank langsam eine Cola mit Rum und schaute sich die geschäftigte Menschenmasse mit so etwas wie Verachtung an. Wo kamen die bloß alle her? dachte sie müde. Warum fallen sie alle auf so ein abgekartetes Spiel wie dieses hier herein? Viele von ihnen sahen regelrecht abgerissen aus. Einige hatten sogar Kinder mitgebracht.

Mütter mit Kindern ... Männer in billigen Sporthemden und ausgebeulten Hosen ... Großmütter mit Zigaretten im Mund.

Igitt! Genug, daß sich einem der Magen umdrehte.

Lilly wandte sich ab und trat müde von einem Bein auf das andere. Sie trug einen sportlichen Hosenanzug, eine unauffällige, aber teure hellbraune Kombination aus Hose, Bluse und Jacke sowie flache Wildlederschuhe mit Schnürsenkeln. Alles war leicht und luftig, die bequemste Ausstattung, die sie finden konnte. Aber nichts konnte für das stundenlange Herumstehen entschädigen.

Während das fünfte und sechste Rennen sich dahinzogen, und sie zwischen den Einsatz- und Auszahlungsschaltern hin und her pendelte, wuchs ihre Müdigkeit, und nur die ständige Notwendigkeit, auf der Hut zu sein, hielt sie noch bei der Stange. Es war schwierig, an etwas anderes zu denken als daran, sich hinzusetzen, sich wenigstens für ein paar Minuten auszuruhen. Aber sie durfte einfach nicht daran denken. Notwendigkeit und Verlangen kämpften miteinander, mal überwog das eine, dann das andere, im stetigen Wechsel; und das alles belastete sie noch mehr, als es ohnehin schon der Fall war.

Natürlich gab es Sitzplätze auf der Haupttribüne, aber die waren für Hinterwäldler. Wenn sie auf der Tribüne säße, würde es sie noch mehr Zeit kosten, zu den Wettschaltern zu pendeln. Diese Anstrengung, ständig hin und her zu laufen, würde sie auch mehr Kraft kosten. Was das Klubhaus des Vereins anging, wo es bequeme Sessel und angenehme Cocktailbars gab – nun, das kam einfach nicht in Frage. Dort wechselte zuviel Geld den Besitzer, die Wetteinsätze waren bei weitem zu hoch. Und die Fahnder vom Finanzamt liebten diesen Ort.

Sie stellte ihre Kaffeetasse hin – die dritte während der

letzten Stunde – und bewegte sich müde in Richtung der Wettschalter. Das siebte Rennen, das vorletzte, war an der Reihe. Die Wetteinsätze für dieses Rennen gehörten immer zu den höchsten, und die Trottel um sie herum beeilten sich, ihre Einsätze einzuzahlen. Als Lilly sich durch sie hindurchdrängte, kam ihr ein ironischer Gedanke. Und trotz ihrer Müdigkeit hätte sie fast laut aufgelacht.

Also, das ist doch etwas, oder nicht? dachte sie. Fünfundzwanzig Jahre versuche ich mich jetzt von diesen Massen fernzuhalten, und jetzt bin ich genau mittendrin. Zum Teufel noch mal, ich bin ja eigentlich auch nie irgendwo anders gewesen!

Sie holte sich einige Gewinne vom siebten Rennen ab und verstaute das Geld in der Handtasche, während sie zum Parkplatz hastete. Das letzte Rennen konnte sie guten Gewissens verpassen. Wenn sie jetzt ging, bevor die Menge von den Tribünen herunterströmte, vermied sie das Verkehrschaos.

Ihr Wagen war in der Nähe des Ausgangs geparkt, sie hatte mit einem fetten Trinkgeld für diesen Platz bezahlt. Es war ein Kabriolett, ein gutes, solides Auto, aber es gehörte keineswegs zu den teuersten. Es war noch nicht einmal andeutungsweise auffällig. Das einzig Besondere an dem Auto war unsichtbar: ein Geheimfach im Kofferraum, in dem einhundertdreißigtausend Dollar in bar versteckt waren.

Als sie jetzt auf ihren Wagen zuging und den Mann sah, der daneben stand, fragte sich Lilly, ob sie lange genug leben würde, um das Geld jemals ausgeben zu können.

9

Bobo Justus hatte welliges, eisengraues Haar, sein scharfgeschnittenes Gesicht war tiefgebräunt. Er war nicht besonders groß, besser gesagt, er war klein; aber er besaß den Kopf und Oberkörper eines Mannes über einsachtzig. Da Lilly wußte, wie empfindlich er wegen seiner Körpergröße sein konnte, war sie dankbar, daß sie die flachen Schuhe trug. Zumindest dies sprach zu ihren Gunsten. Aber angesichts seines Gesichtsausdrucks bezweifelte sie, daß diese Tatsache viel Bedeutung haben würde.

Er sprach sie tonlos an, seine Lippen bewegten sich kaum.

»Du gottverdammte dumme Sau! Fährt mit einem verdammten Zirkuswagen durch die Gegend! Warum malst du nicht ne Zielscheibe drauf? Häng dir doch ein paar Kuhglocken an die Stoßstange!«

»Aber Bo. Kabrioletts sind nichts Besonderes in Kalifornien.«

»Kabrioletts sind nichts Besonderes in Kalifornien«, äffte er sie zynisch nach und bewegte seine Schultern zikkig wie eine alte Jungfer. »Sind sie so wenig was Besonderes wie Huren, die nicht nur in die eigenen Taschen arbeiten, sondern obendrein noch bescheißen? Ha? Ist das so, du kleines, gerissenes Flittchen?«

»Bo . . .«, sie schaute sich schnell um. »Sollten wir nicht lieber irgendwohin fahren, wo wir unbehelligt sind?«

Er holte aus, als wolle er sie schlagen, dann stieß er sie zu ihrem Auto. »Fahr los«, sagte er. »Zum Beverly Hills

Hotel. Und wenn wir allein sind, dann werde ich dir die Haut von deinem hübschen rosa Hintern abziehen.«

Sie startete den Wagen und fuhr durch das Tor hinaus. Während sie sich in den Verkehr Richtung Innenstadt einreihten, beschimpfte er sie weiter mit zusammengebissenen Zähnen.

Lilly hörte ihm aufmerksam zu, versuchte zu ergründen, ob er sich in Wut redete oder Dampf abließ. Wahrscheinlich letzteres, entschied sie, denn es waren inzwischen drei Wochen seit ihrem Schnitzer vergangen. Wenn seine Wut wirklich mörderisch gewesen wäre, hätte er wahrscheinlich schon früher reagiert.

Die meiste Zeit war Lilly ruhig, sie sprach nur, wenn er sie etwas fragte oder wenn es absolut notwendig war.

»... habe ich dir nicht gesagt, daß du beim fünften Rennen aufpassen sollst? Und wie du aufgepaßt hast, was? Ich wette, du hast dich halb totgelacht, während der Klepper bei ner Quote von einhundertvierzig durchs Ziel geht!«

»Bo, ich ...«

»Wieviel haben deine Freunde dir von ihrem Gewinn abgegeben, hä? Oder haben sie dich genauso beschissen wie du mich? Was zum Teufel bist du eigentlich – ein Zuchtpferd mit Titten?«

»Ich habe auf den Gaul gesetzt«, sagte Lilly ruhig. »Das weißt du doch, Bo. Aber du wolltest sicher nicht, daß ich seine Quote durch einen Rieseneinsatz ruiniere?«

»Also, du hast auf ihn gesetzt, ja? So, jetzt werd ich dich mal was fragen. Willst du bei dieser Geschichte bleiben oder deine Zähne behalten?«

»Ich will meine Zähne behalten.«

»Aha, dann frage ich dich noch etwas. Glaubst du, daß ich keine Verbindungsleute hier habe? Glaubst du, ich könnte mir keinen Bericht kommen lassen, wie sich die Wetten für dieses Pferd entwickelt haben?«

»Doch, das glaube ich schon. Ich bin mir sicher, daß du das kannst, Bo.«

»Die Quote des Kleppers war bei der Gewinnauszahlung die gleiche wie seine Eröffnungsquotierung. Seine Quote auf dem Totalisator hat sich so gut wie nicht bewegt, seit sie das erste Mal auftauchte.« Er zündete sich eine Zigarette an, zog ein paarmal ärgerlich daran. »Was für nen Mist tischst du mir eigentlich auf, Lilly? Niemand hat auch nur soviel auf den Klepper gesetzt, um die Quote zu ändern – aber du erzählst mir, daß du fünftausend gewonnen hast! So, wie war es also wirklich? Willst du mir die Wahrheit erzählen oder nicht?«

Sie atmete tief ein. Zögerte. Nickte. Es gab nur noch eins, die Wahrheit zu sagen und das Beste zu hoffen.

Sie erzählte ihm alles. Justus saß auf seinem Sitz, ihr zugewandt; beobachtete sie, analysierte ihr Mienenspiel während des Monologs. Als sie fertig war, setzte er sich wieder gerade hin und verharrte so stumm für einige Minuten.

»Du warst also nur zu blöd«, sagte er. »Bist sozusagen mit der Hand am Schalter eingeschlafen. Und du glaubst, daß ich dir das abnehme?«

Lilly nickte besonnen. Er habe es ihr doch schon abgekauft, sagte sie, vor drei Wochen; schon damals habe er die Wahrheit geahnt, bevor man es ihm erzählte. »Du weißt, daß du es getan hast, Bo. Wenn nicht, wäre ich jetzt schon tot.«

»Vielleicht wird dir das noch passieren, Schwester! Vielleicht wünschst du dir noch, du wärst schon tot.«

»Vielleicht.«

»Ich habe wirklich sehr gut bezahlt – nur um beschissen zu werden. So ungefähr den höchsten Preis aller Zeiten für einen Arsch. Und jetzt will ich mir holen, wofür ich bezahlt habe.«

»Dann denkst du besser noch mal nach«, sagte Lilly. »Ich bin kein Sandsack.«

»Bist dir dessen wohl sehr sicher, was?«

»Absolut. Gib mir bitte eine Zigarette.«

Er nahm eine Zigarette aus seiner Packung und warf sie ihr zu. Sie hob sie auf und warf sie ihm zurück.

»Zünde sie bitte an! Bei diesem Verkehr brauch ich beide Hände am Steuer.«

Er gab einen Laut von sich, eine Mischung aus Lachen und Schnauben, Wut und Bewunderung. Dann zündete er die Zigarette an und steckte sie ihr zwischen die Lippen.

Während sie weiterfuhren, konnte sie die Blicke, die er ihr zuwarf, förmlich spüren; sah fast, was sich in seinem Kopf abspielte. Sie war ein Problem für ihn. Eine wichtige Angestellte, eine Spezialistin, die er sogar auch noch mochte; und sie hatte einen schweren Fehler begangen. Einen unbeabsichtigten Fehler, ihren ersten in mehr als zwanzig Jahren loyaler Tätigkeit. Daher sprach einiges dafür, nachsichtig mit ihr zu sein. Andererseits, er zeigte ihr schon genug Entgegenkommen, indem er sie leben ließ; mehr Nachgiebigkeit wäre fehl am Platz.

Zweifellos ließ sich für beide Seiten einiges anführen: Da er ihr schon soviel vergeben hatte, konnte er sie auch gänzlich ungestraft davonkommen lassen. Andererseits, da er schon soviel vergeben hatte, brauchte er sie schließlich nicht ganz ungestraft gehen zu lassen.

Erst als sie fast das Hotel erreicht hatten, traf er seine Entscheidung.

»Für mich arbeiten ne Menge Leute, Lilly. Ich kann nicht zulassen, daß so etwas passiert.«

»Es ist mir noch nie passiert, Bo.« Es fiel ihr schwer, gleichmütig zu sprechen, ohne daß man ein Flehen heraushören konnte. »Es wird nicht wieder passieren.«

»Es ist einmal passiert«, sagte er. »Für mich ist das so gut wie eine Gewohnheit.«

»Also gut«, sagte sie. »Du bist der Boss.«

»Hast du nen langen Mantel hier im Wagen? Etwas, was du dir überziehen kannst?«

»Nein.« Sie fühlte einen dumpfen Schmerz im Magen.

Er zögerte, meinte dann, das mache nichts. Er würde ihr seinen Regenmantel leihen. »Müßte zu deinem Stil hier passen. Hab noch nie eine Frau gesehen, die so verdammt schlampig aussieht wie du.«

Sie hielt vor dem Hotel an, und ein Parkwächter übernahm den Wagen. Bo half ihr die Stufen hinauf, dann hakte er sich galant bei ihr ein, als sie durch das Hauptportal kamen. Sie durchquerten die Halle, Bobo hielt sich sehr gerade, und dann betraten sie zusammen den Fahrstuhl.

Er hatte eine Suite im vierten Stock. Nachdem er die Tür aufgeschlossen hatte, deutete er ihr durch Gesten an vorauszugehen. Während sie das Zimmer betrat, entspannte sie ihren Körper in Erwartung dessen, was sicher kommen würde. Aber man konnte sich niemals auf so etwas vorbereiten – jedenfalls nicht ganz. Der plötzliche, brutale Stoß schleuderte sie ins Zimmer, sie stolperte und fiel über ihre eigenen Füße. Schließlich landete sie auf allen vieren rutschend auf dem Fußboden.

Während sie sich langsam aufrappelte, schloß er die Tür ab, zog die Vorhänge zu und ging ins Badezimmer, aus dem er bald wieder mit einem großen Handtuch zurückkehrte. Er ging zur eingebauten Anrichte hinüber und nahm sich aus der Früchteschale einige Orangen heraus, die er in das Handtuch fallen ließ, dessen Enden er so zusammengeknotet hatte, daß aus dem Handtuch ein Beutel geworden war. Er kam auf sie zu und schwang ihn lässig. Wieder versuchte Lilly, durch totale Entspannung vorzubeugen.

Sie wußte, was *Die Orangen* bedeuteten. Sie kannte alle Praktiken dieser Art, aber niemals war sie selbst das Opfer gewesen. Die Orangen stammten aus der Trickkiste der Schwindler, die sich darauf spezialisiert hatten, einen Unfall vorzutäuschen – um dann abzukassieren.

Wenn man mit den Orangen geschlagen wurde, standen die Blutergüsse in keinem Verhältnis zu den wirklich erlittenen Verletzungen. Das Opfer sah schwer verwundet aus, obwohl die wirklichen Verletzungen minimal waren.

Aber man konnte auch ernsthaft verletzt werden, wenn die Schläge hart genug ausgeführt und bestimmte Teile des Körpers gezielt getroffen wurden. Zwar verspürte man während der Schläge wenig Schmerzen, doch konnten die inneren Organe ernsthaft verletzt werden. Wenn man die Orangen richtig (oder falsch, es kam auf den Standpunkt an) anwandte, hatten sie den gleichen Effekt wie ein Klistier oder eine Ausspülung mit flüssigem Gips.

Bobo kam näher. Er blieb vor ihr stehen. Dann stellte er sich etwas seitlich hinter sie.

Er packte das Handtuch mit beiden Händen. Und schwang es.

Und ließ die Orangen harmlos auf den Boden rollen.

Er gestikulierte auffordernd.

Sie bückte sich, um die Orangen aufzuheben. Und dann flog sie wieder der Länge nach auf den Boden. Und Bobos Knie preßten sich in ihren Rücken, seine Hand zwang ihren Kopf auf den Boden. Sie lag, alle viere von sich gestreckt, auf dem Teppich festgenagelt.

Auf dem Korridor ging ein Paar vorbei, sie unterhielten sich, lachten. Für Lilly waren sie von einem anderen Planeten. Aus dem Restaurant klang entfernt Musik – wie aus einer anderen Welt.

Das Feuerzeug klickte, dann roch sie Rauch; und dann den Geruch von verkohlendem Fleisch, als er die glühende Zigarette auf ihren rechten Handrücken preßte. Er drückte nicht zu hart zu, damit die Glut nicht erstickte.

Seine Knie bearbeiteten sie mit routinierter Brutalität.

Während sich die brennende Zigarette in ihre Hand fraß, stieß Bo seine Knie in die empfindlichen Nervenstränge ihres Rückens.

Die Zeit schien stillzustehen, die Qual endlos. Es gab kein Entkommen. Es gab keine Linderung der Schmerzen. Sie konnte nicht aufschreien. Sie konnte sich noch nicht einmal ein wenig krümmen. Sie mußte diesen Zustand erdulden, obwohl er unerträglich war. Und die einzig mögliche Erleichterung lag in ihrem eigenen, fragilen Körper.

Brennend floß Urin ihre Schenkel hinunter. Es fühlte sich wie ein Wasserfall an.

Dann stand Bobo auf, entließ sie aus seinem Griff; sie raffte sich auf und ging ins Badezimmer.

Sie hielt ihre Hand unter den Hahn mit dem Eiswasser, tupfte sie mit einem Handtuch ab und untersuchte sie. Die Brandwunde sah scheußlich aus, aber es schien keine ernsthafte Verletzung zu sein. Keine der großen Venen war verwundet worden. Sie ließ ihre Hosen auf den Boden rutschen und wischte sich mit einem feuchten Handtuch ab. Das war alles, was sie tun konnte. Der Regenmantel würde ihre befleckte Kleidung verdecken.

Sie verließ das Bad und ging durch das Wohnzimmer zum Sofa, wo Bobo saß. Sie nahm das Glas, das er ihr anbot. Er holte seine Brieftasche heraus und zeigte ihr ein dickes Bündel neuer Geldscheine.

»Deine fünftausend, Lilly. Hätte ich fast vergessen.«

»Danke, Bo.«

»Was machst du denn sonst noch so? Klaust du mir ne Menge?«

»Nicht viel. In meiner Familie gab's keine dummen Kinder«, sagte Lilly. »Ich streich nur einen Dollar hier und da ein. Es kommt was zusammen, aber es schadet niemandem.«

»Recht so«, sagte Justus und nickte zustimmend. »Ein bißchen nehmen, ein bißchen übriglassen.«

»Ich seh die Sache so«, sagte Lilly und zitierte geschickt Bobos eigene Lebensphilosophie. »Wenn man nicht für sich selbst sorgt, ist man auch zu blöd, um für andere zu sorgen. Und so jemand ist ein Risiko; stimmt's, Bo?«

»Absolut richtig! Da hast du absolut recht, Lil!«

»Oder so jemand plant, dich auszunehmen. Denn wenn jemand nicht ein bißchen stiehlt, hat er vor, dich groß zu betrügen.«

»Richtig!«

»Mir gefällt dieser Anzug, Bo. Ich weiß zwar nicht warum, aber irgendwie siehst du darin viel größer aus.«

»Wirklich?« Er strahlte sie an. «Meinst du wirklich? Weißt du, das haben mir schon ne Menge Leute gesagt.«

Sie unterhielten sich weiter freundschaftlich, während sich die Dämmerung langsam über das Zimmer legte. Und Lillys Hand schmerzte, die feuchten Kleidungsstücke brannten auf ihrer wunden Haut. Sie mußte Bobo so verlassen, daß er sie positiv im Gedächtnis behielt. Sie mußte sichergehen, daß er wirklich ganz mit ihr abgerechnet hatte, daß er sie tatsächlich so glimpflich davonkommen ließ.

Sie diskutierten einige geschäftliche Dinge, die sie für ihn in Detroit und der Doppelstadt Minneapolis und St. Paul auf ihrem Zickzackkurs zur Küste erledigt hatte. Bobo eröffnete ihr, daß er nur einen Tag in der Stadt bleiben würde. Morgen würde er sich wieder auf den Weg zurück nach Las Vegas, Galveston und Miami machen.

»Noch einen Drink, Lilly?«

»Naja, aber nur einen kleinen. Ich muß wirklich bald gehen ...«

»Warum hast du's so eilig? Ich dachte, wir könnten noch zusammen zu Abend essen.«

»Würde ich gerne, aber ...«

Es war besser für sie, nicht zu bleiben, sondern zu verschwinden, solange ihr Glück hielt. Und sie hatte ganz offensichtlich sehr, sehr viel Glück gehabt – aber das konnte sich auch ändern.

»Mein Sohn lebt hier, Bo. Er ist Vertreter. Ich sehe ihn nicht allzuoft, daher ...«

»Aha, sicher, sicher doch«, nickte er. »Wie geht es ihm?«

»Er ist im Krankenhaus. Mit seinem Magen stimmt was nicht. Ich besuche ihn normalerweise jeden Abend.«

»Ja, sicher, natürlich.« Er zog die Brauen hoch. »Hat er alles, was er braucht? Kann ich irgendwie helfen?«

Lilly bedankte sich mit einem Kopfschütteln bei ihm. »Es geht ihm schon besser, ich glaube, er wird in ein oder zwei Tagen entlassen.«

»Na, dann gehst du jetzt besser«, sagte Bobo. »Wenn ein Junge krank ist, braucht er seine Mutter.«

Sie holte sich seinen Regenmantel aus dem Kleiderschrank und zog den Gürtel fest an. Sie verabschiedeten sich, und dann ging sie.

Ein wenig Urin war ihr die Beine heruntergelaufen, es brannte und juckte; und in ihren Schuhen hatte sich eine unangenehme Feuchtigkeit ausgebreitet. Ihr Höschen rieb und scheuerte, und das Gesäßteil ihrer Hose war total durchnäßt. Der dumpfe Schmerz in ihrer rechten Hand wuchs und zog langsam ins Handgelenk und den Arm hinauf.

Sie hoffte, daß sie Bobos Sofa nicht beschmutzt hatte. Sie hatte sehr viel Glück gehabt, gemessen an dem großen Verlust, den ihr Fehler ihn gekostet hatte – aber eine Kleinigkeit wie ein nasses Sofa konnte noch alles verderben.

Sie holte sich ihren Wagen ab und fuhr vom Hotel fort.

Als sie ihre Wohnung betrat, schleuderte sie die Schuhe von den Füßen und riß sich die Kleider vom Leibe; Stück für Stück ließ sie sie auf dem eiligen Weg ins Bad als Spur hinter sich. Sie schloß die Badezimmertür, kniete sich vor das Toilettenbecken, als wäre es ein Altar, und ihr ganzer Körper wurde von einem wilden Schluchzen geschüttelt.

Sie weinte hysterisch, lachte und weinte abwechselnd, dann erbrach sie sich.

Glück gehabt ...

Leicht davongekommen ...

Junge, hab ich Glück gehabt!

10

Es war Mittag, ein paar Minuten vor zwölf, als Moira Langtry aus dem Krankenhaus trat und die Straße zum Parkplatz überquerte. Sie war an diesem Tag ungewöhnlich früh aufgestanden, um sich besonders sorgfältig zurechtzumachen, und das Resultat war überwältigend. Sie war eine traumhafte Brünette, eine duftende, heißblütige Schönheitsvision. Als sie die Korridore entlangglitt, hatten die Krankenschwestern ihr neidisch hinterhergestarrt. Die Ärzte und Pfleger hatten sich fast besabbert, sie konnten ihre Augen einfach nicht von Moiras sanft wippenden Brüsten und den wollüstig schwingenden kleinen runden Hüften nehmen.

Andere Frauen konnten Moira meistens nicht ausstehen. Sie selbst war darüber froh, faßte es als Kompliment auf und verabscheute die anderen gleichermaßen. Männer fühlten sich natürlich unweigerlich von ihr angezogen, eine Reaktion, die sie erwartete und förderte, die sie jedoch völlig kalt ließ. Ausnahmen waren sehr selten. Roy Dillon gehörte dazu. Auf ihre Weise war sie ihm in den drei Jahren ihrer Bekanntschaft treu geblieben.

Roy war witzig. Roy weckte Leidenschaft in ihr. Was Männer anging, war er der Luxus, den sie sich nicht mehr als ein halbes Dutzend Mal in ihrem Leben geleistet hatte. Sechs Männer von Hunderten, die ihren Körper besessen hatten.

Es wäre gut, wenn sie ihn für gemeinsame Unternehmungen benutzen könnte. Zumindest hoffte sie es, glaubte daran, daß es ihr gelingen würde. Wenn es nicht möglich sein sollte, würde sie ihn trotzdem behalten, sie wollte auf jeden Fall verhindern, daß sie ihn verlor. Natürlich war es nicht so, daß sie ohne ihn nicht leben könnte; Frauen mit solchen Gefühlen gab es nur in Filmen. Aber sie konnte sich einen solchen Verlust einfach nicht leisten, es wäre eine klare Bedrohung ihres Seelenfriedens.

Wenn es soweit kommen würde, daß sie einen Mann nicht mehr halten könnte, dann war sie wirklich am Ende. Sie könnte sich ebensogut vom nächsten Hochhaus stürzen.

Und heute morgen war sie früh aufgestanden, hatte sich

verdammt angestrengt, um umwerfend auszusehen. Und sie hatte sich vorgenommen, Roy zur Abwechslung einmal allein anzutreffen – um seinen Appetit auf das, was er vermissen mußte, zu wecken –, und war zu einer ungewöhnlichen Zeit ins Krankenhaus gekommen. Ein solcher Appetitanreger erschien ihr absolut notwendig. Besonders da seine Mutter gegen sie arbeitete und Roy diese süße kleine Krankenschwester regelrecht aufdrängte.

Aber ausgerechnet heute, nach all der Mühe, die sie sich gemacht hatte, mußte seine verdammte arrogante Mutter auch da sein. Es war fast, als könne Mrs. Dillon ihre Gedanken lesen, als habe sie Moiras Besuch vorausgeahnt und sich wie ein Blitz auf den Weg gemacht, um ja zur gleichen Zeit ins Krankenhaus zu kommen.

Vor Wut kochend erreichte Moira den Parkplatz. Der picklige Parkwächter beeilte sich, die Tür ihres Wagens für sie zu öffnen, und als sie einstieg, gestattete sie ihm dafür einen großzügigen Blick auf ihre Beine.

Während sie schwer atmend vom Parkplatz fuhr, hatte sie nur einen Wunsch: Lilly Dillon ganz allein in einer dunklen Gasse zu begegnen. Je mehr sie über ihren gerade zurückliegenden Besuch nachdachte, um so wütender wurde sie.

Das hatte man nun davon, daß man nett zu Leuten war! Sie hatte versucht einfach höflich zu sein, und dafür ließen sie einen wie einen Idioten dastehen!

»Bitte, hören Sie doch endlich auf, mir zu erzählen, daß ich unmöglich Roys Mutter sein kann, Mrs. Langtry. Ich kann es einfach nicht mehr hören.«

»Tut mir leid! Das wollte ich selbstverständlich nicht. Sie sind doch um die fünfzig, nicht wahr, Mrs. Dillon?«

»Ungefähr, meine Liebe. Ungefähr in Ihrem Alter.«

»Ich glaube, ich muß jetzt gehen!«

»Ich kann Sie nach Haus fahren. Ist zwar nur ein Chrysler Kabriolett, aber wahrscheinlich immer noch besser, als mit dem Bus zu fahren.«

»Vielen Dank! Aber ich bin mit dem Fahrrad hier.«

»Lilly; Mrs. Langtry hat einen Cadillac.«

»Wirklich?! Aber finden Sie nicht auch, daß das ein ziemlich ordinäres Auto ist, Mrs. Langtry? Ich weiß, es ist ein guter Wagen, aber heutzutage fährt doch jedes aufgedonnerte Flittchen einen Cadillac.«

Moiras Hände preßten sich immer fester um das Steuer ihres Wagens.

Sie könnte Mrs. Dillon mit großer Wollust umbringen, mit bloßen Händen erwürgen.

Als sie vor ihrem Apartmenthaus ankam, übergab sie dem Pförtner den Cadillac und ging durch das Foyer ins Restaurant.

Es war jetzt schon fast halb eins. Viele der Tische waren besetzt, und die Kellner in ihren gutgeschnittenen doppelreihigen Jacken hasteten mit köstlich duftenden Speisen auf den Tabletts in die Küche und wieder hinaus. Einer der Kellner brachte ihr eine überdimensionale Menükarte. Sie studierte sie sorgfältig und überlegte, ob sie ein Sandwich Filet Mignon mit gefüllten Pilzen für sechs Dollar fünfundsiebzig nehmen sollte.

Sie hatte Hunger. Ihr Frühstück hatte wie immer aus ungesüßtem Grapefruitsaft und schwarzem Kaffee bestanden. Aber sie brauchte einen Drink nötiger als Essen: zwei oder drei starke Drinks, die ihr Selbstbewußtsein wiederherstellen würden. Und sie genehmigte sich nur eine gewisse Anzahl von Kalorien pro Tag.

Sie schloß die Menükarte und gab sie dem Ober zurück. »Im Moment möchte ich nur einen Drink, Allen«, sagte sie lächelnd. »Ich esse später.«

»Selbstverständlich, Mrs. Langtry. Vielleicht einen Martini? Einen Gibson mit eingelegter Zwiebel?«

»Mmmh, nein. Ich glaube, ich nehme etwas mit mehr Substanz. Einen Sidecar Cocktail, aber mit Whisky statt Brandy. Und, Allen, bitte keinen Triple Sec.«

»Absolut!« Der Ober schrieb die Bestellung in seinen Auftragsblock. »Wir nehmen für den Sidecar immer Cointreau, niemals diese Flüssigkeit, die nach Orange schmeckt. Und wünschen Sie den Rand Ihres Glases gezuckert oder einfach?«

»Einfach. Die Mischung sollte übrigens anderthalb Ounces Whisky zu einer Ounce Cointreau sein; oh, und Limonenschale statt Zitrone.«

»Sofort, Mrs. Langtry.«

»Und, Allen ...«

»Ja, Mrs. Langtry?«

»Servieren Sie es in einem Champagnerglas. Und es sollte wirklich gut geeist sein, bitte.«

Moira beobachtete ihn, wie er davoneilte, ihr ausdrucksloses Gesicht verbarg den Ansatz eines verächtlichen Grinsens. Na, das war doch wirklich unglaublich, dachte sie. Kein Wunder, daß die Welt vor die Hunde ging, wenn ein erwachsener Mann in einem Affenjäckchen herumhopste und um Damen herumscharwenzelte, die eine große Schau daraus machten, sich mit Schnaps vollaufen zu lassen. Wann hatte alles bloß angefangen? fragte sie sich. Wo hatte der Irrweg begonnen, der eine ganze Zivilisation dazu geführt hatte, mit einer Hand Drinks zu mixen und mit der anderen Bomben scharfzumachen?

Sie dachte darüber nach, natürlich nicht in genau denselben Worten. Sie fühlte einfach, daß das Leben völlig aus den Fugen geraten war und daß den unwürdigsten Beschäftigungen die größte Bedeutung zugemessen wurde.

Letztlich lief alles darauf hinaus, daß jeder dem anderen grundlos Schwierigkeiten machte. Und das Teuflische an der ganzen Sache war, daß es keinen Ausweg zu geben schien. Man konnte nicht einmal mehr man selbst sein. Wenn eine Frau in diesem Restaurant einen Doppelten in einem Bierglas bestellen würde, würde man sie wahrscheinlich rauswerfen. Genau das gleiche würde ihr passieren, wenn sie einen Hamburger mit rohen Zwiebeln bestellte.

Heutzutage konnte man nicht mehr so leben, wie man wollte. Man wußte noch nicht einmal mehr, wie man leben wollte ... Es war wie eine Musik, die verstummt war. Früher hatte jeder einzelne seine Lebensmusik in sich gehabt, die ihn sinnvoll durchs Leben führte. Aber sie war untergegangen, zur gleichen Zeit verlorengegangen wie der große, aufrechte Mann, der humorvoll und nachdenklich zugleich war und der sie gelehrt hatte, ihrer eigenen Musik zu folgen.

Cole Langley (alias Lindsey, alias Lonsdale). Cole »The Farmer« Langley.

Ihr Drink kam, und sie nahm schnell einen Schluck. Dann, in einem Anflug von Verzweiflung, leerte sie das halbe Glas. Das half. Sie konnte an Cole denken, ohne vor Schmerz zu vergehen.

Sie hatte zehn Jahre lang mit dem »Farmer« zusammengelebt, die zehn schönsten Jahre ihres Lebens. Es war eine Art Nomadenleben gewesen, eine Lebensweise, auf die viele Leute herabschauten, aber für sie beide war es eine freie Wahl, keine Notwendigkeit. Wenn man mit Cole zusammen war, schien dies die einzig mögliche Lebensform zu sein.

Damals reisten sie fast nur mit der Bahn, in Chair-Cars, wo man die Sitze ausziehen konnte. Sie kleideten sich, wie sie sich gerade fühlten, er zumeist in Overalls, sie in derbe Baumwollsachen. Wenn er es ermöglichen konnte, hatte Cole eine Dreiliterflasche Korn-Whisky in einer Papiertüte bei sich. Statt in Restaurants zu essen, nahmen sie immer riesige Picknickpakete mit, die sie in Zeitungspapier einwickelten. Und wann immer der Zug anhielt, sprang Cole ab und kaufte jede Menge Süßigkeiten, Plätzchen, Limonade und was immer er sah.

Selbstverständlich konnten sie nicht alles selbst aufessen. Cole liebte es, in Mengen einzukaufen, aber er war wählerisch, wenn es ums Essen ging, und er trank nur sehr wenig. Essen und Alkohol waren dazu da, an Mitreisende verteilt zu werden, und so wie Cole es anbot, konnte einfach niemand nein sagen. Er wußte genau, wie er jeden anzufassen hatte; hier einen Vers aus der Bibel, da ein Shakespeare-Zitat, und dort vielleicht einen harmlosen Witz. Bevor die erste Reisestunde vergangen war, aßen und tranken alle gemeinsam und freundeten sich miteinander an. Und Cole thronte über allem mit strahlenden Augen, als wären alle seine Kinder und er der Vater, der sie verwöhnte.

Damals hatten andere Frauen sie nicht verabscheut.

Und Männer hatten sie angeschaut, aber nicht so wie heute.

Liebenswürdigkeit und die Fähigkeit, Freundschaften zu schließen, gehörten natürlich zum Handwerkszeug des »Farmers«. Und diese Fähigkeit ermöglichte es ihm, in den Banken der Kleinstädte abzukassieren, denn seine raffinierten Transaktionen waren nur scheinbar einfach und durchschaubar. Aber er bestand darauf, daß seine Beute nur Teil eines fairen Tauschgeschäfts sei. Denn für schlichtes Geld, das an sich wert- und nutzlos war, gab er seinen Partnern große Erwartungen und eine neue Lebensperspektive. Und er verstand es, die Dinge immer so zu drehen, daß der Betrug nie herauskam. Immer ließ er die anderen hoffnungsvoll und gläubig zurück.

Was wollten sie eigentlich mehr? Was gab es Wichtigeres im Leben als Hoffnung und den Glauben an eine gute Sache?

Moira und Cole lebten über ein Jahr zusammen auf einem verlassenen Bauernhof in Missouri; fünfundzwanzig Hektar steiniger, lehmiger Ackerboden mit einem Haus ohne allen modernen Komfort und einem Klo im Freien. Hier verlebten sie ihre beste Zeit miteinander.

Die Toilette war ein Plumpsklo mit zwei Löchern, und manchmal saßen sie stundenlang zusammen darauf. Sie lugten hinaus und beobachteten die wenigen Passanten, die sich auf der zerfurchten rötlichen Lehmstraße vorwärtsbewegten. Sahen zu, wie die Vögel auf dem Hof herumhüpften. Unterhielten sich oder lasen die alten Illustrierten und Zeitungen, die in der Ecke des Klohäuschens gestapelt waren.

»Sieh dir das mal an, Moira«, sagte Cole oft, während er auf eine Annonce zeigte: »Während der Preis für ein Pfund Steak in den letzten zehn Jahren um dreiundzwanzig Cent gestiegen ist, ist in der gleichen Zeit ein Pfund Kohle nur eineinhalb Cent teurer geworden. Sieht so aus, als ob uns die Kohlenhändler was schenken, oder?«

»Naja ...« Sie wußte nie genau, was sie ihm antworten sollte; war seine Feststellung nur eine Bemerkung, die ihm so in den Kopf gekommen war, oder wollte er ihr wirklich etwas mitteilen?

»Oder vielleicht verschenken die ja auch nichts«, sagte er, »schließlich muß man bedenken, daß Fleisch normalerweise pfundweise verkauft wird und Kohle tonnenweise.«

Dann und wann hatte sie die richtige Antwort für ihn; so zum Beispiel, als er sie fragte, was sie aus der folgenden Statistik herauslese: »Von fünf Ärzten nehmen vier Aspirin.«

Als sie antwortete: »Der fünfte Arzt hat eben Glück, er ist der einzige ohne Kopfschmerzen«, war er sehr mit ihr zufrieden.

Sie lachten immer viel über diese Annoncen. Noch Jahre später, wenn sie eine dieser scheinbar schlüssigen Anpreisungen las, mußte sie laut loslachen.

Achten Sie gut auf Ihre behaarten Körperteile ... Ni-

sten auch in Ihren verborgenen Winkeln Keime ... Auch Sie können tanzen lernen!

Selbst heute noch mußte sie darüber lachen. Aber es war trostlos, zynisch und bitter. Nicht so, wie sie gemeinsam mit Cole Langley gelacht hatte.

Eines Tages, als Cole sich bis zum Grund des Papierhaufens durchwühlte, fiel der Stapel um, und zum Vorschein kam ein kleiner, kistenähnlicher Aufbau mit einem Loch in der Mitte. Ein Kinderklo.

Moira sagte »wie süß« oder so etwas. Aber Cole starrte auf den Toilettensitz, das Lachen war aus seinen Augen verschwunden, sein Mund stand weit offen, als wäre er krank. Dann flüsterte er ihr zu:

»Ich wette, sie haben das Kind ermordet. Ich wette, sie haben die Leiche hier unter uns vergraben ...«

Sie war starr vor Entsetzen, sprachlos. Sie saß nur da, starrte ihn an, unfähig, auch nur ein Wort zu sagen; und Cole schien ihr Schweigen als Zustimmung auszulegen. Er fuhr mit seiner Theorie fort, seine Stimme war leise, noch eindringlicher, noch überzeugender als sonst. Und nach einer Weile gab es nur noch die grausame Szenerie, die er gerade erfunden hatte, und sie merkte, daß sie bejahend zu allem nickte, was er sagte.

Nein, man durfte kein Kind leben lassen. Ja, alle Kinder sollten bei ihrer Geburt, oder zumindest gleich danach, getötet werden. Das war der gütigste Weg, mit ihnen umzugehen. Es war die einzige Möglichkeit, ihnen das vergebliche Leiden, die hoffnungslose und sinnlose Folter, den ganzen widersprüchlichen höllischen Schrecken auf dieser Erde zu ersparen.

Unbewußt wurde ihr klar, daß sie zum ersten Mal sein wahres Ich sah, daß der fröhliche, gutgelaunte Cole nur eine Fassade war, daß er seine wirklichen Überzeugungen dahinter verbarg. Und ihr Unterbewußtsein sagte ihr auch, daß sie aufschreien sollte, ihm erklären, daß er sich irrte, daß solche Verallgemeinerungen nie stimmten und daß er vor sich selbst davonlief.

Aber ihr fehlten die Worte, um diese Gefühle auszudrücken, es lag ihr nicht, ihre Gedanken in Sätze umzusetzen. Statt dessen verblieb alles chaotisch in ihrem Unterbewußtsein, ungeordnet und wild; während alles, was Cole sagte, wie immer überzeugend klang. So ließ sie sich schließlich überreden, stimmte ihm in allem zu.

Und plötzlich hatte er angefangen, sie zu verfluchen. Also war auch sie nur eine Opportunistin! Eine üble Heuchlerin! Sie konnte weder sich noch anderen helfen, da sie an nichts glaubte.

Von diesem Tag an ging es mit dem »Farmer« bergab. Vom Land zogen sie nach St. Louis, und wenn er nicht betrunken war, spritzte er sich mit Drogen voll. Sie hatten eine Menge von ihren Beutezügen gespart, besser gesagt, Moira hatte es gespart. Heimlich, wie viele Ehefrauen – obwohl sie gesetzmäßig nicht seine Frau war –, hatte sie es jahrelang gehamstert. Aber selbst diese relativ große Summe, die sie angehäuft hatte, würde bei dem Tempo, mit dem er sie ausgab, kaum einen Monat reichen; daher gab es für sie nur eine Entscheidung. Sie begann auf den Strich zu gehen.

In den Kreisen, in denen beide verkehrten, war dies kein Makel. Im Gegenteil, es war ganz normal für eine

Frau, sich zu prostituieren, wenn ihr Mann ein Tief durchmachte. Aber professionelle Prostituierte gab es mehr als genug, und nur Klassefrauen, die es verstanden, sich exklusiv herauszuputzen, kassierten das große Geld ab. Cole war wütend, als er sah, in was für eine Klassefrau sich Moira verwandelt hatte.

Er wurde immer fanatischer mit seinen Anschuldigungen, daß sie eine Heuchlerin ohne Prinzipien sei; er brüllte ihre Einwände nieder, daß sie ihm doch nur helfen wolle. Außer sich erklärte er, daß sie in ihrem Herzen eine Hure sei, schon immer gewesen sei, von Anfang an, seit sie zusammen waren.

Das stimmte nicht. Als sie damit angefangen hatte, als Fotomodell und Serviererin in einer Bar zu arbeiten, war sie manchmal mit Männern ins Bett gegangen und hatte dafür Geschenke erhalten. Aber das war keine Prostitution gewesen. Sie hatte die Männer, mit denen sie ins Bett ging, alle gemocht. Sie hatte sich ihnen freiwillig hingegeben, ohne zu feilschen, und genauso freiwillig gaben diese ihre Geschenke.

Und daher verletzten sie Coles Anschuldigungen, obwohl sie unbegründet waren, immer mehr. Vielleicht wußte er nicht, was er sagte, oder vielleicht doch. Aber selbst der in aller Unschuld geführte Schlag eines Kindes kann schmerzhaft sein, vielleicht mehr als der eines Erwachsenen, denn das Opfer bringt es nicht über sich zurückzuschlagen. Und wenn der Schmerz unerträglich wird, kann man sich nur retten, indem man sich der Reichweite des Kindes entzieht ...

Moira sah Cole »The Farmer« Langley zum letzten

Mal, als der hemmungslos weinende Mann im Overall ihr von der Bordsteinkante vor ihrem vornehmen Apartmenthaus »Hure« nachbrüllte, während ein grinsender Taxifahrer mit ihr davonfuhr.

Eigentlich wollte sie ihm das ersparte Geld zurücklassen. Oder wenigstens die Hälfte. Aber sie wußte, daß es keinen Zweck hatte. Man würde es ihm entweder stehlen, oder er würde es sinnlos ausgeben. Ihm konnte man nicht mehr helfen – jedenfalls was sie betraf –, und alles, was sie unternahm, würde seine Qualen nur noch verlängern.

Was aus ihm geworden war, wußte sie nicht. Sie hatte sich bewußt bemüht, nichts darüber in Erfahrung zu bringen. Aber sie hoffte, daß er tot war. Es war das Beste, was sie einem Mann wünschen konnte, den sie einmal so sehr geliebt hatte.

11

Moira trank einen großen Schluck von ihrem dritten Whisky-Sidecar. Sie fühlte sich ein bißchen beschwipst – sie fürchtete sich regelrecht davor, wirklich betrunken zu sein – und grinste den Mann an, der sich ihrem Tisch näherte.

Er hieß Grable, Charles Grable, und er war der Manager des Apartmenthauses. Er trug gestreifte Hosen und ein schwarzes Wolljackett, die Augen standen dicht zusammen, das Gesicht war aufgeschwemmt und seine Miene betrübt. Sein Versuch, streng auszusehen, verlieh seinem Mund den Ausdruck eines schmollenden Babys.

»Sag mir bloß nicht«, redete ihn Moira ernsthaft an, »daß du Addison Simms aus Seattle bist und wir im Herbst 1902 zusammen gegessen haben.«

»Was? Wovon redest du?« fragte Grable scharf. »Also, jetzt hör mir einmal zu, Moira! Ich . . .«

»Wie geht es deinen behaarten Körperteilen?« fragte Moira. »Gibt es Keime in deinen verborgenen Winkeln?«

»Moira!« Er beugte sich wütend zu ihr hinunter und senkte seine Stimme. »Ich sag es dir zum letzten Mal, Moira. Ich will, daß du deine Rechnung heute bezahlst! Jeden Penny, deine Miete und alle anderen Nebenkosten! Entweder zahlst du, oder ich sperre dich aus deiner Wohnung aus!«

»Aber, Charles? Zahle ich meine Rechnungen nicht immer? Zahle ich nicht immer . . . auf die eine oder andere Weise?«

Grable wurde rot und blickte sich um. Seine Stimme wurde winselnd, er bettelte.

»Ich kann es nicht mehr tun, Moira. Ich kann es einfach nicht mehr! Leute überziehen ihre Mietzeit, kommen früher, als im Vertrag steht, zahlen Geld, das ich nicht abrechne. Ich – ich . . .«

»Ich verstehe.« Moira sah ihn traurig und heißblütig an. »Du magst mich also nicht mehr.«

»Nein, nein, das stimmt überhaupt nicht! Ich . . .«

»Doch, es stimmt«, sagte sie schmollend. »Wenn es anders wäre, würdest du dich nicht so aufführen.«

»Ich habe dir doch gesagt, ich kann nicht anders! Ich – ich . . .« Er konnte es ihr an den Augen ablesen, daß sie sich über ihn lustig machte. »Also gut!« fauchte er. »Lach mich ruhig aus, aber du wirst mich nicht mehr länger zum Dieb machen. Du bist nichts weiter als eine kleine, billige, kleine billige . . .«

»Billig? Aber Charles! Ich glaube wirklich nicht, daß ich billig war.«

»Ich habe dir nichts mehr zu sagen«, sagte er fest. »Entweder zahlst du heute nachmittag um fünf, oder du fliegst raus, und ich behalte alles, was dir gehört, als Pfand!«

Mit einem verstohlenen Ausdruck gekränkter Würde stapfte er davon.

Moira zuckte gleichgültig die Schultern und hob ihr Glas. Einer, der gern heimlich leidet, sagte sie sich. *Mach dir selbst keine Schwierigkeiten, Mann!*

Sie winkte dem Kellner, um ihre Rechnung zu unterschreiben, und fügte einen Dollar Trinkgeld für ihn hinzu. Während er ihr dankbar zunickte und den Stuhl für sie zurückzog, teilte sie ihm mit, daß auch er tanzen lernen könne.

»Sie brauchen nur den Zauberschritt«, sagte sie, »es ist so einfach wie das kleine Einmaleins.«

Er lachte höflich. Scherze angetrunkener Gäste waren ihm nicht neu. »Wollen Sie noch einen Kaffee haben, bevor Sie gehen, Mrs. Langtry?«

»Danke, nein«, sagte Moira lächelnd. »Die Drinks waren sehr gut, Allen.«

Sie verließ die Bar des Restaurants und ging durch das Foyer hinaus. Sie holte ihren Wagen wieder ab und fuhr ins Geschäftsviertel im Zentrum der Stadt.

Alles in allem hatte sie recht günstig gelebt, seit sie in Los Angeles angekommen war. Günstig, was ihr eigenes

Geld betraf. Von dem kleinen Vermögen, mit dem sie sich aus St. Louis abgesetzt hatte, waren immer noch einige tausend Dollar übrig und natürlich solch schnell umsetzbare Gegenstände wie ihr Wagen, Schmuck und Pelze. Aber in letzter Zeit hatte sie immer stärker gespürt, daß ihr Aufenthalt hier sich dem Ende zuneigte und daß es an der Zeit war, noch soviel wie möglich abzukassieren.

Sie verließ die Stadt ungern; vor allem, weil sie Roy Dillon zurücklassen müßte. Aber es mußte ja nicht zwangsläufig dazu kommen; und falls doch, nun, ja, dann konnte man es eben nicht ändern. Aber man sollte seinem Instinkt folgen und handeln, wenn es notwendig war.

Als sie im Zentrum angekommen war, stellte sie den Wagen auf einem Privatparkplatz ab. Er gehörte zu einem noblen Juweliergeschäft, wo sie schon oft ge- und verkauft hatte, letzteres war allerdings häufiger der Fall gewesen. Der Pförtner legte grüßend die Hand an die Mütze und hielt ihr die chromumrandete Glastür auf; einer der Junior-Chefs kam ihr strahlend entgegen.

»Mrs. Langtry, schön, Sie wiederzusehen! Also, wie können wir Ihnen heute behilflich sein?«

Moira sagte es ihm. Er nickte ernsthaft und führte sie nach hinten, in ein kleines Privatbüro. Er schloß die Tür, forderte sie auf, am Schreibtisch Platz zu nehmen, und setzte sich dann ihr gegenüber.

Moira holte ein Armband aus ihrer Handtasche und gab es ihm. Seine Augen weiteten sich voller Vorfreude.

»Wunderschön«, murmelte er und griff nach einer Lupe. »Eine wundervolle Handarbeit. Sehen wir es uns einmal an . . .«

Moira beobachtete ihn, wie er eine geschwungene Lampe anknipste und das Armband mit seinen sauberen, starken Händen wendete und drehte. Er hatte sie schon einige Male zuvor bedient. Er war nicht gutaussehend, nein, eher der gemütliche Typ. Aber sie mochte ihn und wußte, daß er sie sehr anziehend fand.

Er ließ die Lupe in seine Hand fallen und schüttelte den Kopf mit echtem Bedauern.

»Ich kann so etwas einfach nicht verstehen«, sagte er. »Es kommt fast nie vor.«

»Wie ... was meinen Sie damit?« fragte Moira stirnrunzelnd.

»Ich habe hier eine der feinsten Filigranarbeiten in Platin vor mir, die ich jemals zu Gesicht bekommen habe. Aber die Steine – nein. Das sind keine Diamanten, Mrs. Langtry. Vorzügliche Imitationen, aber trotzdem nur Imitationen.«

Moira konnte es einfach nicht glauben. Cole hatte viertausend Dollar für das Armband bezahlt.

»Aber es müssen Diamanten sein! Man kann Glas mit ihnen schneiden!«

»Mrs. Langtry«, sagte er mild lächelnd, »auch mit Glas kann man Glas schneiden. Man kann fast alles mit Glas schneiden. Ich zeige Ihnen mal einen betrugssicheren Diamanten-Test.«

Er reichte ihr die Lupe und nahm eine Pipette vom Schreibtisch. Vorsichtig träufelte er ein wenig Wasser auf die Steine.

»Sehen Sie, wie das Wasser darauf spritzt, wie es einfach an ihnen herunterläuft? Wenn dies wirklich Diamanten wären, würde das nicht passieren. Es würde in kleinen Tropfen an der Oberfläche haften bleiben.«

Moira nickte benommen und nahm die Lupe vom Auge.

»Wissen Sie, wo es gekauft worden ist, Mrs. Langtry? Ich bin sicher, daß Sie Ihr Geld zurückbekommen würden.«

Aber sie wußte es nicht. Es war gut möglich, daß man Cole damit betrogen hatte. »Also ist es für Sie total wertlos?«

»Aber natürlich nicht«, sagte er freundlich. »Ich kann Ihnen – nun ja, was halten Sie von fünfhundert Dollar?«

»Also gut. Wenn Sie mir dann bitte einen Scheck geben würden.«

Er entschuldigte sich und verließ sein Büro für ein paar Minuten. Dann kam er mit einem Scheck zurück, steckte ihn für sie in einen Umschlag und setzte sich wieder.

»So«, sagte er. »Ich hoffe, daß wir Sie nicht zu sehr enttäuscht haben und daß Sie uns auch in Zukunft die Gelegenheit geben werden, Ihnen zu Diensten zu sein.«

Moira zögerte. Sie warf einen Blick auf das kleine Namensschild auf seinem Schreibtisch: *Mr. Carter*. Auch der Name des Geschäfts lautete Carter. Vielleicht war er der Sohn des Inhabers?

»Ich hätte es Ihnen schon eher sagen sollen, Mrs. Langtry. Wir besuchen so geschätzte Kunden wie Sie nur allzugern auch zu Hause. Es ist nicht notwendig für Sie, unser Geschäft aufzusuchen. Wenn Sie etwas haben, von dem Sie glauben, daß wir daran Interesse haben könnten . . .«

»Da gäbe es nur eins, Mr. Carter.« Moira schaute ihn unverwandt an. »*Haben* Sie Interesse?«

»Nun ja. Ich müßte es natürlich sehen. Aber ...«

»Sie sehen es, Mr. Carter. Sie haben es direkt vor Augen.«

Er schaute sie erst verwundert, dann verwirrt an. Dann nahm sein Gesicht den gleichen Ausdruck an wie zuvor, als er das Armband untersucht hatte.

»Wissen Sie was, Mrs. Langtry? Man sieht so ein Armband, wie das, das Sie uns soeben verkauft haben, recht selten. Solch eine feine Fassung und Verarbeitungsweise deuten normalerweise daraufhin, daß es sich bei den Steinen um Diamanten handelt. Es tut mir immer regelrecht weh, wenn ich herausfinde, daß es nicht der Fall ist. Ich hoffe immer« – er hob den Blick – »daß ich mich geirrt habe.«

Moira lächelte, sie mochte ihn noch mehr als zuvor.

»An diesem Punkt«, sagte sie, »sollte ich wohl ›oh, weh‹ sagen.«

»Sagen Sie es für uns beide, Mrs. Langtry«, meinte er lachend. »Dies ist einer der wenigen Augenblicke, in denen ich fast bedaure, verheiratet zu sein. Fast.«

Sie gingen zusammen zur Eingangstür, die schöne, elegant gekleidete Frau und der behäbige, adrett aussehende junge Mann. Während sie sich verabschiedeten, hielt er ihre Hand für einen Moment fest.

»Ich hoffe, daß sich alles für Sie zum Besten wendet, Mrs. Langtry. Ich wünschte, ich hätte Ihnen noch mehr helfen können.«

»Bleiben Sie auf der Seite, wo Sie sind, und lassen Sie

sich nicht beirren«, sagte Moira. »Sie sind auf der Gewinnerseite.«

Jetzt war sie sehr hungrig. In einem Imbiß aß sie einen Salat und trank einen Kaffee. Dann fuhr sie zu ihrem Apartmenthaus zurück.

Der Manager lag schon auf der Lauer und klopfte an ihre Etagentür, als sie sie gerade hinter sich geschlossen hatte. Brüsk hielt er ihr eine lange Rechnung entgegen. Moira überprüfte die Posten und hob dann und wann die Augenbrauen.

»Eine Menge Geld, Charles«, murmelte sie. »Du hast mich doch nicht übervorteilt, oder?«

»So kannst du nicht mit mir sprechen! Du schuldest jeden verdammten Cent, und das weißt du auch, und bei Gott, ich werde dafür sorgen, daß du bezahlst!«

»Vielleicht könnte ich die Mäuse von deiner Frau bekommen, was meinst du, Charlie? Vielleicht würden deine Kinder ihre Sparschweine für mich schlachten?«

»Laß meine Familie aus dem Spiel! Wenn du sie da reinziehst, werde ich – ich ...« Er brach winselnd ab. »D-das würdest ... würdest du doch nicht tun, Moira?«

Moira sah ihn angeekelt an. »Oh, mach dir um Gottes willen nicht in die Hosen! Stemple die Rechnung als bezahlt ab, und ich geb dir das Geld.«

Sie drehte sich abrupt um und ging ins Schlafzimmer, öffnete ihre Handtasche und holte ein Bündel Geldscheine heraus, das sie auf den Ankleidetisch warf. Und während sie sich schnell auszog und ihr durchsichtiges, schwarzes Negligé überwarf, verschwand ihre düstere Miene plötzlich, und sie mußte kichern.

Sie lachte leise vor sich hin, als sie sich auf dem Bett ausstreckte.

Sie hatte oft solche plötzlichen Ausbrüche von Heiterkeit. Wenn sie etwas Unangenehmes vor sich hatte, zwang sie sich, an etwas anderes zu denken. Sie ließ ihre Gedanken ziellos wandern, bis sie eine groteske Parallele oder Widersprüchlichkeit zur anstehenden Situation fand; und dann lachte sie, scheinbar unmotiviert, los.

Als er ihr Lachen für einen Moment hören konnte, rief Grable mißtrauisch von der Türschwelle:

»Was machst du da, Moira? Worüber lachst du?«

»Das würdest du doch nicht verstehen, Charles; nur ein winziges Detail vom Menü. Komm herein.«

Er kam herein, schaute sie an und mußte schlucken, dann versuchte er verzweifelt seinen Blick abzuwenden.

»Ich will das G-geld haben, Moira. Und zwar sofort!«

»Also gut, da liegt es.« Das Negligé glitt beiseite, als sie mit dem nackten Fuß auf den Ankleidetisch deutete. »Da ist das Geld, und hier ist die kleine Moira.«

Er ging entschlossen zum Ankleidetisch. Als er kurz davorstand, stockte sein Schritt, und er drehte sich langsam um.

»Moira, ich – ich ...« Er starrte sie an, schluckte wieder und leckte sich mit der Zunge den Speichel ab, der plötzlich aus den Winkeln seines Babymunds floß. Und diesmal gelang es ihm nicht, den Blick von ihr loszureißen.

Moira schaute an sich hinunter, seinen Augen folgend.

»Die automatische Kupplung, Charles«, murmelte sie. »Sie wird nur zusammen mit der Luxuspolsterung und dem Extrastoßdämpfer für Höchstgeschwindigkeit geliefert.«

Er näherte sich ihr mit einigen schnellen Schritten. Er konnte sich gerade noch zurückhalten und streckte ihr wie zur Abwehr und fast bittend eine Hand entgegen.

»B-bitte, Moira! Bitte, *bitte*! Ich bin doch immer nett zu dir gewesen! Ich hab dich h-hier wohnen lassen, monatelang, und ... du läßt mich doch jetzt ...? Nur ...«

Moira sagte: »Nein, unmöglich.« Alle Passagiere müßten zahlen, sobald sie an Bord gingen, und es gebe auch keine Freifahrscheine oder Ermäßigungen. »Das ist eine der strikten Vorschriften der Kammer für Handels- und Geschlechtsverkehr, Charles. Sämtliche üblichen Verkehrsmittel unterliegen diesen Bedingungen.«

»Bitte! Laß mich doch! *Laß es mich machen!*« Er schluchzte fast und sank an der Bettseite auf die Knie. »Oh, Gott! Oh, Gott! Oh, Gott! Laß mich nicht ...«

»Der Kunde hat nur eine Wahl: die Lady oder die Beute«, sagte Moira bestimmt. »Also, was soll's sein?« Und dann, als er sich plötzlich auf sie warf: »Als ob ich es nicht gewußt hätte ...«

Sie sah über seine Schulter und versuchte, seine hechelnde, stoßende Präsenz nicht wahrzunehmen. Sie verdrängte ihn und versuchte sich statt dessen Roy Dillon vorzustellen. Ihr letzter gemeinsamer Nachmittag im Hotel. Warum diese plötzlichen inneren Blutungen, schließlich war er doch ein junger Mann mit einem kerngesunden Magen, oder? Was hatte sie ausgelöst? Oder hatte er nur simuliert? Könnte es ein Trick seiner Mutter sein, um sie auseinanderzubringen?

Lilly sah aus, als kenne sie alle Tricks dieser Welt! Genau so sah sie aus! Sie war scharf wie eine Rasierklinge und doppelt so hart – jeder, der sich etwas auskannte, konnte das sehen. Und sie hatte jede Menge Mäuse, und ...

Moira wollte nicht an Lilly denken, diese Hexe mit dem giftigen Schandmaul! An alles andere, nur nicht an sie! Sie würde sie gern fertigmachen, aber ...

Sie ließ ihre Augen über die Decke wandern. Dieser Typ hier war wirklich ein Tölpel! Ein Widerling! Er hatte bestimmt Rasierwasser und Pomade für mehr als vierzig Dollar auf sich geschmiert, aber das änderte überhaupt nichts. Als hätte man ein Stück Silberfolie um einen Limburger Käse gewickelt, und wenn man die abnahm und ...

Oh, je! Sie schloß schnell den Mund, ihre Wangen waren aufgebläht, sie mußte einen Lachanfall unterdrücken. Sie versuchte ihre Gedanken von diesem verdammten, blöden Menü loszureißen. Aber es gelang ihr nicht, und sie schüttelte sich wieder vor Lachen.

»W-was ist denn los?« keuchte Grable. »Wie kannst du bloß jetzt ...«

»Nichts. Mach dir nichts draus, Charles. Ich denke bloß – ha, ha, ha –, es tut mir leid, aber – ha, ha, ha ...«

Unser Angebot des Tages: Gegrillte Treibhaustomate mit einem riesigen Stück gut gereiftem Käse überbacken.

12

Lilly Dillons Apartment befand sich in der obersten Etage eines Gebäudes am Sunset Strip, nur ein paar Häuserblocks östlich der Stadtgrenze von Beverly Hills. Sie hatte es möbliert gemietet, und es bestand aus Schlafzimmer, Bad, Toilette, Küche, Wohnraum und Arbeitszimmer. In dieses Arbeitszimmer, das auf der Südseite im hinteren Teil des Gebäudes lag, hatte man für Roy ein Krankenbett gestellt. Heute lag er darauf, in Pyjama und Bademantel; die Kopfseite des Bettes hatte man so aufgerichtet, daß er einen endlosen Ausblick über Ölfelder, Ozean und Küstenstädte hatte.

Er war in behaglicher, träger Stimmung, fühlte sich zugleich aber auch unruhig und schuldig. Dies war der Beginn der dritten Woche seit seiner Entlassung aus dem Krankenhaus. Er hatte sich wieder ganz erholt, und es gab keine Rechtfertigung dafür, daß er noch hier war. Und trotzdem blieb er noch. Lilly wollte es. Die Ärzte unterstützten ihn mehr oder weniger; ihrer Ansicht nach konnte er nicht sehr viel durch seine so verlängerte Genesung gewinnen, abgesehen von einem größeren Sicherheitspolster.

Die Blutgefäße seiner Magenwand *könnten* unter gewissen Bedingungen wieder aufplatzen. Es *könnte* erneut zu inneren Blutungen kommen. Wenn Roy also total untätig bleiben wollte, um jedes Risiko auszuschalten, hatten die Ärzte dagegen nichts einzuwenden.

Abgesehen von Lilly und seiner Gesundheit gab es für Roy noch einen Grund zu bleiben. Einen, wegen dem er sich schuldig fühlte und den er sich nicht eingestehen mochte. Es ging um Carol Roberg, die jetzt gerade in der Küche war, um das Geschirr ihres gemeinsamen Mittagessens abzuwaschen, und die sicherlich auch ein Dessert für beide zubereiten würde. Er selbst wollte eigentlich nichts mehr essen – in den letzten zwei Wochen hatte er fast sieben Pfund zugenommen –, aber er wußte, daß sie sich darauf freute, und um nichts in der Welt wollte er ihr diese Freude verderben.

Carol hatte sehr gute Tischmanieren, ihr Verhalten war auch sonst sehr kultiviert – aber Roy hatte noch nie jemanden gesehen, der in so kurzer Zeit soviel essen konnte.

Wenn er sich nicht über sie in anderer Hinsicht wunderte, fragte sich Roy, warum sie einen so unstillbaren Appetit hatte. Die meisten Frauen, die er kannte, schienen kaum etwas zu sich zu nehmen. Moira zum Beispiel ...

Moira ...

Er erinnerte sich mit peinlichem Schaudern an ihren Besuch heute morgen. Gestern hatte er ihr bei einem Telefongespräch – das er fast im Flüsterton geführt hatte – mitgeteilt, daß Lilly das Apartment am nächsten Morgen früh verlassen würde, und ihr vorgeschlagen, ihn dann zu besuchen. Nachdem sie seine Einladung angenommen hatte, war sie heute beim Anblick von Carol überrascht zusammengefahren und hatte ihm dann einen schnellen, fragenden Blick zugeworfen.

Carol hatte sich zu ihnen ins Wohnzimmer gesetzt. Es war wohl ihre Vorstellung von Höflichkeit, und sie hatte auch versucht, eine Unterhaltung über das Wetter und andere Allerweltsthemen in Gang zu bringen. Nachdem Carol – noch nie waren dreißig Minuten so schleppend vergangen – sich schließlich entschuldigt hatte und in die Küche gegangen war, hatte sich Moira mit zusammengekniffenen Lippen zu ihm umgedreht.

»Ich habe versucht, sie loszuwerden«, sagte Roy hilflos. »Ich habe ihr gesagt, sie solle sich ein paar Stunden frei nehmen.«

»Versucht loszuwerden? Ich an deiner Stelle hätte ihr gesagt, sie solle gefälligst verschwinden.«

»Es tut mir leid«, sagte er. »Ich wollte genau wie du, daß wir allein sein können.«

Er schaute schnell über seine Schulter, kniete sich dann neben ihren Sessel und umarmte sie. Sie ließ sich küssen, blieb aber sehr passiv. Er küßte sie erneut, ließ seine Hand über ihren Körper gleiten und verweilte vor allem auf den süßen Rundungen. Nach vielen Wochen unfreiwilliger Enthaltsamkeit und der permanenten Verlockung, die von Carol ausging, hatte er Moira noch nie so begehrt wie gerade jetzt. Aber sie entzog sich ihm abrupt.

»Wie lange hast du eigentlich noch vor, hier zu bleiben, Roy?« fragte sie. »Wann ziehst du in dein Hotel zurück?«

»Nun ja. Ich weiß nicht so genau. Aber doch wohl bald, glaube ich.«

»Du beeilst dich nicht sonderlich, hm? Es gefällt dir hier.«

Roy antwortete unbeholfen, daß er sich nicht beschweren könne. Er würde gut versorgt – viel besser, als es im Hotel möglich sei –, und Lilly wäre sehr daran interessiert, daß er hierbliebe.

»Hm. Darauf möchte ich wetten, und ich wette auch, daß du hier wirklich verdammt gut versorgt wirst!«

»Was willst du damit sagen?«

»Willst du dich über mich lustig machen? Ich habe gesehen, wie du diese alberne kleine Krankenschwester, diesen Schluck Wasser, ansiehst! Entweder bist du nicht mehr der alte, oder du denkst, daß sie zu gut ist, um mit dir ins Bett zu gehen. Sie vielleicht schon – aber ich nicht!«

»Oh, um Gottes willen...« Er wurde rot. »Paß auf, das mit heute tut mir wirklich leid. Wenn ich sie irgendwie hätte loswerden können, ohne ihre Gefühle zu verletzen...«

»Das kannst du natürlich nicht, oh, nein!«

»Also gut, wenn du es hören willst: Ich will es auch nicht«, sagte er gereizt, der Entschuldigungen überdrüssig.

»Na gut, dann vergiß es«, sagte Moira, packte ihre Handschuhe und stand auf. »Wenn es dir so recht ist, soll's mir auch recht sein.«

Er folgte ihr in den Korridor und versuchte sie so gut wie möglich zu besänftigen, ohne sich dabei zuviel zu vergeben. Er mochte sie, begehrte sie mehr denn je, aber wie immer fürchtete er sich davor, zu sehr von ihr abhängig zu werden.

»Ich werde bestimmt in den nächsten Tagen hier ausziehen«, versicherte er ihr. »Ich kann es wahrscheinlich weniger abwarten als du.«

»Na ja...« Sie lächelte vorsichtig, die dunklen Augen erforschten sein Gesicht. »Ich bin mir da nicht so sicher.«

»Du wirst schon sehen. Vielleicht können wir am Wochenende nach La Jolla fahren.«

»Nur vielleicht?«

»Ich bin mir so gut wie sicher«, sagte er. »Ich ruf dich an, ja?«

So war es ihm schließlich gelungen, sie irgendwie zu besänftigen, für den Augenblick jedenfalls. Aber er hatte nichts dafür bekommen, nichts als den Status quo, und die unbefriedigte Begierde wühlte ihn pausenlos auf. Es mußte einfach etwas geschehen, sagte er sich. Er konnte Moira noch regelrecht spüren, und dann war da Carol, so ganz in seiner Reichweite ...

Carol. Er fragte sich, was er eigentlich mit ihr anfangen sollte. Oder ob er überhaupt etwas mit ihr anfangen sollte. Sie benahm sich ganz wie eine Jungfrau, und wäre das der Fall, würde sich nichts abspielen. Was ihn anging, würde sie das auch bleiben. Aber ein Eindruck konnte täuschen; und manchmal, wenn sie ihm einen Kuß erlaubte und sich einen Augenblick an ihn preßte – nun ja, dann war er sich nicht mehr so sicher, ob sie wirklich unberührt war. Nein, er war sich dann sicher, daß sein erstes Urteil falsch war.

Und in diesem Fall würde er natürlich ...

Als sie aus der Küche hereinkam, trug sie zwei volle Eisbecher mit Sahne. Sie gab ihm einen und setzte sich dann mit dem anderen hin. Lächelnd beobachtete er sie, während sie sich darüber hermachte – er hätte sie am liebsten in die Arme genommen und ganz fest an sich gedrückt.

»Schmeckt es?» fragte er.

»Wundervoll!« antwortete sie begeistert. Dann schaute sie zu ihm auf und errötete. »Ich bin hier ja immerzu am Essen. Du denkst sicher, ich bin ein Schwein?«

Roy lachte: »Wenn Schweine so wären wie du, würde ich sie züchten. Willst du meinen nicht auch essen?«

»Aber das ist deiner. Mehr könnte ich wirklich nicht essen!«

»Sicher kannst du das«, sagte er und schwang die Beine aus dem Bett. »Kommst du ins Schlafzimmer, wenn du fertig bist?«

»Ich komme sofort. Willst du deine Massage, ja?«

»Nein, nein«, sagte er schnell. »Es eilt nicht. Iß erst dein Eis auf.«

Er ging durch den mit dicken Teppichen ausgelegten Raum ins Schlafzimmer. Während er durch die Tür ging, zögerte er etwas, fast hätte er sich entschieden, jetzt aufzuhören, wo er noch konnte. Doch dann, bevor er sich wieder anders entscheiden konnte, warf er den Morgenmantel und die Pyjamajacke ab und streckte sich dann auf dem Bett aus.

Carol kam ein oder zwei Minuten später ins Schlafzimmer. Während sie ins Bad ging, um den Massagealkohol zu holen, hielt er ihr die Hand entgegen.

»Komm her, Carol. Ich möchte dich etwas fragen.«

Sie nickte und setzte sich auf die Bettkante. Er zog sie näher zu sich, brachte ihr Gesicht ganz nah an seins; und als ihre Lippen sich berührten, begann er sie ganz zu sich herabzuziehen.

Erschreckt versteifte sich ihr Körper, sie versuchte, sich ihm zu entziehen. »Oh, nein! Bitte, Roy, ich – ich ...«

»Ist schon in Ordnung. Ich wollte dich etwas fragen, Carol. Wirst du mir ehrlich antworten?«

»Also . . .!« Sie versuchte zu lächeln. »Ist es so wichtig für dich? Oder willst du mich nur wieder aufziehen?«

»Es ist sehr wichtig für mich«, sagte er. »Bist du noch Jungfrau, Carol?«

Sofort verschwand das Lächeln von ihrem Gesicht, und einen Moment lang war es völlig ausdruckslos. Dann kehrte ein bißchen Farbe zurück; sie senkte die Augen und schüttelte unmerklich den Kopf.

»Nein, ich bin keine Jungfrau mehr.«

»Du bist keine mehr?« Er war irgendwie enttäuscht.

»Nein, ich bin es nicht. Schon lange nicht mehr.« Bei all der Festigkeit, die sie vortäuschte, zitterte ihre Stimme etwas. »Und jetzt wirst du mich nicht mehr mögen.«

»Dich nicht mögen? Warum denn, natürlich mag ich dich. Ich mag dich mehr denn je!«

»A-aber . . .« Sie lächelte zaghaft und errötete vor ungläubiger Freude. »Meinst du das wirklich? Du würdest doch keine Witze machen, wenn es um etwas so Wichtiges geht?«

»Warum soll es denn so wichtig sein? So, und nun komm schon her, Schatz.«

Sie lachte glücklich und erlaubte ihm, daß er sie unter sich begrub; sie klammerte sich mit einem erstaunten Lachen an ihn. Oh, Gott, sagte sie. Sie war ja so glücklich. Und dann, ohne sich wirklich zu wehren, vor Glück – das er ihr geschenkt hatte – überschäumend: »Aber – sollten wir nicht warten, Roy? Vielleicht würdest du mich dann noch mehr mögen?«

»Es ist unmöglich, dich noch mehr zu mögen!« Er zog ungeduldig an ihrer weißen Tracht. »Wie bekommt man denn dieses verdammte Ding ...?«

»Aber es gibt noch etwas, was du wissen mußt. Du hast ein Recht, es zu wissen. Ich – ich kann keine Kinder bekommen, Roy. Nie.«

Das hielt ihn zurück, ließ ihn zögern – aber nur für einen kurzen Moment. Ihr Satzbau war schwerfällig, sie stellte manche Worte, die an den Anfang mußten, nach hinten und umgekehrt; und dann betonte sie noch die falschen Worte. Sie konnte keine Kinder bekommen, und das war nur gut; aber er hätte es sowieso zu verhindern gewußt.

»Wen kümmert das schon?« sagte er und stöhnte fast lustvoll auf. »Es ist in Ordnung, und es ist auch in Ordnung, daß du keine Jungfrau bist. So, und können wir jetzt um Himmels willen aufhören zu reden, und ...«

»Ja, oh, ja, Roy!« Sie klammerte sich in seliger Hingabe an ihn, führte seine tastenden Hände an die richtigen Stellen. »Und ich will auch. Und du hast das Recht ...«

Ihre Schwesterntracht fiel von ihr ab, dann ihre Unterwäsche. Und auch ihre angeborene Zurückhaltung, ihre Ängste, die Vergangenheit. Die geschlossenen Gardinen ließen nur ein Dämmerlicht zu: So wurde sie wiedergeboren, und es gab keine Vergangenheit mehr, nur noch eine Zukunft.

Auf ihrem ausgestreckten Arm war das violette Mal immer noch sichtbar, aber jetzt war es nur noch eine Kindheitserinnerung. Mit der Zeit war es blasser geworden, kleiner, im gleichen Maße, wie sie erwachsen geworden war. Es war nicht wichtig. Es hatte keine Bedeutung – die Sterilisation, der Verlust ihrer Jungfräulichkeit – das hatte *er* gesagt. Daher bedeutete auch das Mal, die unauslöschliche Tätowierung aus dem Konzentrationslager Dachau, nichts mehr.

13

Sie kam aus dem Bad, hatte jetzt schamhaft ihre Unterwäsche angezogen; man sah die Erregung immer noch auf ihrer leicht geröteten, glühenden Haut. Rigoros beschützend zog sie die Decke über Roys Brust. »Ich muß auf dich aufpassen«, sagte sie. »Jetzt noch mehr als sonst, du bist sehr wichtig für mich.«

Roy grinste sie träge an. Sie ist eine süße, tolle Frau, dachte er. Und die ehrlichste, die er je getroffen hatte. Hätte sie ihm nicht erzählt, daß sie keine Jungfrau ...

»Fühlst du dich gut, Roy? Tut es dir auch nirgendwo weh?«

»Ich hab mich noch nie in meinem Leben besser gefühlt«, sagte er lachend. »Obwohl es mir nicht schlecht ergangen ist.«

»Das ist gut. Es wäre schrecklich, wenn ich dir Schmerzen zugefügt hätte.«

Er wiederholte, daß er sich gut fühlte; sie sei genau, was er brauche. Sie antwortete ernst, daß auch sie ihn brauche; und er lachte wieder und zwinkerte ihr zu.

»Das glaub ich dir, Schatz. Wie lange ist es eigentlich her, oder sollte ich das nicht fragen?«

»Wie lange?« Sie zog die Brauen etwas hoch, den Kopf verwundert zur Seite geneigt. Dann sagte sie: »Oh. Nun ja. Es – es war ...«

»Laß nur«, sagte er hastig. »Vergiß es.«

»Es war dort«, sagte sie und zeigte auf ihren tätowierten Arm. »Dort hat man mich auch sterilisiert.«

»Dort?« sagte er stirnrunzelnd. »Ich verstehe nicht ... Was ist das hier eigentlich?«

Sie erklärte es ihm abwesend, ihr Lächeln war starr, die nach oben gerichteten Augen sahen durch ihn hindurch, als fixierten sie einen weit entfernten Punkt. Es war, als würde sie etwas Abstraktes zitieren, eine langweilige, zusammenhanglose Theorie vortragen, die die Anstrengung kaum wert war. Manchmal hörte es sich auch an, als lese sie aus einem Märchen vor, das so voller Grausamkeiten war, daß für etwas anderes kein Platz mehr blieb, so daß sich Geschichte oder Thema niemals entwickeln konnten. Man spürte die absolute Starrheit, einzig Schrecken gehäuft auf Schrecken, bis alles langsam in sich zusammenfiel und den Zuhörer mitzog.

»Ja, ja, so war es.« Sie lächelte ihn an, als sei er ein frühreifes Kind. »Ja, ich war sehr jung, sieben oder acht. Darum ging es ja, weißt du: Man wollte herausfinden, wie früh eine Frau empfangen kann. Das ist schon sehr früh möglich, ich glaube, schon wenn man fünf ist. Aber man wollte ein Durchschnitts-Minimalalter feststellen. Bei meiner Mutter und Großmutter ging es um das Gegenteil, ich meine, wie alt kann eine Frau sein, um noch zu empfangen. Meine Großmutter starb kurz nach dem Beginn des Experiments, aber meine Mutter ...«

Roy wollte sich übergeben. Er wollte Carol schütteln, sie schlagen. Er stand genauso neben sich selbst, wie sie neben sich zu stehen schien – und er war wütend auf sie. Subjektiv gesehen unterschieden sich seine Gedankengänge nicht sehr von der gängigen Volksmeinung; Dinge, die man allerorts hören, lesen oder sehen konnte. Das fromme Betrauern des Sündenakts, die freudige Absolution der Sünder; und das unbehagliche Stirnrunzeln, die Seitenblicke auf diejenigen, die an jene Untaten erinnerten. Schließlich waren unsere ehemaligen Feinde, die armen Kerle, doch heute unsere Freunde; und es vertrug sich nicht mit dem guten Geschmack, die Gasöfen im Fernsehen zu zeigen.

Schließlich konnte man doch kein ganzes Volk verurteilen, oder? Und was wäre, wenn sie selbst genau dasselbe getan hätten? Könnte man nicht auch selbst denselben bedauerlichen Fehler begehen? Schließlich haßten sie die Roten genauso wie man selbst, und sie waren, genau wie man selbst, nur allzu erpicht darauf, jeden stinkenden Roten dieser Welt zur Hölle zu schicken. Und man durfte auch nicht vergessen, daß *jene*, die Leute, gegen die man sich angeblich vergangen hatte, schließlich selbst am meisten Schuld daran hatten.

Es war ihre eigene Schuld.

Es war *Carols* Schuld.

»Also, jetzt hör mir mal zu«, unterbrach er sie ärgerlich. »Ich habe keine Lust, mir mehr davon anzuhören, verdammt noch mal! Wenn du es mir sofort erzählt hättest, statt nur zu sagen daß du – und mich einfach im Glauben ließest, daß – daß ...«

»Ich weiß«, sagte sie. »Das war sehr schlecht von mir. Aber ich habe auch an etwas anderes gedacht.«

»Also gut«, murmelte er, »ich will dich ja nicht ins Unrecht setzen. Ich mag dich, halte sehr viel von dir, Carol. Darum habe ich dich auch gefragt, habe dir gesagt, wie wichtig es für mich ist. Aber jetzt ist mir klar, daß du mich mißverstanden hast, und ich wünschte mir, bei Gott, ich könnte die Sache wieder geradebiegen. Aber ...«

Aber warum schaute sie ihn bloß so an, mit ihrem leeren Lächeln, als wartete sie darauf, daß er die Leere in ihrem Leben füllen würde. Hatte er nicht schon gesagt, daß es ihm leid tat, hatte er sich nicht für etwas entschuldigt, was teilweise ihre eigene Schuld war? Erwartete sie ernsthaft von ihm, daß er sein Leben aufgab, die einzige Art von Leben, die er sich vorstellen konnte, nur um einen Fehler wiedergutzumachen? Ha, dazu hatte sie kein Recht! Selbst wenn er ihr das geben könnte, was sie erwartete und offensichtlich immer noch begehrte, konnte er es einfach nicht tun.

Sie war ein nettes Mädchen, und es wäre ihr gegenüber nicht fair.

»Also, jetzt will ich dir mal was sagen«, meinte er und lächelte gewinnend. »Was geschehen ist, können wir nicht mehr ändern – aber warum tun wir nicht einfach so, als wäre nichts geschehen? Was hältst du davon, hm? Ja? Wir vergessen einfach alles und fangen ganz von vorn an, hm?«

Sie sah ihn schweigend an.

»Gut«, sagte Roy brüsk. »Ich wußte, daß du ein braves

Mädchen bist. Also, ich werd jetzt einfach hier verschwinden, und du kannst dich in Ruhe anziehen – und, äh . . .«

Er stand auf und ging, zog sich den Morgenmantel an, während er das Zimmer verließ. Er ging ins Arbeitszimmer zurück, ließ sich auf das Krankenbett fallen und starrte, ohne etwas wahrzunehmen, auf die Aussicht nach Süden – sah immer noch die junge Frau im Schlafzimmer vor sich. Er hatte sich wohl sehr ungeschickt ausgedrückt. Seine übliche Redegewandtheit hatte ihn im Stich gelassen, ausgerechnet, als er sie am meisten brauchte – er war spießig und gereizt gewesen.

Wie konnte ihm das nur passieren, fragte er sich. Was war aus seiner Überredungskunst geworden?

Er hatte den Fehler in aller Aufrichtigkeit begangen. Sie hatte dadurch keinen Verlust erfahren. Warum konnte er es ihr nicht erklären? Warum nicht, wenn es ihm doch ein leichtes war, Leute zu beschwindeln, ohne daß sie es bemerkten?

Man kann einen ehrlichen Menschen nicht betrügen, sagte er sich. Und dieser Gedanke irritierte ihn unverhältnismäßig.

Er hörte sie kommen, das Rascheln der gestärkten Tracht verriet es ihm. Er bemühte sich zu lächeln, setzte sich auf und drehte sich zur Tür.

Sie hatte einen Mantel an, ein altmodisches Kleidungsstück aus der alten Welt. In einer Hand trug sie ihre kleine Schwesterntasche.

»Ich gehe jetzt«, sagte sie. »Soll ich noch irgend etwas tun, bevor ich dich allein lasse?«

»Allein lassen?! Aber – oh, komm, paß mal auf«, sagte er schmeichelnd. »Das kannst du nicht machen. Das verstößt gegen die Berufsehre. Eine Krankenschwester kann ihren Patienten nicht einfach verlassen.«

»Du brauchst keine Krankenschwester. Das wissen wir beide. Wie auch immer, ich bin ab jetzt nicht mehr deine Krankenschwester.«

»Aber – aber verdammt noch mal, Carol . . .«

Sie kehrte ihm den Rücken zu und ging zur Tür. Er schaute ihr hilflos einen Moment nach, dann holte er sie ein und drehte sie zu sich herum, so daß sie ihn ansehen mußte.

»Also, ich lasse nicht zu, daß du das tust«, sagte er. »Es gibt keinen Grund dafür. Du brauchst diese Stelle, und meine Mutter und ich wollen es auch so. Warum . . .«

»Laß mich bitte gehen.« Sie entzog sich ihm und ging wieder auf die Tür zu.

Er stellte sich ihr hastig in den Weg. »Tu es nicht«, bat er sie. »Auch wenn du wütend auf mich bist, es macht ja nichts, vielleicht glaubst du, daß du im Recht bist. Aber die Sache geht auch meine Mutter an. Was soll sie denken, ich meine, was soll ich ihr sagen, wenn sie wiederkommt und du nicht mehr . . .«

Er brach ab, wurde rot; es wurde ihm klar, daß es so klang, als habe er Angst vor Lilly. Der Anflug eines Lächeln zeigte sich auf Carols Lippen.

»Deine Mutter wird enttäuscht sein«, sagte sie, »aber nicht überrascht. Ich habe immer gedacht, daß deine Mutter dich nicht versteht, aber jetzt weiß ich, daß sie dich genau kennt.«

Roy vermied es, sie anzusehen. Schroff sagte er, das habe er nicht gemeint. »Du bekommst noch Geld, dein Gehalt. Wenn du mir sagen würdest, wieviel es ...«

»Nichts. Deine Mutter hat mich gestern abend bezahlt.«

»Schön, aber was bekommst du für heute?«

»Für heute nichts. Ich habe nichts Wertvolles geleistet.«

Roy schnaubte wütend. »Hör auf, dich wie ein zweijähriges Kind zu benehmen, ja? Ich schulde dir Geld, und bei Gott, du wirst es annehmen!«

Er holte die Brieftasche aus dem Morgenmantel, riß das Geld heraus und streckte es ihr entgegen.

»So, wieviel? Was schulde ich dir für heute?«

Sie schaute auf das Geldbündel herunter. Vorsichtig blätterte sie mit einem Finger darin herum, zog drei Scheine heraus und zeigte sie ihm.

»Drei Dollar, ja? Ich habe gehört, das ist der übliche Preis.«

»Du scheinst dich ja auszukennen«, sagte er scharf. »Oh, Carol, warum bist ...«

»Danke schön. Es ist sogar zu viel.«

Sie drehte sich um, ging über den Teppich zur Etagentür und verließ die Wohnung.

Roy hob hilflos die Hände und ließ sie dann seitlich herunterfallen. Das war's also. Man konnte aus einem Ackergaul eben kein Rennpferd machen.

Er ging in die Küche, wärmte sich Kaffee auf und trank ihn im Stehen. Während er die Tasse ausspülte, warf er einen Blick auf die Uhr über dem Herd.

In ein paar Stunden würde Lilly nach Hause kommen.

Er hatte noch etwas zu erledigen, bevor sie kam. Es würde die Sache mit Carol zwar nicht bereinigen, und es bedeutete auch, daß Lilly die Wahrheit über ihn erfahren würde, aber es mußte sein. Um seiner selbst willen.

Nachdem er sich angezogen hatte und auf die Straße hinausgegangen war, fühlte er sich ein bißchen schwach. Der Grund war seine lange Untätigkeit, körperlich fehlte ihm nichts. Als er mit einer Taxe zu seinem Hotel gefahren war, fühlte er sich wieder so kräftig wie zuvor.

Der Empfang im Hotel war ihm etwas peinlich. Natürlich hatte er sich immer alle Mühe gegeben, beliebt zu sein, das war schließlich ein wesentlicher Bestandteil seiner Tarnung. Aber er fühlte sich doch irgendwie gefühlsmäßig angesprochen und zugleich vage beunruhigt, als Simms und die Angestellten ihn zu Hause *(zu Hause!)* willkommen hießen. Er war froh, daß er sie nicht für dumm verkaufen mußte, sie gebrochen zurücklassen mußte – so wie er Leute, die ihn mochten, normalerweise zurückließ.

Befangen nahm er ihre Gratulationen zu seiner Genesung entgegen, versicherte ihnen, daß seine Gesundheit vollständig wiederhergestellt sei. Er stimmte mit Simms überein, daß Krankheit über jeden hereinbrechen konnte, immer war es ärgerlich und überraschend, aber so wurden die Dinge nun mal in Bewegung gehalten.

Endlich gelang es ihm, auf sein Zimmer zu entkommen. Er holte sich dreitausend Dollar aus dem Rahmen eines der Bilder mit den Clowns. Nachdem er das Bild sorgfältig wieder an seinen alten Platz gehängt hatte, verließ er das Hotel und fuhr zu Lillys Wohnung zurück.

Ohne Carol schien das Apartment seltsam leer. Eine

Lücke war entstanden, wie immer, wenn etwas oder jemand nicht mehr an der vertrauten Stelle war. Man wurde das Gefühl nicht los, daß etwas nicht stimmte, daß etwas fehlte. Ein Platz schrie geradezu danach, ausgefüllt zu werden – aber das einzige, was paßte, war nicht mehr da.

Ruhelos durchkämmte er einen Raum nach dem anderen, blieb stehen und lauschte, immer hatte er sie vor Augen. Er glaubte sie überall zu sehen, die kleine Person in der übertrieben steifen Tracht; mit dem glänzenden Haar, dessen Locken nach oben gedreht waren; das rosaweiße Gesicht mit den zierlichen, klaren Zügen, die ihr, nach oben gewandt, einen kindlich unschuldigen Ausdruck gaben. Er konnte ihre Stimme überall hören, und immer ging es um ihn, immer war ein *du* in ihren Sätzen: Willst du etwas? Kann ich etwas für dich tun? Geht es dir gut? Er hatte ihr versprechen müssen, ihr immer zu sagen, wenn er etwas brauchte.

»Fühlst du dich gut, Roy? Es wäre schrecklich, wenn ich dir Schmerzen zugefügt hätte.«

Er machte sich auf den Weg ins Bad, blieb aber an der Tür stehen. Über dem Waschbecken hing ein Handtuch. Gewaschen und ausgespült hing es da zum Trocknen; aber man konnte immer noch an einigen gelben Stellen das ausgewaschene Blut erkennen.

Roy schluckte, es tat weh. Dann warf er es in den Wäschekorb und schlug den Deckel zu.

Die Stunden zogen sich endlos hin; Stunden, die ihm bis heute immer kurz erschienen waren.

Kurz nach Einbruch der Dämmerung kam Lilly zurück.

Wie üblich brachte sie ihre eigenen Sorgen niemals mit nach Hause; als sie durch die Etagentür kam, lächelte sie erwartungsvoll.

»Hallo, du bist ja angezogen! Wie schön«, sagte sie. »Und wo ist meine gute Carol?«

»Sie ist nicht hier«, sagte Roy. »Sie ...«

»Ach ja? Na, vermutlich bin ich ein bißchen spät dran, und außerdem geht es dir ja auch wirklich gut.« Sie setzte sich, fächelte sich mit der Hand Kühlung zu. »Puuh, der Verkehr war grauenvoll! Es wäre schneller gegangen, wenn ich auf einem Bein gehüpft wäre.«

Roy zögerte, es ihr zu erzählen, er war über jeden Aufschub froh.

»Wie geht's deiner Hand, der Brandwunde?«

»Prima«, sagte sie und schwenkte die Hand sorglos. »Sieht so aus, als ob ich für immer ein Brandmal habe, aber wenigstens hat es mich etwas gelernt – gelehrt. Mich von Tölpeln mit Zigarren fernzuhalten.«

»Ich finde, du solltest es verbinden lassen.«

»Unmöglich. Muß dauernd in die Handtasche greifen. Außerdem heilt es wirklich gut.«

Sie ließ das Thema beiläufig fallen; einerseits schmeichelte ihr seine ungewohnte Aufmerksamkeit, andererseits war es ihr auch peinlich. Als das Schweigen unbehaglich wurde, holte sie sich eine Zigarette aus der Handtasche und lächelte Roy gelöst an, als dieser aufsprang, um ihr Feuer zu geben.

»Hei, sieht wirklich so aus, als ob mich hier jemand mag, hm? Noch ein bißchen mehr davon, und – Was ist denn das?«

Sie schaute auf das Geldbündel hinunter, das er ihr in den Schoß gelegt hatte. Stirnrunzelnd sah sie zu ihm auf.

»Dreitausend Dollar«, sagte er. »Ich hoffe, damit sind wir quitt; für die Krankenhausrechnung und den Rest.«

»Sicher, das reicht. Aber du kannst doch nicht so einfach – ach ...«, sagte sie resigniert. »Ich nehme an, daß du es dir erlauben kannst, was? Ich hatte gehofft, du wärest dieses Mal aufrichtig zu mir, aber vermutlich –«

»Aber du wußtest immer, daß es nicht der Fall war«, sagte Roy und nickte bestätigend. »Und jetzt muß ich dir noch was erzählen. Es geht um Carol.«

14

Vom Sunset Strip drang gedämpfter Lärm in Lillys Wohnung, der immer mehr anschwoll. Es war Zeit fürs Abendessen in den Restaurants, und die ersten Gäste frequentierten die Nachtklubs. Vorher, zwischen vier und sieben, kam der Krach vom Feierabendverkehr; schwere und leichte Lastwagen, die ihre letzten Fuhren auslieferten, bevor sie in die Stadt zurückfuhren. Und die Personenwagen rasten, bremsten halsbrecherisch und fädelten sich neu ein, während sie massenweise aus der Innenstadt in Vororte wie Brentwood, Bel Air und Beverly Hills zurückdrängten. Es gab Wagen aller Größen und Klassen, billige, frisierte kleine Kisten, doch vor allem jede Menge – manchmal waren sie sogar in der Überzahl – Wagen der Spitzenklasse. Vor einiger Zeit, als Roy einmal im Verkehrschaos des Strip steckengeblieben war, hatte er sich umgesehen: Abgesehen von zwei Motorrädern und einem Ford sah er nichts als Cadillacs, Rolls-Royes, Lincolns und Imperials.

Jetzt, als er dem nächtlichen Treiben zuhörte, wünschte er sich, dort unten auf dem Strip zu sein – oder wo auch immer, nur nicht hier. Er hatte Lilly die Sache mit Carol so schnell wie möglich erzählt; er wollte es unbedingt hinter sich haben. Aber in dieser Kurzform hatte es sich wahrscheinlich noch schauderhafter angehört, als wenn er detailliert berichtet hätte. Er hatte das Bedürfnis gehabt, den Anfang noch einmal aufzurollen, zu erklären, wie eins zum andern geführt hatte. Aber das schien alles nur noch schlimmer zu machen; es hörte sich an, als sei er, der ehrliche, etwas naive junge Mann, von einer sich absichtlich töricht verhaltenden jungen Frau auf schamvolle Weise hintergangen worden.

Es gab eben keine gute Art, diese Geschichte zu erzählen, sagte er sich. Es war einfach unmöglich, obwohl Lilly wirklich nicht prüde war; und sie, jedenfalls was Roy anging, nie die Rolle einer Mutter gespielt hatte.

Roy fuhr erschrocken zusammen, als Lillys Handtasche laut auf den Boden fiel. Er beugte sich vor, um sie aufzuheben, dann, als er sah, was aus der Tasche gefallen war, setzte er sich unbehaglich wieder zurück – ein kleiner Revolver mit Schalldämpfer.

Lilly griff nach der Waffe. Setzte sich wieder zurück und wog den Revolver geistesabwesend in der Hand. Als sie seine Beklommenheit bemerkte, verzog sich ihr Mund zu einem Grinsen.

»Mach dir keine Sorgen, Roy. Es ist zwar eine Versuchung, das muß ich zugeben, aber ich würde meinen Waffenschein verlieren.«

»Na, das möchte ich nun nicht auf dem Gewissen haben«, sagte Roy. »Nicht nach den Unannehmlichkeiten, die ich dir schon bereitet habe.«

»Aber wirklich, das solltest du nicht sagen«, meinte Lilly. »Du hast doch deine Rechnung bezahlt – oder? Hast mir das Geld zugeworfen, als hättest du zuviel davon. Du hast alles erklärt und dich entschuldigt – dabei hast du noch nicht einmal etwas getan, was einer Erklärung oder Entschuldigung bedarf, oder? Ich war blöd. Sie war blöd – blöd genug, um dich zu lieben, dir zu vertrauen und alles, was du getan und gesagt hast, zu deinem Besten auszulegen. Wir waren beide Trottel, und ein Trickster muß Trottel ausnehmen, das ist sein Beruf.«

»Du kannst die Sache drehen, wie du willst«, fauchte Roy. »Ich habe mich entschuldigt, alles getan, was ich konnte. Aber wenn du darauf bestehst, gemein ...«

»Aber ich war doch immer schon gemein, oder? Hab dir immer Schwierigkeiten gemacht. Ich bin eben böse, war es immer und werde es immer sein. Und du konntest einfach die Gelegenheit nicht vorübergehen lassen, dich zu revanchieren!«

»Waas?« Er sah sie scharf an. »Was zum Teufel redest du da eigentlich?«

»Darüber, worüber du dein ganzes Leben lang nachgegrübelt hast, weswegen du dich bemitleidest und mir Vorwürfe machst. Weil du es als Kind schwer gehabt hast. Weil ich nicht den Vorstellungen entsprach, die du dir von einer Mutter gemacht hast.«

Roy gab mißgelaunt zurück, daß sie den Vorstellungen von überhaupt niemand entsprach. Dann, etwas beschämt, nahm er es halbherzig wieder zurück. »Also, du weißt doch, Lilly, daß ich das nicht so gemeint habe; du hast mich einfach nur gereizt. Außerdem hast du jetzt wirklich ne Menge für mich getan, viel mehr, als ich erwarten konnte, und ...«

»Vergiß es«, unterbrach sie ihn. »Es war nicht genug. Du hast gerade bewiesen, daß es nicht genug war. Aber es gibt ein oder zwei Dinge, die ich dir sagen möchte, Roy. Für dich war ich eine schlechte Mutter – sag nichts, denn es stimmt, geben wir es also zu. Aber ich frage mich, ob es dir schon mal in den Sinn gekommen ist, daß ich das gar nicht so gesehen habe.«

»Nun ja ...«, er zögerte. »Hm, nein, das hast du wohl nicht so gesehen.«

»Es ist eine Frage des Vergleichs, nicht wahr? In den guten Gegenden, in denen wir gewohnt haben, war ich im Vergleich zu den Müttern lausig. Aber Roy, ich bin nicht in so ner Gesellschaft groß geworden. Wo ich aufgewachsen bin, hatte ein Kind Glück, wenn es im Leben drei Monate zur Schule gehen konnte. Kinder hatten Glück, wenn sie nicht an Rachitis, Hakenwürmern, schlichtem Hunger oder Schlimmerem starben. Ich kann mich kaum an einen Tag erinnern, an dem ich genug zu essen bekam oder nicht verprügelt wurde ...«

Roy zündete sich eine Zigarette an und warf ihr über der Flamme einen Blick zu; er war zu gereizt, um an ihren Ausführungen interessiert zu sein. Was sollte schon dabei herauskommen? Vielleicht hatte sie wirklich eine schlimme Kindheit gehabt – obwohl er nur ihre Seite der Geschichte kannte. Alles, was er wußte, war, wie seine eigene Kindheit ausgesehen hatte. Aber wenn sie wirklich so aufgewachsen war und wußte, wie es sich anfühlte, warum hatte sie ihn dann genauso behandelt? Schließlich wußte sie ja, wie es war. Denn sie war ja nicht ein Opfer dieser elenden sozialen Bedingungen wie ihre Eltern. Zum Teufel, in dem Alter, als er selbst noch aufs Gymnasium ging, war sie schließlich schon verheiratet und lebte nicht mehr zu Hause!

Etwas von seinen letzten Überlegungen traf ihn, zerstörte die Schichten der Selbstgerechtigkeit, die ihn in gutem Licht zeigten, während nichts für Lilly übrigblieb, die schwarz wie die Sünde erschien. Mißmutig fragte er sich, wann er sich verabschieden konnte, ohne unhöflich zu sein. Das war alles, was er wollte. Keine Entschuldigungen, keine Erklärungen. Denn wegen Carol, und weil er Lilly schließlich etwas schuldig war, war er selbst in die Rolle gedrängt worden, sich zu entschuldigen, sich zu erklären. Und hatte diese Rolle auch mannhaft akzeptiert. Aber …

Schließlich wurde ihm klar, daß es still im Zimmer geworden war. Daß schon lange kein Wort mehr gefallen war. Lilly hatte sich im Sessel zurückgelehnt und schaute ihm mit einem matten, zynischen Lächeln an.

»Sieht so aus, als würde ich dich aufhalten«, sagte sie. »Warum gehst du nicht einfach und läßt mich in meinen Sünden schmoren?«

»Also, Lilly …« Er gestikulierte beschwichtigend. »Ich habe dich noch nie kritisiert.«

»Aber du könntest mich für vieles kritisieren, das willst du doch sagen, hm? Es war schon widerlich von mir, zur selben Zeit wie du noch ein Kind zu sein. Mich wie ein Kind zu benehmen, statt wie eine erwachsene Frau. Ja, Sir, war wirklich lausig von mir, nicht so schnell erwachsen zu werden, wie du es von mir erwartet hast.«

Roy fühlte sich getroffen. »Was willst du eigentlich von mir?« fragte er herausfordernd. »Soll ich dich mit einem Heiligenschein umkränzen? Das tust du doch schon selbst.«

»Und laß dich dabei wie ein Ekel aussehen? Oder? Aber so bin ich nun mal; das weißt du doch, so war ich schon immer. Habe mich immer am armen, kleinen Roy vergriffen.«

»Oh, um Himmels willen – Lilly!«

»So, und jetzt möchte ich nur noch eins sagen. Ich glaube zwar nicht, daß es was nützt, aber ich muß es einfach sagen. Laß die Finger vom Trickster-Gewerbe, Roy. Und zwar sofort und für immer.«

»Warum? Warum gibst du es nicht selbst auf?«

»Warum?« Lilly starrte ihn ungläubig an. »Fragst du mich ernsthaft, *warum*? Darum nicht, du hirnloser Narr, weil ich schon tot wäre, wenn es nur so aussähe, als ob ich aussteigen wollte. Und so war es immer, seit ich achtzehn war. Aus solch einem Gewerbe steigt man nicht aus, man wird rausgetragen!«

Roy fuhr sich nervös mit der Zunge über die Lippen. Vielleicht übertrieb sie ja nicht, obwohl es beruhigend war, das anzunehmen. Aber er war nicht in ihrer Klasse, würde es niemals sein.

»Ich bin nur ein kleiner Trickster, sonst nichts, Lilly«, sagte er. »Nur kleine Geschäfte. Ich kann jeden Tag aussteigen, wann immer ich will.«

»Aber es wird nicht immer bei den kleinen Geschäften bleiben. Dafür bist du nicht der Typ. Du bist gerade erst fünfundzwanzig und kannst schon dreitausend hinblättern, als wäre es nichts. Du bist erst fünfundzwanzig und hast dem Trickgewerbe schon ein neues Element hinzugefügt – Leute auszunehmen, ohne das Hotel wechseln zu müssen. Glaubst du wirklich, daß dir nichts anderes mehr einfällt?« Sie schüttelte verneinend den Kopf. »Oh, nein. Das Trickstergewerbe ist wie alles im Leben, man kann nicht stehenbleiben. Es geht immer rauf und runter, zumeist runter, aber für meinen Roy geht's aufwärts.«

Schuldbewußt fühlte Roy, daß er geschmeichelt war. Er erklärte, daß, was immer sich auch entwickeln würde, er stets bei kleinen Schwindeleien bleiben würde. Und so die Gefahren vermied, die organisierte Banden nun einmal mit sich brachten.

»Ist ungefährlich, was?« fragte Lilly. »Na ja. Hab mich dann wohl vertan. Ich habe nämlich die Geschichte von einem Typ in deinem Alter gehört, dem man so hart in den Magen geschlagen hat, daß er fast gestorben wäre.«

»Also, äh ...«

»Sicher, sicher, das zählt also nicht. Das ist was anderes. Und ich sag dir gleich noch was anderes, was auch nicht zählt.« Sie hielt ihm die verbrannte Hand entgegen. »Weißt du, wie ich wirklich zu der Brandwunde gekommen bin? Also, ich werde es dir erzählen ...«

Sie schilderte es ihm, und er hörte es sich mit wachsender Übelkeit an; er war beschämt und verwirrt. Er konnte so etwas nicht mit seiner Mutter in Verbindung bringen und schon gar nicht mit sich selbst. Das einzige Resultat war, wie üblich, eine sich vergrößernde Kluft zwischen ihm und seiner Mutter.

Sie spürte, was er dachte; sah ein, daß es keinen Zweck hatte. In ihrem müden Körper fühlte sie eine langsam aufsteigende Wut.

»Also, das wär's«, sagte sie. »Und es hat natürlich alles nichts mit dir zu tun, hm? Alles nur ein weiteres Kapitel aus den Leiden der Lilly Dillon.«

»Und zwar ein sehr interessantes«, sagte er leichthin. »Vielleicht solltest du ein Buch schreiben, Lilly?«

»Vielleicht solltest du eins schreiben«, sagte Lilly. »Carol Roberg würde sicher ein gutes Kapitel abgeben.«

Roy hatte Mühe aufzustehen. Er nickte ihr kalt zu, nahm seinen Hut und ging zur Tür. Dann blieb er stehen, schaute sie fast flehend an. »Lilly«, sagte er, »worauf willst du eigentlich hinaus? Was kann ich noch für sie tun, ich habe doch alles versucht?«

»Das fragst du mich«, sagte Lilly bitter. »Du stehst wirklich hier, um mich zu fragen, was du tun sollst?!«

»Aber – willst du sagen, daß ich sie heiraten soll? Soll ich sie fragen, ob sie meine Frau werden will? Also, wirklich, das ist unmöglich! Damit täte ich ihr wirklich keinen Gefallen, oder?«

»Oh, Gott! Mein Gott, mein Gott!« stöhnte Lilly laut.

Roy wurde rot und setzte sich heftig den Hut auf. »Es tut mir leid, daß ich so eine große Enttäuschung für dich bin. Ich gehe jetzt besser.«

Lilly sah ihn an, während er immer noch zögernd dastand, und sagte, daß sie nicht gemerkt habe, daß es ihm leid tue. »Das ist das zweite Mal, daß du mich heute abend getäuscht hast«, sagte sie. »Jetzt sieht man ihn, sieht ihn immer noch, und dann ist er plötzlich weg, und niemand weiß, wohin.«

Er verließ brüsk das Zimmer.

Er ging hastig durch den Flur, dann wurden seine Schritte langsamer, es schien, als würde er umkehren. Zur gleichen Zeit sprang Lilly aus ihrem Sessel auf, ging zur Tür, nur um unschlüssig stehenzubleiben.

Sie waren sich so ähnlich, so sehr Teil des anderen. Sie waren sich so nahe – für einen Augenblick.

Doch dieser Moment war schnell vorbei, wie die Zehntelsekunde vor einem Mord. Dann, gegen ihre Instinkte, traf jeder eine Entscheidung. Beide gingen, wie immer, ihres Weges.

15

Roy nahm sein verspätetes Abendessen in einem Restaurant im Zentrum ein. Er aß mit großem Appetit, redete sich ein – und glaubte es auch –, daß es gut war, im Restaurant zu essen. Denn so hatte er immer gelebt. Die unmerkliche Ähnlichkeit der Speisen, egal, in welchem Restaurant man sich befand, gab ihm eine gewisse Sicherheit, vergleichbar mit der Reaktion eines Babys auf Muttermilch. Diese vertraute und zuverlässige Nahrung stärkte das eigene Selbstvertrauen, den Glauben an den

Grundsatz, daß man fressen mußte, um nicht gefressen zu werden, und daß unter dem Mantel der Veränderung doch alles unverändert blieb.

Ähnlich angenehm war es, wieder im eigenen Hotelbett zu sein. Denn auch im Hotel würde er immer sein eigenes Bett vorfinden, wo immer er war; standardisiert, immer bereit, warteten sie regelrecht auf ihn, hatten gleichzeitig die angenehme Nebenwirkung von Dauerhaftigkeit und Übergang. Vielleicht teilte Carol in seinem Traum kurz das Bett mit ihm, und er stöhnte, schrie fast auf. Aber dann erschienen angenehmere Wesen – ebenfalls gefällig standardisiert – schnell zu seiner Rettung. Sie wollten nicht mehr von ihm als er von ihnen – ein lustvoller, aber steriler Akt, der seinen Zweck ohne jeglichen persönlichen oder emotionalen Aufwand erfüllte. Man konnte es mit einem Bad vergleichen; ob man kurz oder lange badete – man wurde dabei nie naß.

So schlief Roy Dillon, alles in allem betrachtet, in jener Nacht sogar ganz gut.

Er wachte früh auf und lag eine Weile so da, wie wohl die meisten Männer nach dem Erwachen daliegen: Hände hinter dem Kopf gefaltet, die Augen ziellos an der Decke entlangwandernd, die Gedanken ebenso herumschweifend. Dann stand er plötzlich auf, wusch sich, zog sich an und ging aus dem Hotel.

Er frühstückte. Dann ging er zum Friseur und ließ sich regelrecht verwöhnen, bevor er wieder in seine Zweizimmersuite zurückkehrte. Nachdem er gebadet hatte, zog er sich noch einmal total um, wechselte auch Hut und Schuhe und verließ dann wieder das Hotel.

Er holte seinen Wagen vom Parkplatz und reihte sich in den Verkehr ein.

Zuerst fühlte er sich etwas unbehaglich und nervös, weil er so lange nicht hinter dem Steuer gesessen hatte. Aber das Gefühl verschwand schnell. Nach ein paar Wohnblocks war er wieder er selbst, fuhr fast automatisch, steuerte den Wagen mit demselben Selbstverständnis, mit dem eine Stenotypistin ihre Schreibmaschine bedient. Er war Teil dieses breiten Stroms von Wagen, trug bei zu seinem trägen Fluß und ließ sich von ihm tragen. Ohne seine Identität zu verlieren, da er ihn verlassen konnte, wann er wollte, gehörte er so doch wenigstens zu etwas.

Wie so viele Firmen, die einst unverzichtbarer Teil des Zentrums gewesen waren, war auch das Großhandelsvertreter-Unternehmen Sarber & Webb inzwischen in eine fast reine Wohngegend gezogen; der wachsende Moloch Stadt hatte es für einen kurzen Moment aus seinem Griff entlassen, nur um es bald wieder zu verschlingen. Die Firma war in einem großen Sandstein- und Ziegelgebäude untergebracht, erhaben erstreckte es sich mit nur einer Etage über dreiviertel der Gesamtfläche. An der Rückseite wuchs das Gebäude eineinhalb Stockwerke hoch, dort waren die Büroräume der Firma.

Roy stellte seinen Wagen auf den Privatparkplatz neben dem Gebäude. Er pfiff abwesend vor sich hin, während er seine Aktentasche aus dem Auto holte und zufrieden die wohlbekannte Umgebung studierte.

Noch jemand anders sah sich hier um, Roy bemerkte es sofort, aber ohne seine eigene Beiläufigkeit. Ein junger

Mann – nun ja, vielleicht war er nicht mehr ganz so jung, er trug ein Hemd mit kurzen Ärmeln, dazu aber eine Weste. Er sah ganz wie ein Angestellter aus, stand am Rand des breiten Gehsteigs, der an das Gebäude grenzte, schaute sich kritisch in allen Richtungen um und schrieb dann und wann etwas in ein kleines Notizbuch.

Er drehte sich um und beobachtete Roy, als dieser auf ihn zuging, blickte zuerst starr abweisend, dann mißbilligend. Erst als Roy direkt auf ihn zusteuerte, unbeeindruckt grinste und ihn kopfnickend mit einem »Hey« begrüßte, konnte man so etwas wie eine Regung in seinen Augen erkennen, und der junge Mann erwiderte das Nicken.

»Hey«, sagte er, als ob das Wort ihm peinlich sei.

Roy ging an ihm vorbei und schüttelte im Geiste den Kopf.

Ein langer, breiter Kundenschalter erstreckte sich über die ganze Länge im Inneren des Gebäudes, an einem Ende von einem Drehkreuz begrenzt. Dahinter erhoben sich bis zur Rückwand Regalreihen, dazwischen etwa sechs Durchgänge in Parallelreihen; die Regale waren vollgepackt mit den über tausend Artikeln, die Sarber & Webb führten.

Es war noch früh, und Roy war der einzige Vertreterkunde. Normalerweise tranken die meisten Angestellten um diese Zeit Kaffee im Restaurant gegenüber oder lümmelten in Gruppen hinter der Theke herum, rauchten und unterhielten sich, bis sie sich zur Arbeit aufrafften. Aber heute morgen konnte man nichts von dieser Gemütlichkeit spüren.

Alle waren auf dem Posten, man sah weder Zigaretten noch Pappbecher mit Kaffee. In den Gängen war es lebendig; Aufträge wurden ausgeführt, Inventur gemacht, die Regale wurden nachgefüllt, alles wurde gesäubert und neu geordnet. Jedermann war beschäftigt oder – was weitaus schwieriger zu bewerkstelligen war – schien beschäftigt zu sein.

Während der vergangenen Jahre hatte sich Roy mit allen hier angefreundet, und sie kamen auf ihn zu, um ihm die Hand zu geben, ihn zu seiner Genesung zu beglückwünschen. Aber sie ließen sich kaum Zeit dafür. Verwirrt fragte Roy einen der Angestellten, der ihm einen Katalog zeigte, nach dem Grund.

»Was für ne Bombe ist denn hier eingeschlagen?« fragte er. »Seit dem Brand hab ich noch nie soviel eilige Leute in diesem Laden gesehen.«

»Kaggs ist eingeschlagen, das ist der Grund.«

»Kaggs? Ist das so was wie galoppierende Syphilis?«

Der Angestellte lachte böse. »Das kann man wohl sagen! Junge«, er wischte sich nicht vorhandenen Schweiß von der Stirn. »Wenn der Hundesohn sich hier noch länger rumtreibt . . .!«

Kaggs, führte er aus, war einer der Manager aus der Zentrale, eine Mischung aus Kontrolleur, Personalexperte und Rationalisierungsfachmann. »Traf bei uns ein, gleich nachdem du ins Krankenhaus eingeliefert wurdest – ein typischer College-Junge. Und er hat für niemand ein freundliches Wort übrig. Er ist der einzige, der was weiß, alle anderen sind Schlafmützen oder Trottel. Du weißt doch genau, Roy, daß das nicht stimmt. Es gibt keine härter arbeitende, erfolgreichere Gruppe von Jungs als diese hier!«

»Das stimmt«, nickte Roy zustimmend, obwohl es weit von der Wahrheit entfernt war. »Vielleicht schmeißt er mich raus, was meinst du?«

»Das wollte ich dir noch sagen. Er *hat* schon ein paar Vertreter rausgeschmissen, weigert sich einfach, ihnen zu Großhandelspreisen zu verkaufen. Und was soll dabei rauskommen? Die Leute haben doch alle auf Provision verkauft. Wenn sie nichts verkauft haben, haben sie auch nichts verdient, also – *psst*, da kommt er!«

Wie Roy schon vermutet hatte, war Kaggs der kritisch dreinsehende junge Mann, den er vor dem Gebäude getroffen hatte. Eine Zehntelsekunde, nachdem der Angestellte seine Warnung ausgesprochen hatte, stand Kaggs vor ihm, streckte ihm die Hand wie eine Waffe entgegen.

»Kaggs. Zentrale«, sagte er. »Freut mich, Sie kennenzulernen.«

»Das ist Mr. Dillon«, sagte der Angestellte nervös und unterwürfig. »Roy ist einer unserer besten Vertreter, Mr. Kaggs.«

»Er ist der beste.« Kaggs schaute den Angestellten noch nicht einmal an. »Was in diesem Haufen hier nicht viel bedeutet. Ich will mich mal mit Ihnen unterhalten, Dillon.«

Er drehte sich um, hielt immer noch Roys Hand fest, als wolle er ihn mit sich schleifen. Roy blieb stehen und riß Kaggs mit einem Ruck zu sich herum. Er lächelte ihn freundlich an, während der Mann aus der Zentrale ihn überrascht anblickte.

»Das war ein ziemlich zweifelhaftes Kompliment, Mr. Kaggs«, sagte Roy. »Und ich lasse mir so etwas von niemandem gefallen. Wenn ich es mir gefallen ließe, wäre ich ein schlechter Vertreter.«

Kaggs dachte über Roys Antwort nach und nickte kurz, als er sich entschieden hatte. »Sie haben recht. Ich muß mich entschuldigen. So, aber jetzt möchte ich mit Ihnen reden.«

»Gehen Sie vor«, sagte Roy und nahm seine Aktentasche. Kaggs führte ihn an den Schaltern entlang, plötzlich, vor dem Drehkreuz, änderte er seine Richtung und steuerte auf die Eingangstür zu. »Wie wär's mit einem Kaffee? Ich will zwar kein schlechtes Beispiel abgeben, die Leute hier nehmen jede Gelegenheit wahr, um zu verschwinden; aber es ist schwer, sich zu unterhalten, wenn so viele lauschen wollen.«

»Sie scheinen nicht allzuviel von den Leuten hier zu halten«, meinte Roy.

Während sie die Straße überquerten, sagte Kaggs knapp, daß er keine Gefühle für Menschen im allgemeinen habe. »Es kommt darauf an, wie sie sich benehmen. Wenn sie was leisten, habe ich ne Menge für sie übrig.«

Im Restaurant bestellte er Milch und Kaffee; mischte immer ein bißchen von beidem zusammen, bevor er in kleinen Schlucken aus seiner Tasse trank. »Magengeschwüre«, erklärte er. »Ist auch Ihr Problem, was?« Und dann, ohne auf eine Antwort zu warten, fuhr er fort:

»Habe Sie sofort erkannt, als Sie heute morgen an mir vorbeigingen, Dillon. Alles an Ihnen ist adrett und sauber. Habe sofort gesehen, hier ist ein Mann, der weiß, was er will, und er weiß auch, wo es langgeht. Dachte mir dann, das muß Dillon sein, habe Sie sofort mit den Verkaufszahlen in Verbindung gebracht. Und als ich vorhin sagte, daß es nicht viel bedeutet, der beste Vertreter bei Sarber & Webb zu sein, habe ich es auch so gemeint. Für mich sind Sie ein Spitzenmann, aber hier haben Sie einfach keine Konkurrenz. Niemand sitzt Ihnen im Nacken. Alle nur Mittelmaß; und darum haben Sie sich auch nie richtig anstrengen müssen. Ganz nebenbei, ich schmeiße die Nieten raus. Und mir macht es auch nichts aus, daß sie nur auf Provisionsbasis arbeiten. Wenn die Leute keinen anständigen Umsatz machen, bringen sie unsere Firma auch nicht richtig unter die Leute – und solche Vertreter kann ich nicht brauchen. Was haben Sie denn eigentlich vorher verkauft? Ich meine, bevor Sie zu uns gekommen sind?«

»Seit ich die Highschool verlassen habe, bin ich Vertreter gewesen, sonst nichts«, sagte Roy, der zwar nicht wußte, worauf der andere hinauswollte, sich aber auf das Frage-und-Antwort-Spiel einließ. »Es gibt nichts, was ich nicht verkauft habe. Und alles von Tür zu Tür. Versicherungspolicen, Bürsten, Pötte und Pfannen, Illustrierte.«

»Sie sind wohl mein Zwillingsbruder«, grinste Kaggs verschwörerisch. »Ich habe mich durchs College gearbeitet, indem ich Abos verkauft habe. Als Sie zu uns kamen, haben Sie sich für einen Großhandelsverkauf entschieden, warum?«

»Weil man leichter reingelassen wird«, sagte Roy, »und man kann einen Kundenstamm aufbauen. Der Von-Tür-zu-Tür-Verkauf ist meistens nur eine einmalige Angelegenheit.«

Kaggs nickte zustimmend. »Haben Sie schon mal Vertreter beaufsichtigt? Sie wissen schon, was ich meine, die Leute motivieren, sie auf Trab halten.«

»Ich habe meine Drückerkolonnen gehabt«, sagte Roy schulterzuckend. »Aber wer hat das nicht?«

»Ich zum Beispiel. Irgendwie fehlt mir das Talent dafür.«

»Oder die Manieren?« sagte Roy grinsend.

»Oder die Manieren. Aber lassen wir mich beiseite, ich komme schon zurecht. Die Sache ist die, Sarber & Webb braucht einen Verkaufsleiter. Hätten schon lange einen einstellen sollen. Jemand, der nachweisen kann, daß er ein guter Vertreter ist, und der mit anderen Vertretern umgehen kann. Er wird ne Menge Nullen rausschmeißen müssen oder ihnen neue Tricks beibringen. Neue Leute einstellen und ihnen gute Bezirke geben, wenn sie sich bewährt haben. Was halten Sie davon?«

»Ich glaube, das ist eine gute Idee«, sagte Roy.

»Also, ich weiß nicht genau, was Ihr höchstes Jahreseinkommen war. So um die sechstausendsechshundert, glaube ich jedenfalls. Also, ich sehe das so: Wir geben Ihnen noch fünfzehnhundert auf Ihr bestes Jahr drauf, und um ne runde Zahl draus zu machen, sagen wir achttausend. Das ist natürlich nur der Anfang. Sie arbeiten ein Jahr für acht, und wenn Sie dann inzwischen nicht sehr viel mehr wert sind, schmeiße ich Sie raus. Aber ich weiß genau, daß Sie sehr viel mehr wert sind. Wußte gleich heute morgen, daß Sie der Mann sind, den ich suche. So und jetzt, wo wir alles geregelt haben, werde ich mir ne Zigarette von Ihnen borgen und einen richtigen Kaffee trinken, und wenn es meinem Magen nicht gefällt, schmeiß ich ihn auch raus.«

Roy hielt ihm die Zigarettenpackung entgegen. Während der Stakkato-Rede Kaggs' war ihm die Bedeutung der Aussage für einen Augenblick nicht klar geworden. Und jetzt, wo es ihm plötzlich bewußt wurde, traf es ihn wie ein Schlag, und seine Hand zuckte krampfartig zurück.

Kaggs schaute ihn blinzelnd an. »Stimmt was nicht? Sagen Sie mal, machen Kaffee und Zigaretten Ihnen zu schaffen? Wegen Ihrer Magengeschwüre, meine ich?«

Roy nickte, schüttelte dann den Kopf. »Ich, äh, nein, die Geschwüre waren nicht so schlimm. Waren nur an einer üblen Stelle. Saßen auf einer Vene. Ich – passen Sie mal auf, Mr. Kaggs ...«

»Perk, Roy. Perk für Percy, und du darfst auch lächeln, wenn du es sagst. Wie alt bist du eigentlich, Roy? Fünfundzwanzig, sechsundzwanzig? Gut. Es gibt also keinen Grund, warum du nicht ...«

Roys Gedanken überschlugen sich. *Verkaufsleiter!* Er, Roy Dillon, Trickster der Luxuskategorie, sollte Verkaufsleiter werden! Aber, zum Teufel noch mal, das konnte er doch nicht annehmen! Es würde ihm keinen Freiraum lassen, er säße einfach fest. Er würde sich nicht mehr bewegen können, und Freiraum war das, was er für sein Gewerbe brauchte. Und der Posten selbst würde derartige Aktivitäten einfach unmöglich machen. Als Provisionsvertreter konnte er Stätten aufsuchen, wo er sein Trickstergewerbe ausführte. Aber als Verkaufsleiter von Sarber & Webb – unmöglich! Die kleinste Andeutung, und er wäre draußen!

Er konnte die Stelle einfach nicht annehmen. Andererseits, wie sollte er sie ablehnen, ohne daß Kaggs Verdacht schöpfen würde? Wie konnte man, wenn man vernünftig war, einen Posten ablehnen, der wie für einen gemacht schien? Eine Stelle, die nicht nur besser war als seine jetzige, sondern die sich auch zu etwas sehr viel Besserem entwickeln würde.

»... ich bin froh, daß wir uns geeinigt haben, Roy«, sagte Perk Kaggs. »So, und jetzt haben wir hier genug Zeit vertrödelt; wenn du deinen Kaffee ausgetrunken hast ...«

»Mr. Kaggs – Perk«, sagte Roy. »Ich kann die Stellung nicht annehmen. Ich meine, ich kann nicht gleich anfangen. Heute ist der erste Tag, an dem ich auf den Beinen bin, und ich bin nur vorbeigekommen, um mich wieder zu melden und ...«

»Aha?« Kaggs sah ihn abschätzend an. »Also, du siehst wirklich etwas blaß aus. Wann bist du wieder ganz gesund? In einer Woche?«

»Na ja, ich – der Doktor wird mich in einer Woche untersuchen, aber ich bin mir nicht sicher, ob ...«

»Zwei Wochen also. Und wenn es sein muß, auch etwas länger. Du wirst ne Menge Arbeit haben und mußt gut in Form sein.«

»Aber du brauchst sofort jemanden! Es wäre nicht fair dir gegenüber, wenn ...«

»Ich paß schon auf, daß für mich alles fair verläuft«, Kaggs erlaubte sich ein eisiges Lächeln. »In diesem Laden geht schon so lange alles drunter und drüber, ein paar Wochen mehr machen auch keinen Unterschied mehr.«

»Aber ...«

Aber es gab nichts mehr zu sagen. Vielleicht konnte er in der nächsten Woche oder so einen Ausweg finden, aber im Moment fiel ihm nichts ein.

Sie liefen zusammen die Straße zurück zum Firmengebäude, dann ging Roy allein zu seinem Wagen. Er stieg unsicher ein, ließ den Motor an, dann stellte er die Zündung wieder ab.

Was jetzt? Wie sollte er bloß die Zeit rumkriegen, die Kaggs ihm gegeben hatte? Verkaufen kam nicht in Frage, das war klar, schließlich war er zu krank, um zu arbeiten. Aber da war sein anderes, wirkliches Gewerbe, die Quelle seines Reichtums, den er hinter den vier Clowns-Bildern versteckt hielt.

Er ließ den Motor wieder an. Dann drehte er den Zündschlüssel mit einem verzweifelten Seufzer erneut um. Da er nicht arbeiten konnte, war es auch unmöglich, sich als Trickster zu betätigen. Er konnte es nicht wagen, einen Trick zu landen. Jedenfalls nicht vor dem Wochenende, frühestens. Denn dann hatte er normalerweise nichts vor und konnte sich unverdächtig in der Stadt herumtreiben.

Das Wochenende. Und heute war erst Mittwoch.

Er dachte an Moira. Während er unbewußt die Brauen hochzog, verdrängte er jeden Gedanken an sie. Heute nicht. Es war erst sehr wenig Zeit vergangen. Seit Carol.

Er ließ den Motor zum dritten Mal an, fuhr schließlich los und war ein paar Stunden unterwegs, bevor er in einem Drive-in-Restaurant zu Mittag aß; dann kehrte er zum Hotel zurück. Er verbrachte einen ruhelosen Nachmittag mit Lesen, aß zu Abend und schlug den Rest der Zeit in einem Kino tot.

Am nächsten Tag, als er mit noch mehr Untätigkeit konfrontiert war, war er wieder versucht, Moira anzurufen. Aber irgendwie, unbewußt, wählte er statt dessen Carols Telefonnummer.

Schlaftrunken sagte sie ihm, daß sie keine Zeit habe, ihn zu sehen. Sie hätten keinen Grund, sich zu treffen.

»Oh, vielleicht doch«, sagte er. »Warum treffen wir uns nicht und sprechen darüber?«

Sie zögerte. »Und worüber genau?«

»Nun ja ... du weißt schon. Es gibt ne ganze Menge. Wir essen zusammen Mittag, und ...«

»Nein«, sagte sie bestimmt. »Nein, Roy. Es ist sowieso unmöglich. Ich arbeite jetzt fest im Krankenhaus. Nachtschicht. Am Tag muß ich schlafen.«

»Also, dann abends, ja?«

Plötzlich war es sehr wichtig für ihn, sie zu treffen. »Bevor du zur Arbeit gehst. Oder ich kann dich auch morgens abholen, wenn deine Schicht vorbei ist. Ich ...«

Hastig sprach er weiter. Er habe eine neue Stellung, erklärte er ihr. Oder besser, er *überlege* sich, ob er eine neue Stelle annehmen solle. Er wollte sie deswegen um Rat fragen, und ...

»Nein«, sagte sie. »Nein, Roy.«

Und legte auf.

16

Am nächsten Tag rief er Moira Langtry an. Aber er wurde wieder abgeschmettert. Er war überrascht, aber auch verärgert, denn einen Moment lang hatte sie einer vorgezogenen Reise nach La Jolla zugestimmt, nur um es im gleichen Atemzug zurückzunehmen. Es sei unmöglich, erklärte sie ihm. Der Grund sei eine delikate weibliche Angelegenheit, eine periodisch auftauchende Unannehmlichkeit, die sich nicht mit einer Reise vertrug. Morgen? Mmm, nein, es tue ihr leid, aber nein. Aber übermorgen, Sonntag, sei sie bereit.

Roy argwöhnte, daß sie einfach ein bißchen über ihn verärgert war; dies war seine Strafe für die Wochen, in denen er sie vernachlässigt hatte. Aber natürlich wollte er sich keine Blöße geben und sie anflehen; daher sagte er nur beiläufig, daß Sonntag ihm gut passe, und sie verabredeten sich für diesen Tag.

Den Rest des Tages, oder jedenfalls den größten Teil, brachte er mit einem Ausflug zum Strand von Santa Monica herum. Da der nächste Tag ein Samstag war, konnte er sich wieder als Trickster betätigen. Aber nach einigem Hin und Her entschied er sich dagegen.

Er ließ es besser sein. Er war nicht in der richtigen Stimmung. Er mußte noch ein bißchen mehr aus seiner nachdenklichen Stimmung herausfinden, mußte gewisse traumatische Erinnerungen vergessen, die sein Gewerbe, schon gefährlich genug, noch unberechenbarer machen würden.

Der Tag zog sich dahin, er begann zu grübeln, bemitleidete sich sogar fast. Was für ein Leben, dachte er angewidert. Immer mußte er jedes Wort auf die Goldwaage legen und ebenso jeden Satz, den sein Gegenüber sagte, analysieren. Und nie konnte er spontan etwas unternehmen, alles mußte im voraus studiert und geplant werden. Im übertragenen Sinne verbrachte er sein Leben auf dem Drahtseil, und wenn er seine Konzentration verlor, hatte es gefährliche Konsequenzen.

Natürlich machten sich seine Mühen für ihn bezahlt. Die Moneten hatten sich schnell angesammelt, und es würde so weitergehen. Aber genau das war ein Problem – es sammelte sich einfach an! Und war für ihn genauso nutzlos wie ein Berg von Rabattmarken.

Natürlich würde es nicht immer so weitergehen; er würde nicht in alle Ewigkeit ein zweitklassiges Leben in einem zweitklassigen Hotel führen. In fünf Jahren würde die angesammelte Beute ausreichen, damit er sich zur Ruhe setzen konnte, und dann könnte er die sorgfältige Fassade sowie seinen Lebensstil zusammen mit dem Tricksterdasein, das beides notwendig machte, aufgeben. Aber diese fünf Jahre waren notwendig, um ein Ruhestandsleben zu garantieren, wo er alles nachholen konnte, was er sich jetzt versagte. Aber angenommen, er würde nicht mehr fünf Jahre vor sich haben? Oder vielleicht nur noch ein Jahr. Oder nur einen Tag. Oder ...

Das Grübeln verzehrte sich selbst. Und auch ihn. Der endlose Tag ging vorbei, und er schlief ein. Und dann war es, oh, Wunder, Morgen. Jetzt, endlich, hatte er etwas vor.

Sie würden mit der Bahn fahren, der Zug nach Süden fuhr um ein Uhr ab, und er würde Moira am Bahnhof treffen. Roy parkte seinen Wagen auf dem Bahnhofsparkplatz – für den Urlaub würde er einen Mietwagen nehmen – und holte die Reisetasche aus dem Kofferraum.

Es war erst Viertel nach zwölf, viel zu früh, um mit

Moira zu rechnen. Roy kaufte zwei Fahrkarten, überließ die Platzreservierungen und seine Tasche einem Gepäckträger, dem er vorher ein gutes Trinkgeld gegeben hatte, und ging dann in die Bahnhofsbar.

Er bestellte einen Drink und trank sehr langsam, während er dann und wann auf die Uhr schaute. Um zwanzig vor eins stand er von seinem Hocker auf und ging nach draußen.

Die Sonntagszüge Richtung Süden waren immer voll, denn nicht nur Ausflügler waren auf Reisen, sondern auch jede Menge Marineinfanteristen und Seeleute, die zu ihren Stützpunkten in Camp Pendleton und San Diego zurückkehrten. Roy schaute ihnen zu, als sie in großen Scharen durch die numerierten Tore strömten, die langen Rampen hinunter, die zu den Zügen führten. Ein bißchen nervös schaute er wieder auf die Uhr.

Zehn vor eins. Das würde natürlich reichen, aber viel Zeit blieb nicht mehr. Der Bahnhof war größer als ein ganzer Häuserblock, und die Rampe zu den Bahnsteigen bestimmt länger als zweihundert Meter. Wenn Moira nicht bald kam, konnte sie ebensogut zu Hause bleiben.

Fünf Minuten vor eins.

Vier Minuten.

Verärgert gab Roy das Warten auf und begann zur Bar zurückzugehen. Sie würde so etwas nicht mit Absicht tun, dessen war er sich sicher. Wahrscheinlich war sie in einem Verkehrsstau hängengeblieben, in einem der gordischen Knoten voller in sich verkeilter Wagen, die sich auf den städtischen Autobahnen für den angeblichen Schnellverkehr bildeten. Aber, verdammt noch mal, wenn sie bloß einmal etwas früher von zu Hause losfahren würde, anstatt immer bis zur letzten Minute zu warten!

Er hörte, wie jemand nach ihm rief.

Er drehte sich auf dem Absatz um und sah, wie Moira durch die Eingangshalle kam. Sie folgte einem Lastenträger, der ihr Gepäck schleppte. Der Mann warf Roy ein kurzes Lächeln zu, als er an ihm vorbeihastete. »Ich tu ja mein Bestes, Meister. Folgen Sie mir nur einfach.«

Roy packte Moira am Arm und zog sie mit sich.

»Tut mir leid«, hauchte sie. »Das verdammte Apartmenthaus! Der Lift ist steckengeblieben, und ...«

»Laß nur. Du brauchst die Luft zum Rennen«, sagte er.

Sie rannten über die ganze Länge des Marmorfußbodens durch das Gebäude, dann durch die Sperre über den scheinbar endlosen Bahnsteig. Am vorderen Ende stand ein Stationsbeamter mit einer Uhr in der Hand. Während sie sich ihm näherten, schaute er auf die Uhr und kletterte die Stufen zu der kleinen Plattform am Waggonende hinauf.

Sie hasteten an ihm vorbei.

Als sich der Zug in Bewegung setzte, konnten sie gerade noch in den letzten Wagen klettern.

Ein Gepäckträger, der zum Zugpersonal gehörte, führte sie zu ihren Sitzplätzen. Atemlos ließen sie sich hineinfallen. Während der folgenden halben Stunde rührten sie sich kaum.

Schließlich, als der Zug Fullerton verließ, wandte ihm Moira den Kopf auf dem weißen Sitzüberzug zu und grinste.

»Sie sind ein tapferer Mann, McGee.«

»Und Sie sind eine tapfere Frau, Mrs. Murphy«, sagte er. »Was ist denn Ihr Geheimnis?«

»Lege meine Unterwäsche immer in Fischsuppe ein, ist doch klar. Und Ihrs?«

Roy führte aus, daß er seine Kraft durch inspirierende Lektüre finde. »Ich las gerade eine wunderbare Geschichte, als Sie hereinkamen. Autor namens Bluegum LaBloat. Schon von ihm gehört?«

»Mmm, hört sich irgendwie bekannt an.«

»Das hier ist sein bestes Buch«, sagte Roy. »Die Handlung spielt in der Männertoilette eines Busbahnhofs, die Hauptpersonen sind ein adretter alter Mann und ein fetter Junge, die in einer der Münztoiletten leben. Sie erwarten nicht viel vom Leben. Wollen nur in Ruhe gelassen werden, um dem nachzugehen, was auf der Toilette nur allzu natürlich ist. Aber läßt man ihnen dies Vergnügen? Zum Teufel noch mal – nein! Jedesmal wenn sie anfangen, ihre Geschäfte zu verrichten – entschuldigen Sie bitte den Ausdruck –, rauscht so ein Typ mit Dünnschiß herein und schmeißt eine Münze in den Schlitz. Und während der Typ sich seinem groben Bedürfnis widmet, vergeht ihnen das eigene. Und schließlich, nachdem sie immer wieder auf diese Weise scheitern, sammeln sie ihre Apfelgehäuse aus den Pissoirs ein und gehen zusammen in die Wälder, wo sie sich einen Kuchen backen.«

Moira schaute ihn in gespielter Empörung an.

»Ich werde den Schaffner rufen«, sagte sie.

»Kann ich Ihr Schweigen mit einem Drink erkaufen?«

»Das Schweigen, das ich mir erkaufe, muß zwei Stunden dauern – nach dem, was ich mir gerade anhören mußte. Und Sie kaufen sich einen Drink und spülen sich damit den Mund aus!«

Roy lachte. »Ich warte auf dich, wenn du willst.«

»Geh schon«, sagte Moira bestimmt, schloß die Augen und lehnte sich im Sitz zurück. »Geh schon, mein Junge!«

Roy gab ihr einen Klaps auf die Hüfte. Er stand auf und ging durch die nächsten zwei Waggons zum Buffetwagen. Er fühlte sich wieder gut, war wieder in Form. Die Grübeleien der letzten Tage fielen einfach von ihm ab, und er fühlte sich zu neuen Taten aufgelegt.

Wie er sich schon gedacht hatte, war der Speisewagen sehr voll. Wenn er sich nicht zu einer der Gruppen setzte, was er auch vorhatte, würde er keinen Platz finden.

Er sah sich zufrieden um und wandte sich dann dem Barmann hinter der kleinen Theke zu. »Einen Bourbon mit Soda«, sagte er. »Gut gemixt.«

»Tut mir leid, Sir. Ich darf Ihnen nichts ausschenken, wenn Sie keinen Sitzplatz haben.«

»Also, sehen wir mal. Was kostet es eigentlich?«

»Fünfundachtzig Cent, Sir, aber ich kann Sie wirklich nicht ...«

»Zwei Dollar«, nickte Roy und legte zwei Scheine auf die Theke. »Stimmt doch so, oder?«

Er bekam seinen Drink. Mit dem Glas in der Hand ging er den Mittelgang entlang, verlagerte sein Gewicht, wann immer der Zug in eine Kurve ging. Ungefähr in der Mitte des Wagens ließ er sich von der Zugbewegung in das Abteil von vier Rekruten stoßen, die an einem Tisch saßen. Er verschüttete etwas aus ihren Gläsern und goß obendrein noch etwas von seinem eigenen Drink auf den Tisch.

Er entschuldigte sich überschwenglich. »Sie müssen mir schon erlauben, Ihnen eine neue Runde zu spendieren, wirklich, ich bestehe einfach darauf! Ober!«

Außerordentlich zufrieden baten sie ihn mit Nachdruck, sich zu ihnen zu setzen, und alle rückten zusammen, damit er Platz hatte. Die Drinks kamen, und bald waren die Gläser leer. Trotz des Protests der Rekruten bezahlte Roy noch eine Runde.

»Aber das ist nicht fair, Freund. Die nächste Runde zahlen wir.«

»Macht doch nichts«, sagte Roy freundlich. »Ich bin mir zwar nicht ganz sicher, ob ich noch einen vertrage, aber ...«

Er unterbrach sich, schaute auf den Boden hinunter, zog die Brauen hoch, blinzelte. Dann bückte er sich und suchte unter den Sitzen herum. Er richtete sich wieder auf und warf einen kleinen Würfel auf den Tisch.

»Hat den einer von euch fallen gelassen?« fragte er.

Der Würfel, der *Tat* rollte. Die Wetteinsätze wurden immer wieder verdoppelt. Täuschend schnell schien die Zugfahrt zu vergehen, und gleichzeitig floß das Geld in Roys Taschen. Wenn die vier Dummköpfe später über ihn sprechen würden, nannten sie ihn sicher einen «verdammt netten Kerl« – denn er war so ehrlich über seine ungewollten und unbeabsichtigten Gewinne entsetzt, daß sie sich geschämt hätten, es ihm übelzunehmen. Und wenn Roy sich später an sie erinnern würde – aber das kam natürlich nicht vor. Er hatte sich total auf sie konzentriert, während er sie ausnahm, hatte sie immer wieder abgelenkt und entwaffnet. Und weil er sich so hundertprozentig mit ihnen beschäftigt hatte, weil er immer wieder die absolute Aufmerksamkeit für sie aufgebracht hatte, blieb später nichts mehr für sie übrig. Sie hatten ihre Drinks genossen, seine schmeckten nach nichts. Dann und wann war einer von ihnen auf die Toilette gegangen, Roy konnte noch nicht einmal das wagen. Dann und wann hatte einer der Rekruten aus dem Fenster geschaut und die Schönheit der vorbeifliegenden Landschaft bewundert – denn draußen war alles vollendet. Die schneeweißen Strände, das Grün und Gold der Orangenhaine, die blaugrauen Berggipfel und die weißen Häuser mit den roten Dächern, alles sah aus wie in Südfrankreich. Aber während Roy in ihre bewundernden Kommentare einstimmte, hatte er nie aus dem Fenster geblickt, nie gesehen, was sie gesehen hatten.

Schließlich war er aus seinem tranceähnlichen Zustand aufgewacht, hatte festgestellt, daß das Abteil sich geleert hatte und daß der Zug langsam durch die Industrievororte von San Diego, der Endstation ihrer Reise, fuhr. Er stand auf, schüttelte jedem Rekruten die Hand und schickte sich an, den Buffetwagen zu verlassen. Und da stand Moira und lächelte ihm vom Eingang her zu.

»Ich dachte, ich halte mal Ausschau nach dir«, sagte sie. »Hast du dich vergnügt?«

»Ach, wir haben nur um Drinks gewürfelt«, sagte er achselzuckend. »Tut mir leid, daß ich dich so lange alleingelassen habe.«

»Vergiß es«, sagte sie lächelnd und hakte sich bei ihm ein. »Es hat mir gar nichts ausgemacht.«

17

In San Diego mietete Roy einen Wagen, und dann fuhren sie zu ihrem Hotel in La Jolla. Es lag auf einem hohen Felsen, der über den Pazifik hinausragte, und war von einer riesigen Rasenfläche umgeben. Moira war begeistert. Sie atmete die saubere, kühle Luft tief ein und bestand auf einem kurzen Rundgang, bevor sie ins Hotel gingen.

»Ah, das ist wirklich phantastisch«, erklärte sie. »Das ist das wahre Leben!« Dann warf sie ihm einen heißblütigen Blick zu und meinte: »Ich weiß gar nicht, wie ich dir meine Dankbarkeit zeigen kann.«

»Oh, mir wird schon was einfallen«, sagte Roy. »Vielleicht könntest du meine Socken waschen.«

Er trug sie beide ins Hotelregister ein, und dann folgten sie dem Pagen nach oben. Ihre Räume lagen einander gegenüber, waren vom Korridor getrennt, und Moira sah Roy fragend an, wollte eine Erklärung von ihm.

»Warum diese Apartheid-Existenz?« fragte sie. »Nicht daß es mich stört – wenn du es aushalten kannst.«

»Ich dachte, es wäre besser so, getrennte Zimmer, unter unseren richtigen Namen. Falls es Schwierigkeiten geben sollte, weißt du.«

»Warum sollte es denn Schwierigkeiten geben?«

Roy sagte leichthin, daß nichts dergleichen passieren würde. Es gab keinen Grund dafür. »Aber warum ein Risiko eingehen? Schließlich wohne ich direkt gegenüber. Also, wenn ich dir vorführen soll, wie praktisch es ist ...«

Er schloß sie in die Arme, und einen Moment lang standen sie eng umschlungen. Aber als er fordernder wurde, entzog sie sich ihm.

»Später, ja?« Sie beugte sich vor, um in den Spiegel zu schauen, zupfte spielerisch an ihrer Frisur. »Ich hab mich heute morgen so beeilt, daß ich nicht mal halb so gut aussehe wie sonst.«

»Also verschieben wir's auf später«, sagte Roy zustimmend. »Möchtest du jetzt gleich etwas essen, oder sollen wir lieber bis zum Abendessen warten?«

»Oh, ich kann auf jeden Fall bis zum Abendessen warten. Ich ruf dich dann an.«

Moira war immer noch in ihr Spiegelbild vertieft, als er sie verließ und in sein Zimmer hinüberging. Während er seine Reisetasche auspackte, entschied er, daß die getrennten Zimmer sie nur neugierig gemacht hatten, nicht verärgert – außerdem war diese Vorsichtsmaßnahme einfach zwingend. Er war als alleinstehender Mann bekannt. Und wenn er diesen Status veränderte, mußte er notwendigerweise einen anderen Namen benutzen. Und was würde dann aus seiner Fassade, die ihn schützen sollte und die er jahrelang so vorsichtig und unter großen Opfern aufgebaut hatte?

Er war von dieser Fassade abhängig, abhängig und an sie gebunden. Sollte Moira erstaunt oder verärgert sein, dann hatte sie eben darüber hinwegzukommen, erstaunt oder verärgert zu sein. Er hatte nicht vor, ihr etwas zu erklären, denn Erklärungen waren immer schlecht. Und er bedauerte es ebenfalls, daß sie ihm bei seinem Trickstergewerbe im Speisewagen zugeschaut hatte. Aber dieser Wunsch und das Bedauern waren nur Kleinigkeiten, müßige Reflexionen, keine richtigen Sorgen.

Jeder spielte schon mal um Drinks. Jeder machte sich Sorgen um die Eintragung ins Hotelregister. Warum sollte Moira ersteres als professionelle Aktivität erkennen und das zweite als Fassade für ersteres – eine Fassade, die immer an ihm haften mußte wie ein Schatten?

Nachdem er ausgepackt hatte, streckte sich Roy auf dem Bett aus. Er war überraschenderweise dankbar für diese Gelegenheit, sich auszuruhen. Es war ihm vorher einfach nicht bewußt geworden, wie müde er war, sonst wäre er jetzt nicht so froh, sich hinlegen zu können. Offensichtlich, so überlegte er, hatte er sich immer noch nicht ganz von den Nachwirkungen der inneren Blutungen erholt.

Das ferne Rauschen des Ozeans lullte ihn ein, und er fiel in einen angenehmen Schlummer; kurz vor Beginn der Dämmerung wachte er wieder auf. Er räkelte sich träge und setzte sich auf, unbewußt lächelte er über sein lustvolles Behagen. Durch die Fenster wehte salzige Luft herein. Am westlichen Horizont sank die blutrote Sonne langsam vom blassen Himmel in den Ozean. Schon oft hatte er in Südkalifornien einen Sonnenuntergang erlebt, aber es war jedesmal wieder ein neues Erlebnis. Jeder Sonnenuntergang schien ihm wunderbarer zu sein als der letzte.

Als das Telefon klingelte, wandte er sich zögernd von dieser Pracht ab. Moira klang fröhlich.

»Ho, ho, du häßlicher Kerl! Lädst du mich jetzt zum Abendessen ein oder nicht?«

»Auf keinen Fall«, sagte er. »Nenn mir einen guten Grund, warum ich es tun sollte.«

»Kann ich nicht, nicht am Telefon.«

»Dann schreib mir einen Brief.«

»Geht nicht. Am Sonntag wird keine Post ausgetragen.«

»Ausreden«, grummelte er. »Immer nur Ausreden! Also gut, aber es gibt nur Hamburger.«

Sie tranken Cocktails an der Terrassenbar des Hotels. Dann, nachdem sie weiter ins Stadtinnere gefahren waren, aßen sie in einem Hummer-Restaurant, das hoch über dem Ozean lag. Moira hatte erklärt, daß sie mit ihrer Diät aussetzen würde, und bewies, wie ernst sie es meinte.

Ihre Mahlzeit begann mit einem Hummer-Cocktail, eigentlich schon eine volle Mahlzeit in sich. Der Hauptgang, mit warmem Knoblauchbrot und grünem Salat serviert, bestand aus einer riesigen Platte voll von siedendheißen, ausgesuchten Meerestieren, die von einem Ring zart gebräunter Kartoffeln umgeben waren. Dann kamen der Nachtisch – ein schaumiger Käsekuchen – und Kännchen mit sehr schwarzem Kaffee.

Moira seufzte glücklich, als er ihr eine Zigarette gab. »Wie ich schon vorhin sagte, das ist das wahre Leben! Ich glaube nicht, daß ich mich noch bewegen kann!«

»Dann fühlst du dich natürlich auch nicht zum Tanzen aufgelegt.«

»Dummerchen«, sagte sie. »Wie bist du denn auf diese Idee gekommen?«

Sie tanzte leidenschaftlich gern, und sie war eine gute Tänzerin, das gleiche galt, nebenbei gesagt, auch für ihn.

Mehr als einmal wurde ihm bewußt, wie andere Gäste sie anstarrten; und Moira, die es ebenfalls bemerkte, drängte sich noch dichter an ihn, paßte ihren schlanken Körper seinem Rhythmus an.

Nachdem sie ungefähr eine Stunde getanzt hatten und die Tanzfläche bedrängend voll geworden war, machten sie eine Mondscheinspazierfahrt die Küste entlang bis nach Oceanside, wo sie kehrtmachten und zurückfuhren. Die sich überschlagenden, meterhohen Wellen der Nachtflut glitzerten wie Phosphor. Sie rollten aus den Tiefen des Ozeans heran und schlugen wie eine Reihe von Donnerschlägen gegen die Uferbefestigung. Auf den Felsvorsprüngen im Wasser konnte man manchmal das schwarze Glitzern einer Seerobbe erkennen.

Es war fast elf, als Roy sie zu ihrem Hotel zurückfuhr, und Moira unterdrückte ein Gähnen. Sie entschuldigte sich und sagte, das liege am Klima, nicht an der Gesellschaft, in der sie sich befinde. Aber als sie wieder vor ihren Zimmertüren standen, streckte sie ihm die Hand zu einem Gutenachtgruß entgegen.

»Es macht dir doch nichts aus, oder, Roy? Es war so ein phantastischer Abend, ich bin einfach erschöpft.«

»Sicher, ist doch ganz logisch«, sagte er. »Ich bin auch ziemlich müde.«

»Ganz bestimmt? Macht es dir wirklich nichts aus?«

»Geh schon«, sagte er und schob sie sanft durch ihre Zimmertür. »Es ist in Ordnung.«

Aber natürlich war es nicht in Ordnung, und es machte ihm sehr viel aus. Er ging in sein Zimmer und unterdrückte das wütende Verlangen, die Tür zuzuwerfen. Er zog sich aus und setzte sich schmollend auf die Bettkante, zog mißgestimmt an einer Zigarette. Toller Urlaub war das! Geschähe ihr ganz recht, wenn er sie einfach sitzenließe!

Das Telefon klingelte leise. Es war Moira. Sie konnte vor unterdrücktem Lachen kaum reden.

»Mach deine Tür auf.«

»Was?« Er grinste erwartungsvoll. »Warum denn?«

»Mach auf, und du wirst es rausfinden, du Wasserkopf!«

Er legte auf und öffnete seine Tür. Aus der gegenüberliegenden Zimmertür zischte jemand »Weg frei«. Und er trat zurück. Moira rannte über den Korridor. Ihr schwarzes Haar hatte sie hochgesteckt. Sie war ganz nackt. Mit gespielter Ernsthaftigkeit, einen Finger unter dem Kinn, verbeugte sie sich vor ihm.

»Ich hoffe, es macht Ihnen nichts aus, Sir«, sagte sie. »Aber ich habe gerade alle meine Kleider gewaschen und habe jetzt nichts mehr anzuziehen.«

Dann keuchte sie, verschluckte sich vor Lachen und ließ sich in seine Arme fallen. »Oh, du bist mir einer!« sagte sie nach Luft ringend. »Wenn du dein Gesicht gesehen hättest, als ich dir ›gute Nacht‹ sagte! Du sahst aus wie – wie *ah, ha, ha* . . .«

Er hob sie hoch und warf sie aufs Bett.

Sie hatten viel Spaß miteinander.

18

Aber später, nachdem sie in ihr Zimmer zurückgekehrt war, fühlte er sich niedergeschlagen; was vorhin soviel Spaß gemacht hatte, erschien ihm jetzt fade, ja sogar ein wenig ekelhaft. Es war eine Depression aus Übersättigung, die Folge von euphorischem Selbstgenuß. Man wurde emporgehoben, schwebte über allem, ließ sich vom Wind forttragen, hoffte, daß er immer für diesen Höhenflug sorgen würde – und dann, wenn es windstill war, sank man tiefer und tiefer.

Während er sich ruhelos in der Dunkelheit umherwälzte, sagte sich Roy, daß die Niedergeschlagenheit ganz natürlich sei und nur ein kleiner Preis war für das, was er bekommen hatte. Aber was letzteres anging, war er sich dann doch nicht so sicher. Die Freuden dieser Abende waren einfach zu gleichförmig. Er hatte sie schon zu oft erlebt. Er war schon zu oft den gleichen Weg gegangen, verdammt noch mal, er konnte es nicht mehr zählen, und wie immer man auch reiste – vorwärts, rückwärts oder auf den Händen –, man kam stets am gleichen Ziel an. Mit anderen Worten, kam nirgendwo an, und jede Reise verlangte einem mehr ab.

Trotzdem, wollte er wirklich, daß sich etwas änderte? Selbst jetzt, wo er sich so miserabel fühlte, dachte er nicht schon wieder an die Frau im Zimmer auf der anderen Seite des Korridors?

Er schwang die Beine aus dem Bett und setzte sich auf, zündete sich eine Zigarette an, legte sich den Bademantel um die Schultern und schaute in die mondklare Nacht hinaus. Er dachte, daß vielleicht weder er noch sie beide – er und Moira – für diese Depression verantwortlich waren. Vielleicht war es einfach eine Kombination von verschiedenen Umständen.

Er hatte sich noch immer nicht ganz erholt. Als sie gerannt waren, um den Zug noch zu bekommen, hatte er eine Menge Energie verbraucht. Das Trickstergewerbe hatte ihn nach der langen Pause übermäßig angestrengt. Und dann gab es noch jede Menge Kleinigkeiten – zum Beispiel Moiras Neugier wegen der getrennten Zimmer. Und das schwere Abendessen, mindestens doppelt soviel, wie er brauchte. Und dann auch noch ...

Er erinnerte sich an Einzelheiten des Essens, die enormen Mengen, die Opulenz der Speisen. Und plötzlich schmeckte ihm die Zigarette überhaupt nicht mehr, und aus seinem Magen stieg eine Welle von Übelkeit auf. Er rannte ins Bad, eine Hand vor dem Mund, die Backen aufgebläht. Und schaffte es gerade noch.

Er erbrach das gesamte Essen, jeden einzelnen Bissen. Er spülte den Mund mit warmem Wasser aus, trank dann einige Gläser kalten Wassers. Und mußte sich sofort wieder erbrechen.

Er lehnte sich über das Becken und untersuchte ängstlich seinen Mageninhalt; zu seiner Erleichterung war alles hell. Keine Spur von Braun, dem sicheren Zeichen für innere Blutungen.

Er zitterte ein wenig und stolperte unsicher ins Bett zurück, wo er die Decken über sich zog. Er fühlte sich jetzt sehr viel besser, leichter und sauberer. Er schloß die Augen und schlief sofort ein.

Er schlief wie in einem abgeschlossenen Vakuum, traumlos; schien die Wirkung zweier Schlafstunden in einer zu komprimieren. Als er gegen halb sieben aufwachte, wußte er, daß er genug geschlafen hatte und daß weiterer Schlaf unmöglich sein würde.

Er rasierte sich, duschte und zog sich an. Das dauerte gerade eine halbe Stunde, auch wenn er es so lange ausdehnte wie möglich. Da stand er also, um sieben Uhr morgens, und fühlte sich genauso verloren wie vorher in L. A.

Selbstverständlich kam es nicht in Frage, Moira um diese Zeit anzurufen. Sie hatte gestern abend durchblicken lassen, daß sie bis mittags schlafen wollte und jeden mit großer Begeisterung umbringen würde, der versuchen würde, sie vorher zu wecken. Abgesehen davon hatte er keine zu große Lust, Moira so schnell wiederzusehen. Es war anstrengend genug, selbst wieder auf die Beine zu kommen, ohne die Notwendigkeit, auch noch sie zu unterhalten.

Er ging ins Frühstücksrestaurant des Hotels, wo er Toast aß und einen Kaffee trank. Aber das tat er nur aus Gründen der Disziplin, aus Verantwortungsbewußtsein. Was auch immer in der Nacht zuvor passiert war, ein Mann mußte morgens frühstücken. Er brachte es hinter sich, ob hungrig oder nicht – andernfalls würde er bald Schwierigkeiten bekommen.

Roy schlenderte einen weißen Kiesweg entlang, bis er zu einer Klippe über dem Ozean kam; er schaute ziellos in die Weite von Meer und Sand – die weißen Wellenspitzen, die wie vereist aussahen, die weit entfernt glitzernden Segel der Boote, die dahingleitenden, ruhelos suchenden Möwen. Unwirtlichkeit. Für immer und ewig. Wie Dostojewskis Vorstellung von der Ewigkeit; eine Fliege, die über einer Toilette kreist. Die wenigen Lebenszeichen unterstrichen nur die Einsamkeit.

Um diese Morgenstunde reichte schon ein weniges, um Roy Dillon aus der Fassung zu bringen. Er drehte sich abrupt um und ging zu seinem Mietwagen.

Kaffee und Toast waren ihm nicht allzugut bekommen. Er brauchte etwas, um seinen Magen zu beruhigen, und dafür gab es ein Mittel: eine Flasche gutes Bier, oder besser noch, ein Ale. Und er wußte, daß es nicht leicht sein würde, so etwas so früh am Tag in einem Ort wie La Jolla aufzutreiben. Die Lokale, nein besser, die Bars, würden erst kurz vor zwölf Uhr öffnen. Sollte es morgendliche Trinker in diesem Ort geben, und das war sicher der Fall, würden sie sich in ihrer Hausbar bedienen.

Roy wendete und fuhr durch die südlichen Außenbezirke La Jollas in Richtung San Diego; während er später bescheidenere Gegenden durchfuhr, verlangsamte er seine Fahrt dann und wann, um die verschiedenen Lokale unter die Lupe zu nehmen. Viele waren geöffnet, aber sie waren nicht das, was er suchte. Sie würden nur die Biersorten der Westküste auf Lager haben, und die waren, jedenfalls dachte Roy so, einfach ungenießbar. Aber auf keinen Fall würden diese Kneipen Ale führen.

Als er sich San Diego näherte, bog er ab und fuhr ungefähr eine Meile durch das Mission Valley, bevor er über einen langgestreckten Hügel nach Mission Hills kam. Dort fand er, nachdem er sich dreißig Minuten umgeschaut hatte, was er wollte. Es war absolut kein glanzvolles Lokal, keine dieser spektakulären Hotelbars, wo die Qualität der Drinks zweitrangig war und allein die Atmosphäre zählte. Es war ein gutes, solides Lokal, das sofort Vertrauen einflößte.

Der Wirt legte laut zählend Wechselgeld in die Kasse, als Roy eintrat. Er war ein leicht angegrauter, drahtiger Mann mit einem gebräunten Gesicht voller Lachfalten, der Roy mit einem Kopfnicken im Spiegel hinter der Bar begrüßte. »Ja, Sir, was soll es sein?«

Roy nannte seinen Wunsch, und der Wirt antwortete, daß er sich sicher sei, ein gutes Ale auf Lager zu haben. Wenn ein Ale nicht gut sei, sei es nur farbiges Wasser. »Ich habe Import oder Ballentines.« Roy entschied sich für Ballentines, und der Wirt freute sich über Roys offensichtliche Zufriedenheit.

»Gut, was? Wissen Sie, ich glaube, ich genehmige mir auch eins.«

Roy fand den Mann sofort sympathisch, und dieses Gefühl wurde erwidert. Roy gefiel auch das Lokal, alles strahlte schlichte Ehrlichkeit und Anständigkeit aus. Der zurückhaltende Stolz des Inhabers auf sein Lokal spiegelte sich wider.

Innerhalb von zehn Minuten redeten sie sich mit Vornamen an. Roy erklärte den Grund für seinen Aufenthalt in der Stadt, entschuldigte sein frühes Trinken damit, daß er auf Urlaub war. Bert – der Wirt – erklärte, daß auch er normalerweise nicht vor zwölf Uhr trinke; aber da er morgen in Urlaub fahre, könne es ja kaum etwas schaden.

Zwei Männer kamen herein, kippten einen Doppelten

und eilten wieder hinaus. Bert schaute ihnen etwas traurig nach und gesellte sich wieder zu Roy. So kann man doch nicht trinken, meinte er. Manchmal brauche selbst der beste Mann einen Drink am Morgen, aber das sei trotzdem keine Entschuldigung für solche Trinkmanieren.

Während er sich abwandte, um einen neuen Gast zu bedienen, stieß er hinter der Theke gegen ein Regal mit gesalzenen Erdnüssen und veränderte dabei etwas dessen Position. Roy starrte abwesend in die gleiche Richtung und sah etwas, was ihn die Brauen hochziehen ließ. Er stand von seinem Barhocker auf, um sich mit einem zweiten Blick zu vergewissern. Er setzte sich verwirrt und beunruhigt wieder hin.

Ein Punchboard! Ein Lotteriebrett in einem Lokal wie diesem! Bert war kein Narr, weder im Alltagsleben noch wenn es um Schwindeleien ging. Aber nur Narren hatten Punchboards.

Damals, als Roy als Trickster begann, gab es noch einige wenige Teams, die diese Bretter – mit Löchern, hinter denen sich verborgene Gewinnummern befanden, die man ausstanzen mußte – benutzten, um Leute auszunehmen. Ein Mann des Teams würde das Punchboard aufstellen, der andere die Leute ausnehmen. Aber seit Jahren hatte Roy kein Punchboard mehr gesehen. Jeder wußte heutzutage, daß ein Punchboard reiner Nepp war, und wenn man es jetzt aufstellte, war es wie eine Aufforderung, sich die Fresse einschlagen zu lassen.

Natürlich gab es immer noch ein paar kleine Kaufleute und Wirte, die sich die Punchboards kauften, die Gewinnummern zu Beginn selbst ausstanzten und den Tölpeln so keine Chance ließen. Aber Bert würde so etwas nicht tun. Bert ...

Roy lachte zynisch vor sich hin und nahm einen kleinen Schluck vom schaumigen Ale. Was sollten diese Überlegungen? War er, Roy Dillon, wirklich daran interessiert, ob ein Wirt ehrlich oder unehrlich war oder ob er hereingelegt wurde oder nicht?

Ein anderer Gast kam herein, ein Arbeiter im Khaki-Overall; Bert servierte ihm eine Cola. Er kam mit zwei neuen Flaschen Ale zur Bar zurück und füllte ihre Gläser nach. Und dann »entdeckte« Roy das Punchboard.

»Oh, das Ding da.« Der Wirt holte es hinter der Bar hervor und legte es vor sich auf den Tresen. »Jemand hat es vor drei oder vier Monaten hier liegengelassen. Hab's erst gemerkt, als er schon weg war. Ich wollte es eigentlich wegwerfen, aber dann und wann habe ich einen Gast, der mal sein Glück versuchen will. Also ...« Er unterbrach sich unsicher. »Willst du es versuchen? Der Einsatz ist zwischen einem Cent und einem Dollar.«

»Naja ...« Roy schaute auf das Board hinunter.

Am oberen Ende waren fünf imitierte Goldmünzen befestigt, die die Geldpreise, zwischen fünf und einhundert Dollar, veranschaulichten. Unter allen fünf Münzen war eine Nummer ausgedruckt. Um zu gewinnen, brauchte man nur die entsprechende Nummer, eine von Tausenden, auf dem Board auszustanzen.

Keine der Gewinnummern war ausgestanzt worden. Bert war offensichtlich so ehrlich, wie er aussah.

»Also gut«, sagte Roy und ergriff den kleinen Metallstift, der am Board hing. »Was kann ich schon verlieren?«

Er stanzte einige Nummern aus und gab sie Bert zur Überprüfung. Beim sechsten Versuch traf er den Fünfdollarpreis, und der Wirt legte das Geld lächelnd auf die Theke. Roy ließ es dort liegen, beugte sich wieder mit dem Stift über das Board.

Er konnte es Bert einfach nicht sagen, daß dies ein Gaunertrick war. Damit hätte er ein Wissen verraten, das kein ehrlicher Mann haben sollte. Und mit an Sicherheit grenzender Wahrscheinlichkeit konnte er den Wirt hier nicht selbst ausnehmen; obwohl über kurz oder lang jemand es für ihn tun würde. Heute war kein Tag für das Trickstergewerbe – das redete Roy sich jedenfalls selbst ein. Es gab einfach nicht genug zu gewinnen.

Wenn er sämtliche Preise auf dem Board gewänne, hätte er noch nicht einmal zweihundert Dollar. Und natürlich konnte er es nicht wagen, alles abzusahnen. Die Profis der Zunft hatten sich immer nur den Hauptpreis geholt und den Rest nicht angetastet. Er dagegen hatte schon den Fünfdollarpreis gewonnen, also ...

Er stanzte die Nummer für den Zehndollargewinn aus. Immer noch lächelnd, eher erfreut als alarmiert, legte Bert wieder das Geld auf den Tresen. Roy hob den Stift, um noch eine Nummer auszustanzen.

Endlich hatte Roy sich entschieden, wie er vorgehen würde, um das Board aus dem Verkehr zu ziehen. Er würde noch einen Preis ausstanzen – den Fünfundzwanzigdollargewinn –, und dann würde er darauf verweisen, daß etwas mit diesem Board nicht in Ordnung sei. Bert müßte es dann in den Müll werfen. Und er würde sich selbstverständlich weigern, seine Gewinne anzunehmen.

Er stanzte seine dritte »Glückszahl« aus. Er spielte den Überraschten und räusperte sich, um Bert seine Erkenntnis, daß hier etwas nicht stimmte, mitzuteilen. Aber Bert, dem das Lächeln inzwischen vergangen war, hatte sich umgedreht und sah den Gast mit der Cola an.

»Ja, Sir«, sagte er. »Sonst noch etwas?«

»Ja, Sir«, sagte der Mann leichthin, aber mit einem grimmigen Unterton. »Ja, da wäre noch etwas, allerdings. Haben Sie eine staatliche Glücksspielerlaubnis?«

»Äh! Was ...«

»Haben Sie wohl nicht, was? Also, dann werd ich Ihnen mal sagen, was Sie auch nicht haben, jedenfalls nicht mehr lange. Ihre Schanklizenz.«

»A-aber ...« Bert wurde unter seiner Sonnenbräune blaß. Die Schanklizenzen Kaliforniens waren ein kleines Vermögen wert. »A-aber das können Sie nicht tun! Wir haben bloß ...«

»Das können Sie der Bundespolizei erzählen. Ich gehöre zum örtlichen Revier.« Er schlug eine Lederhülle mit seinem Dienstausweis auf und nickte Roy kalt zu. »Sie sind ziemlich dumm, Mister. Nur ein Dummkopf würde einen Trottel wie den da dreimal hintereinander ausnehmen.«

Roy schaute ihn ungerührt an. »Ich weiß nicht, wovon Sie reden«, sagte er. »Und Ihr Ton gefällt mir auch nicht.«

»Los, aufstehen! Ich verhafte Sie wegen Trickbetrugs!«

»Sie machen einen Fehler, Officer. Ich bin Vertreter, und ich ...«

»Sie wollen sich widersetzen, wie? Ha! Dann warte mal, du betrügerischer Hundesohn ...!«

Er packte Roy an den Jackettaufschlägen, riß ihn wütend vom Hocker und nagelte ihn regelrecht an der Wand fest.

19

Er durchsuchte Roy, dieser mußte seine Taschen ausleeren, danach tastete der Polizist Roys Kleidung ab, klopfte sie gründlich ab und ließ dann die Hand auf beiden Seiten von Roys Genitalien entlanggleiten. Und dem folgten die Fragen, und die verlangten Antworten wurden gleich als Lügen abgestempelt.

»Deinen richtigen Namen, verdammt noch mal! Und vergiß die gefälschten Ausweise! Ihr Schwindler habt doch alle so was!«

»Das ist mein richtiger Name. Ich lebe in Los Angeles, und ich arbeite seit vier Jahren für die gleiche Firma . . .«

»Hör auf zu lügen! Mit wem arbeitest du zusammen? Wo habt ihr noch solche Schwindeleien mit diesen Boards gemacht?«

»Ich bin krank gewesen. Ich bin letzte Nacht in La Jolla angekommen – zusammen mit einer Bekannten, um Urlaub zu machen.«

»Schon gut, schon gut! So, und jetzt fangen wir noch mal ganz von vorn an, und wehe dir, wenn du diesmal nicht die Wahrheit sagst!«

»Officer, es gibt wenigstens hundert Geschäftsleute in dieser Stadt, die mich identifizieren können. Ich habe seit Jahren an sie verkauft und . . .«

»Schluß damit! Hör mit dem blöden Gefasel auf! Also, wie heißt du wirklich?!«

Immer wieder dieselben Fragen. Immer wieder die gleichen Antworten. Manchmal ging der Bulle zum Wandtelefon, um seine Angaben weiterzuleiten, damit sie überprüft wurden. Aber obwohl Roys Angaben sich immer als richtig erwiesen, wollte er einfach nicht aufgeben. Der Bulle wußte genau, wen er vor sich hatte. Mit eigenen Augen hatte er dem Trickbetrüger zugesehen, wie dieser blitzschnell drei Preise am Punchboard gewann. Und trotz Roys hervorragender Fassade, warum sollte er diesen klaren Beweis für einen Trickbetrug ignorieren?

Jetzt war er wieder am Telefon, sein massiges Gesicht sah verdrießlich aus, als man ihm die Antworten zu seinen Fragen gab. Roy schielte zum Wirt hinüber. Er fixierte dann das Punchboard auf dem Tresen und sah dann wieder zu Bert hinüber. Nickte ihm unmerklich zu. Aber er war sich nicht sicher, ob Bert ihn verstanden hatte.

Der Cop warf den Hörer auf. Er starrte Roy verbittert an, rieb sich mit der fleischigen Hand übers Gesicht. Zögernd versuchte er die Sätze zu formulieren, die die Situation erforderte; eine Entschuldigung, die seinem Instinkt zuwider und die mit allem, was er gesehen hatte, unvereinbar war.

Vom hinteren Ende der Bar hörte Roy das dumpfe Knirschen des Müllschluckers.

Er grinste still in sich hinein. »Also, Officer«, sagte er. »Noch weitere Fragen?«

»Das ist alles.« Der Bulle warf den Kopf zurück. »Sieht aus, als hätte ich vielleicht einen Fehler gemacht.«

»Wirklich? Sie stoßen mich herum, beleidigen mich und behandeln mich wie einen Kriminellen. Und dann sagen Sie leichthin, daß Sie vielleicht einen Fehler gemacht hätten. Und damit soll die ganze Sache dann wohl erledigt sein, was?«

»Nun ja ...« Mit zusammengebissenen Zähnen, an den Worten fast erstickend, sagte der Bulle: »Tut mir leid. Tschuldigung. Wollte Sie nicht beleidigen.«

Roy ließ es dabei bewenden. Wie ein wildes Tier stürzte sich der Bulle auf Bert.

»Also, Mister! Ich will die Nummer Ihrer Schanklizenz sehen! Ich verhafte Sie wegen – wegen – *Wo ist das Punchboard?*«

»Welches Punchboard?«

»Verdammt noch mal, dieses Spiel treiben Sie nicht mit mir! Das Board lag hier auf der Theke – das gleiche, an dem der Typ da gespielt hat! Entweder geben Sie es mir selbst, oder *ich* werde es finden!«

Bert hob einen Lappen hoch und begann die Theke abzuwischen. »Um diese Zeit räume ich immer auf«, sagte er. »Räum allen Dreck und Ramsch zusammen und werf alles in den Müllschlucker. Also, wenn Sie mich fragen, ich kann mich nicht an ein Punchboard erinnern, aber wenn hier eins gelegen hat ...«

»Sie haben es weggeworfen! Sie – Sie denken, daß Sie damit davonkommen?«

»Meinen Sie nicht?« fragte Bert.

Der Bulle stammelte wütend Unverständliches vor sich hin. Dann sagte er: »Sie werden schon sehen, Sie werden schon sehen!« Und drehte sich wild zu Roy um: »Und Sie auch, Mister! Mir können Sie keine Märchen erzählen! Ich werde nach Ihnen Ausschau halten, und wenn Sie das nächste Mal in dieser Stadt sind . . .!«

Er drehte sich auf dem Absatz um und verließ die Kneipe mit großen Schritten. Grinsend setzte sich Roy wieder auf seinen Hocker.

»Sieht so aus, als ob er sich über etwas geärgert hat«, sagte er. »Wie wär's, noch ein Ale?«

»Nein«, sagte Bert.

»Was? Also, jetzt paß mal auf, Bert. Es tut mir leid, wenn es etwas Ärger gegeben hat, aber es war ja nicht mein Punchboard. Ich habe nicht . . .«

»Ich weiß. Es war mein Fehler. Aber ich mache denselben Fehler nicht zweimal. So, und jetzt möchte ich, daß Sie gehen, und ich will Sie nie wieder hier sehen.«

Ein anderer Gast kam herein, und Bert nahm seine Bestellung entgegen. Roy stand auf und ging hinaus.

Das gleißende Sonnenlicht schlug ihm ins Gesicht, nach der kühlen, halbdunklen Kneipe traf es Roy mit doppelter Wucht. Das kalte Ale – wieviel hatte er eigentlich getrunken? – rumorte in seinem Magen und ließ ihn aufstoßen. Er war nicht betrunken, keineswegs. Er betrank sich nie. Aber es wäre nicht sehr klug, ohne zu essen nach La Jolla zurückzufahren.

Um die Ecke fand er ein kleines Restaurant, wo er eine Terrine Suppe aß und schwarzen Kaffee trank. Als er ging, stellte er überrascht fest, daß es fünf nach eins war, und er sah sich nach einem Telefon um. Aber er konnte keins finden, jedenfalls keinen öffentlichen Fernsprecher; daher ging er zu seinem Wagen zurück.

Schließlich entschied er, daß es besser wäre, Moira nicht anzurufen. Die Polizei hatte sich bestimmt mit ihr in Verbindung gesetzt, und er wollte übers Telefon keine Erklärungen abgeben.

Er fuhr den langen Weg nach Mission Valley hinunter, dann bog er nach links, zur Küste, ab. Es würde ungefähr zwanzig Minuten bis La Jolla dauern, bestimmt nicht mehr als fünfundzwanzig. Und dann könnte er Moira im Hotel die ganze Angelegenheit leichthin als einen ...

Als einen Fall von Verwechslung erklären? Nein, nein. Etwas Alltäglicheres, etwas, das sich ganz logisch aus einer Verkettung von harmlosen Umständen entwickelt hatte. Dieses Auto war zum Beispiel ein Mietwagen. Der letzte Fahrer hatte sich vielleicht eines schweren Verkehrsdelikts schuldig gemacht; er hatte, sagen wir mal, Fahrerflucht begangen. Und als der Polizei heute morgen das Auto aufgefallen war ...

Naja, es gab ein paar Ungereimtheiten in seiner Geschichte; so wußte die Polizei wegen des Nummernschildes genau, daß es sich um einen Mietwagen handelte. Aber das brauchte er ja schließlich nicht zu erklären. Er war das Opfer eines Schnitzers der Polizei geworden; wer konnte sich schon all die Fehler ausmalen, die die machten?

Was für ein Morgen, dachte er. Es war schließlich Berts Punchboard. Warum sollte er dann wütend auf mich sein? Was kümmert es mich, was ein Wirt von mir hält?

Nahe der Auffahrt zum Pacific Highway wurde der Verkehr dichter, die Autoschlangen auf dem Highway standen bewegungslos auf vier Spuren, während zwei

Bullen versuchten, den Verkehr wieder in Gang zu bringen. Das war an einem Montag in San Diego sehr ungewöhnlich. Der Verkehr war niemals so schlimm, noch nicht einmal während der Schichtwechsel in den nahen Flugzeugfabriken, die jetzt nicht einmal anstanden.

Die Wagen schlichen langsam vorwärts, und Roy bewegte sich langsam mit dem Verkehr. Fast eine Stunde später, am Mission Beach, verließ er den Highway und fuhr zu einer Tankstelle. Dort erklärte man ihm den Grund für den Stau.

Die Rennsaison in Del Mar hatte begonnen, die Pferde liefen heute zum ersten Mal.

Nach weiteren dreißig Minuten hatte sich der Verkehr gelichtet, und nachdem er sich wieder eingereiht hatte, war er zwanzig Minuten später in La Jolla. Er war also sehr spät dran, und kaum war er im Hotel angekommen, rief er Moira aus dem Foyer an. Niemand hob ab, aber sie hatte ihm eine Nachricht beim Empfangschef hinterlassen.

»Was, oh, ja, Mr. Dillon. Ich soll Ihnen ausrichten, sie sei auf dem Rennplatz.«

»Beim Rennen?« Roy runzelte die Stirn. »Sind Sie sicher?«

»Ja, Sir. Aber sie wollte nur für einen Teil des heutigen Rennprogramms bleiben. Sie läßt Ihnen ausrichten, daß sie früh wieder zurück sein wird.«

»Aha«, nickte Roy. »Was ich noch fragen wollte, hat sich die Polizei vor ein paar Stunden nach mir erkundigt?«

Der Empfangschef gab diplomatisch zu, daß dies der Fall gewesen sei, und informierte Roy auch davon, daß

Mrs. Langtry denselben Anruf erhalten habe. »Natürlich haben wir Ihnen die besten Referenzen ausgestellt, Mr. Dillon. Es war, äh, ich hoffe, daß es sich um nichts Ernstliches gehandelt hat?«

»Nein, absolut nicht, vielen Dank«, sagte Roy und ging nach oben auf sein Zimmer.

Er stand einige Zeit an der Balkontür und schaute auf das sonnenüberflutete Meer hinaus. Als seine Augen ihm schließlich etwas weh taten, streckte er sich auf dem Bett aus und ließ seine Gedanken schweifen. Schließlich verhalfen ihm Spürsinn und Intuition zur Lösung des Problems.

Zuerst einmal war da Moiras Neugier hinsichtlich seiner Lebensweise, seiner Anstellung. Warum wohnte er jahrelang im Grosvenor-Carlton Hotel? Warum blieb er jahrelang in einer verhältnismäßig unbedeutenden Vertreterposition? Und dann kamen die subtilen Beschwerden über ihr Verhältnis: sie *wüßten* nichts voneinander, müßten sich noch besser »kennenlernen«. Daher hatte er diesen Ausflug hierher organisiert, damit sie sich besser kennenlernten – und wie nutzte sie die Zeit? Indem sie ihn bei jeder Gelegenheit allein ließ. Und dann beobachtete, was sich entwickelte.

Daher wußte sie inzwischen Bescheid, mußte es einfach wissen. Ihre Reaktionen heute waren der Beweis.

Die Polizei hatte sich nach ihm erkundigt, aber sie hatte sich keine Sorgen gemacht. Sie wußte, daß ihm nichts passieren würde; daß seine Fassade, die ihn jahrelang beschützt hatte, ihn aus allen Unannehmlichkeiten befreien würde, welcher Art auch immer sie waren. Und nachdem

Moira alles Notwendige herausgefunden hatte, war sie einfach zum Rennen gegangen.

Das Pferderennen ...

Plötzlich setzte er sich ärgerlich auf, er war nicht mehr ungehalten über sie, er war regelrecht wütend.

Sie hatte die Reise nach La Jolla verzögert. Nachdem sie zuerst so Feuer und Flamme für den Ausflug gewesen war, hatte sie dann immer wieder neue Ausreden gefunden, um ihn bis gestern zu verschieben.

Denn heute war der erste Tag der Rennsaison in Del Mar. Und in der Umgebung von L. A. *gab es zur Zeit keine Pferderennen.*

Oder ... vielleicht doch nicht. Er war sich nicht absolut sicher, ob sie wirklich ihre Nase in Lillys Angelegenheiten steckte, so wie sie ihm nachspioniert hatte. Vielleicht war Moira einfach nur wütend auf ihn, weil er sie so lange allein gelassen hatte, war nur auf die Rennbahn gegangen, um ihre Unzufriedenheit auszudrücken.

Moira kam gegen vier Uhr ins Hotel zurück. In witzelndem Ton erzählte sie ihm die Geschichte ihrer anstrengenden Taxifahrt und tat so, als schmolle sie, weil Roy ohne sie weggegangen war.

»Ich dachte, es ist an der Zeit, daß ich dir eine Lektion erteile, du Stinktier! Du bist doch nicht böse auf mich, oder?«

»Ich bin mir noch nicht sicher. Ich habe gehört, daß die Polizei sich nach mir erkundigt hat.«

»Oh, ja«, sagte sie achselzuckend. »Was war denn los?«

»Fällt dir gar nichts dazu ein?«

»Nun ja ...« Moira wurde ernster. Sie kam zum Bett

hinüber und setzte sich vorsichtig neben ihn. »Roy, ich habe schon lange mit dir darüber reden wollen. Aber vorher mußte ich mir sicher sein, daß ...«

»Laß es dir noch etwas durch den Kopf gehen«, sagte er leichthin. »Hast du Lilly auf der Rennbahn gesehen?«

»Lilly? Oh, du meinst, deine Mutter. Wohnt sie nicht in Los Angeles?«

Roy bejahte es. »Aber die Rennsaison in L. A. ging letzte Woche zu Ende. Daher wird sie jetzt hier in Del Mar sein, nicht wahr?«

»Woher soll ich das wissen? Worauf willst du eigentlich hinaus?«

Sie wollte aufstehen. Er hielt sie an ihrem Kleid fest.

»Also, ich frage dich noch mal: Hast du Lilly auf der Rennbahn in Del Mar gesehen?«

»Nein! Wie sollte ich auch? Ich war im Klubhaus!«

Roy lächelte dünn und machte sie auf ihren Versprecher aufmerksam. »Und Lilly würde bestimmt nicht ins Klubhaus gehen, was? Und woher weißt du das so genau?«

»Weil ich – ich ...« Sie errötete schuldbewußt. »Also gut, Roy. Ich habe sie gesehen. Ich habe ihr nachgeschnüffelt. Aber – es ist nicht so, wie du denkst! Ich war nur neugierig, wunderte mich, warum sie nach Los Angeles gekommen war. Und sie war immer so gemein zu mir! Ich wußte, daß sie mich immer bei dir schlechtgemacht hat. Ich hab mir gedacht, wer ist sie eigentlich, daß sie sich so arrogant aufführt? Und da habe ich einen Freund, der in Baltimore wohnt, gefragt und – und ...«

»Aha. Auf jeden Fall hast du Freunde, die gut Bescheid wissen.«

»Roy«, sagte sie flehend. »Sei bitte nicht böse auf mich. Ich würde ihr nicht weh tun, genausowenig wie dir.«

»Das solltest du jedenfalls gar nicht erst versuchen«, sagte er. »Lilly verkehrt in sehr einflußreichen Kreisen.«

»Ich weiß«, sie nickte jämmerlich. »Es tut mir leid, mein Lieber.«

»Hat Lilly dich heute gesehen?«

»Oh, nein. Ich habe mich doch nicht lange herumgetrieben, Roy. Wirklich nicht.« Sie küßte ihn und lächelte ihn unschuldig an. »Also, zu uns ...«

»Ja«, nickte er. »Wir können also genausogut nach Los Angeles zurückfahren, oder? Du hast herausgefunden, was du wolltest.«

»Aber, Liebling, sei nicht so gereizt. Ich glaube, daß ich es schon seit langem gewußt habe. Ich habe nur auf den richtigen Moment gewartet, um mit dir darüber zu sprechen.«

»Und was genau weißt du eigentlich über mich?«

»Ich weiß, daß du ein kleiner Trickbetrüger bist. Offensichtlich ein sehr guter.«

»Du scheinst ja den Jargon zu kennen. Was ist denn dein Metier?«

»Das andere Ende des Gewerbes, die großen Tricks.«

Er nickte, wartete. Sie schmiegte sich an ihn, preßte seine Hand auf ihre Brüste. »Wir würden ein tolles Paar abgeben, Roy. Wir haben die gleiche Wellenlänge, verstehen uns. Weißt du, Liebling, wir brauchen nur zwei Monate im Jahr zu arbeiten, und die restlichen zehn verbringen wir wie die Fürsten! Ich ...«

»Warte mal«, sagte er und schob sie sanft von sich. »Das

kann man nicht übers Knie brechen, Moira. Das muß man sehr genau besprechen.«

»Na, dann laß uns reden.«

»Aber nicht hier. Dies ist keine Geschäftsreise. Hier wird nichts verhandelt.«

Sie sah ihn fragend an, und ihr Lächeln erstarb etwas. »Aha«, sagte sie. »Du denkst wohl, es ist nicht so leicht, mich hier abblitzen zu lassen. Es fällt dir wohl leichter, wenn wir wieder zu Hause sind.«

»Du bist schlau«, sagte er. »Vielleicht zu schlau, Moira. Aber ich habe nicht gesagt, daß ich dich abblitzen lasse.«

»Naja ...«, sagte sie achselzuckend und stand auf. »Wenn du es um jeden Preis so willst ...«

»Genau so will ich es«, sagte er.

20

Sie nahmen den Zug um sechs Uhr zurück nach Los Angeles. Er war voll, genauso wie der auf der Hinfahrt, aber die Zusammensetzung der Fahrgäste war diesmal anders. Es waren zumeist Geschäftsleute, Männer, die einen harten Arbeitstag in San Diego hinter sich hatten und jetzt auf dem Weg in ihr Zuhause nach Los Angeles waren; oder aber sie wohnten in San Diego und mußten morgen früh in Los Angeles sein. Und dann gab es auch ein paar, die ihr Wochenende überzogen hatten und die jetzt Anschuldigungen – oder Schlimmeres – erwarteten, wenn sie in die kalifornische Metropole zurückkehrten.

Auf jeden Fall herrschte keine Ferienstimmung. Eine

gewisse Verdrossenheit lag in der Luft, und auch Moira und Roy wurden davon angesteckt.

Sie tranken etwas in der halbleeren Bar. Dann, als sie feststellten, daß der Zug keinen Speisewagen führte, blieben sie für den Rest der Fahrt in ihrem Abteil sitzen. Es war gemütlich und intim, Moira preßte ihren Schenkel eng an Roy und schaute auf die schmerzende Einsamkeit des Ozeans; die verbrannten, öden Hügel und die Häuser, die sich selbstgenügsam vor der Außenwelt verschlossen. Die Idee, die sie Roy vorgeschlagen hatte und die zu Beginn nichts mehr als ein Wunsch gewesen war, hatte sich jetzt in ein absolutes Muß verwandelt – es gab keine Alternative dazu.

Sie konnte nicht mehr so weiterleben wie in den letzten Jahren, konnte nicht mehr weiter so Kapital aus ihrem Körper schlagen und ihn anschaffen lassen, was sie zum Leben brauchte. Sie hatte einfach nicht mehr genug Jahre vor sich, und ihr Körper verbrauchte unweigerlich immer mehr, als er als Gegenleistung erhielt. Je weniger Lebenszeit ihr verblieb, um so schneller verfiel ihr Aussehen. Daher mußte sie diesem Leben ein Ende setzen. Sie mußte aufhören, mit sich selbst um die Wette zu laufen. Ihr Verstand dagegen wurde immer jugendlicher, je mehr sie von ihm Gebrauch machte, und seine Ansprüche wuchsen mit denen seines Besitzers; er war sehr wohl in der Lage, für den Körper, der ihn beherbergte, zu sorgen, konnte ihrer Physis etwas von der eigenen Lebenskraft und Jugendlichkeit abgeben. Daher würde sie von nun an ihren Verstand benutzen. Würde die vielen lukrativen Pläne umsetzen, die sie sich ausdenken würde. Ihr Verstand und

Roys, beide würden als Einheit zusammenarbeiten; und dazu das Kapital, das er einbringen würde, einbringen mußte.

Vielleicht hatte sie ihn zu hart angefaßt; kein Mann ließ sich gern herumkommandieren. Vielleicht war es ein Fehler gewesen, sich so sehr für Lilly Dillon zu interessieren; jeder Mann war empfindlich, wenn es um seine Mutter ging. Aber wie auch immer, ihr Vorschlag war richtig und vernünftig. Sie würden beide davon profitieren.

Es mußte einfach so sein. Und wehe, wenn er nicht ...!

Roy machte eine beiläufige Bemerkung, stieß sie kurz an, um eine Antwort zu bekommen, und tief in ihren Gedanken versunken, wandte sie sich ihm zu; ihr Gesicht war vom Haß um Jahre gealtert. Verblüfft fuhr er zurück und runzelte die Stirn.

»He, großer Gott! Was ist mit dir los?«

»Nichts. Hab nur etwas nachgedacht.« Sie lächelte, setzte die alltägliche Maske so schnell wieder auf, daß Roy sich nicht mehr sicher war, ob er eben richtig gesehen hatte. »Was hast du gesagt?«

Er schüttelte den Kopf, konnte sich selbst nicht mehr daran erinnern. »Aber vielleicht solltest du mir sagen, wie du wirklich heißt, Lady.«

»Wie wär's mit Langley?«

»Langley ...« Er dachte einen Moment darüber nach. Dann: *»Langley!* Du meinst doch nicht Farmer Langley? Du hast mit ihm zusammengearbeitet?«

»Genau, das habe ich, Kumpel.«

»So, naja ...« Er zögerte. »Was ist eigentlich aus ihm geworden? Ich hab viele Geschichten gehört, aber ...«

»Das, was aus allen wird, ich meine, den meisten jedenfalls. Er ist einfach zugrunde gegangen: Saufen, Drogen, immer bergab.«

»Ich verstehe«, sagte er. »Ich verstehe.«

»Mach dir bloß keine Sorgen um ihn.« Sie schmiegte sich enger an ihn, mißdeutete seine Reaktion. »Das ist jetzt alles schon lange vorbei. Heute gibt es nur uns, Moira Langtry und Roy Dillon.«

»Er lebt doch noch, oder?«

»Vielleicht. Ich weiß es wirklich nicht«, sagte sie.

Und sie hätte genauso sagen können: *»Und es ist mir egal«*.

Denn ihr war plötzlich, wenn auch nicht überraschend, klar geworden, daß es ihr egal war; daß er ihr eigentlich immer schon egal gewesen war. Es war, als hätte er sie hypnotisiert, sie war von seiner Persönlichkeit überwältigt worden, so wie es anderen auch erging. Er hatte sie gezwungen, genauso zu leben wie er, seinen Weg als den einzig möglichen zu akzeptieren. Aber sie hatte sich unbewußt immer dagegen gewehrt, hatte ihn immer mehr gehaßt, weil er sie zu einem Leben zwang – und was für einem Leben für eine junge, attraktive Frau! –, das ihr total fremd war.

Diese Gefühle waren natürlich niemals so klar, so eindeutig gewesen. Es war ihr nie so bewußt gewesen, sie hätte es auch nicht zugeben können. Aber das Gefühl war immer da gewesen; wie ein Geheimnis, das sie schuldbewußt hütete. Und dann, als sein Zusammenbruch kam, hatte sie versucht, für ihn zu sorgen. Aber selbst das war ein Weg, sich an ihm zu rächen; sie gab ihm den letzten endgültigen Stoß, der ihn vernichtete, und unbewußt war ihr auch das klar. Darum hatte sie sich schuldig gefühlt; er verfolgte sie immer noch, sie hatte ihn nie richtig abschütteln können. Aber jetzt, da sie sich ihrer Gefühle bewußt wurde, sah sie auch, daß es niemals Gründe für dieses Schuldgefühl gegeben hatte.

Alles, was dem Farmer passiert war, hatte er verdient. Jeder, der ihr nahm, was sie brauchte, verdiente sein Schicksal.

Es war Viertel nach neun, als der Zug in Los Angeles eintraf. Sie aßen beide ein gutes Abendessen im Bahnhofsrestaurant. Dann liefen sie durch einen leichten Regen zu Roys Wagen und fuhren zu Moiras Wohnung.

Sie entledigte sich schnell ihrer Kleidung, drehte sich mit ausgebreiteten Armen zu ihm um. Er hielt sie einen Moment fest, küßte sie, aber innerlich ging er auf Distanz, etwas in ihrem Benehmen ließ ihn vorsichtig werden.

»Also«, sagte sie und zog ihn zu sich aufs Sofa hinunter. »Also, jetzt werden wir uns übers Geschäft unterhalten.«

»Wirklich?« Er lachte unbehaglich. »Bevor wir dazu übergehen, sollten wir nicht besser erst ...«

»Ich kann mühelos zehntausend zusammenkriegen. Du müßtest zwanzig- bis fünfundzwanzigtausend aufbringen. Ich kenn einen Laden in Oklahoma, da können wir absahnen, wenn wir den Bullen genug zahlen. So gut wie Fort Worth in alten Tagen. Wir richten uns da ein Wettbüro mit telegrafischer Annahme ein ...«

»Einen Moment«, sagte Roy. »Immer langsam, mein Kind.«

»Es ist einfach perfekt für uns, Roy! Sagen wir, zehntausend für den Laden, zehntausend für die Bestechungsgelder und noch mal zehn für ...«

»Ich habe gesagt, daß du aufhören sollst! Nicht so schnell!« sagte er, inzwischen ärgerlich geworden. »Ich hab mich noch gar nicht entschieden, ob ich mich mit dir zusammentun will.«

»Was?« Sie sah ihn benommen und fassungslos an. »Was hast du gesagt?«

Er wiederholte es, milderte es mit einem Lachen ab. »Du redest über ne Menge Geld. Woher willst du wissen, daß ich soviel habe?«

»Aber du hast doch soviel! Du mußt es einfach haben!« Sie lächelte ihn aufmunternd an, wie eine Lehrerin, die einem unaufmerksamen Schüler zur richtigen Antwort verhelfen will. »Du weißt doch genau, daß du soviel hast, Roy.«

»Habe ich das wirklich?«

»Ja. Ich habe dich im Zug beobachtet, du bist einer der geschicktesten Trickster, die ich je gesehen habe. Und diese Geschicklichkeit eignet man sich nicht über Nacht an. Dafür braucht man Jahre, und seit Jahren hat dich auch keiner erwischt. Du lebst wie ein braver Bürger und nimmst die Tölpel aus ...«

»Aber ich habe auch was einstecken müssen. Zweimal in den letzten acht Wochen. Nach dem ersten Mal war ich krankenhausreif, und heute, in San Diego ...«

»Na und?« Sie fegte seinen Einwand beiseite. »Das beweist nur, daß du endlich auf der Leiter nach oben klettern mußt. Dahin, wo es um große Einsätze geht und du deinen Hals nicht jeden Tag riskierst.«

»Aber vielleicht gefällt mir, was ich jetzt mache.«

»Aber mir gefällt es nicht! Was willst du mir eigentlich vormachen? Warum führst du dich so auf?«

Er starrte sie an, wußte nicht, ob er lachen oder wütend sein sollte; seine Lippen zuckten unsicher. So hatte er sie noch nie erlebt.

Der Regen schlug leise gegen das Fenster. Weit entfernt hörte er das Surren eines Fahrstuhls. Und außerdem hörte er sie, ihr schweres Atmen. Angestrengt, wütend.

»Ich geh jetzt besser«, sagte er. »Wir reden ein andermal darüber.«

»Zum Teufel noch mal, wir besprechen es jetzt!«

»Dann«, sagte er ruhig, »gibt es nichts mehr zu reden, Moira. Meine Antwort ist nein.«

Er stand auf. Sie sprang gleichzeitig hoch.

»Warum?« fragte sie fordernd. »Sag mir bloß den Grund, du verdammter Kerl!«

Roy nickte, ein Glitzern in den Augen. Er meinte, der beste Grund sei für ihn, daß sie ihm einfach angst mache. »Ich habe Leute wie dich schon kennengelernt, Baby. Knallhart und scharf wie ein Rasiermesser; man muß ihnen immer nachgeben, oder sie explodieren. Aber solche Leute kommen nicht auf Dauer damit durch.«

»Quatsch!«

»Nein, nein, das ist Erfahrung. Früher oder später schlägt's bei ihnen ein, Liebling. Und ich möchte nicht in deiner Nähe sein, wenn es dich trifft.«

Er ging auf die Tür zu. Mit großen Augen, das Gesicht fleckig vor Wut, warf sie sich regelrecht vor ihn.

»Wegen deiner Mutter, deswegen, nicht wahr? Natürlich ist es so! Eins von diesen Familiengeschäften! Darum benehmt ihr euch so seltsam, wenn ihr euch seht! Darum hast du in ihrem Apartment gewohnt!«

»W-aas?« Er blieb wie angewurzelt stehen. »Was hast du gesagt?«

»Tu nicht so unschuldig! Du – mit deiner eigenen Mutter, *pah!* Ich kenne Leute wie dich, es hätte mir schon früher auffallen müssen! Also, du dreckiger Hundesohn! Wie ist es denn mit ihr? Wie gefällt's euch denn am ...«

»Und wie gefällt dir das?« fragte Roy.

Er schlug sie ganz plötzlich, mit dem Handrücken, und sie taumelte. Dann sprang sie ihn wie eine Katze mit ausgefahrenen Krallen an, und er packte sie an den Haaren und schleuderte sie in hohem Bogen zu Boden, wo sie auf allen vieren landete.

Er schaute sie fast ein bißchen erstaunt an, als sie ihr verschmiertes, gerötetes Gesicht zu ihm aufrichtete: »Verstehst du jetzt?« sagte er. »Verstehst du jetzt, warum es nicht geht?«

»Du d-dreckiger Hundesohn! Du wirst schon sehen, was geht!«

»Es tut mir leid, Moira«, sagte er. »Gute Nacht – und viel Glück.«

21

Roy blieb einen Moment auf dem Gehsteig vor ihrem Apartmenthaus stehen, bevor er in seinen Wagen stieg. Er genoß den Regen auf seinem Gesicht, das Gefühl von

Kühle und Klarheit. Das war wieder etwas Reales, etwas Elementares, Ehrliches. Er war froh, hier draußen im Regen zu stehen, statt zusammen mit ihr in der Wohnung zu sein.

Nachdem er wieder im Hotel war, lag er einige Zeit wach, dachte über Moira nach und wunderte sich, wie wenig ihn ihr Verlust schmerzte.

War die Trennung heute abend nur der letzte Akt, hatte er schon lange vorgehabt, es zu beenden? Das schien der Fall zu sein; er spürte, daß er so etwas erwartet hatte. Es konnte sogar sein, daß sein großes Interesse für Carol nur eine Reaktion auf Moira war, daß er sich nur an eine andere binden wollte, um sich von Moira zu lösen.

Carol ...

Er warf sich unruhig hin und her, dann verdrängte er den Gedanken an sie. Er entschied, etwas ihretwegen zu unternehmen. Irgendwann in den nächsten Tagen, bald, er mußte sich wieder mit ihr aussöhnen.

Was Moira anging ...

Kurz vor dem Einschlafen runzelte er die Stirn, dann entspannte er sich mit einem Kopfschütteln. Nein, sie war ungefährlich. Sie war vor Wut explodiert, aber es tat ihr wahrscheinlich schon wieder leid. Wie auch immer, sie konnte einfach nichts ausrichten, und außerdem war sie zu klug, um es überhaupt erst zu versuchen. Ihre eigene Situation war einfach zu unsicher. Sie mußte selbst aufpassen, daß sie keine Prügel einsteckte.

Er fiel in einen tiefen Schlaf. Weil er die Nacht zuvor so wenig geschlafen hatte, war es besonders wohltuend. Es war bereits nach neun, als er erwachte.

Er sprang aus dem Bett, fühlte sich erfrischt; voller Energie begann er seinen Tag zu planen, während er nach dem Morgenmantel griff. Dann setzte er sich langsam und verdrießlich aufs Bett zurück. Denn er war in der gleichen Situation wie letzte Woche; war immer noch mit der absoluten Leere seines Daseins konfrontiert. Er konnte nicht als Vertreter arbeiten, konnte auch seiner anderen Aktivität nicht nachgehen. Er hatte einen ganzen, nein, eine endlose Anzahl von Tagen vor sich, an denen er nichts zu tun hatte.

Mißgelaunt verfluchte er Kaggs.

Dann verfluchte er sich selbst.

Und nochmals, wider besseres Wissen auf ein Wunder hoffend, badete er, rasierte sich und zog sich dann an. Danach verließ er das Hotel, um frühstücken zu gehen, und dachte die ganze Zeit darüber nach, wie er einen Weg aus dieser Sackgasse finden könnte. Und immer wieder kam er zu zwei Lösungen – beide absolut unakzeptabel:

Erstens: Er konnte die Stellung als Verkaufsleiter annehmen – und zwar sofort, ohne den Arbeitsbeginn aufzuschieben – und damit seine Tricksterkarriere aufgeben.

Oder zweitens: Er konnte die Stadt verlassen und irgendwo anders noch einmal von vorn anfangen, so wie er es getan hatte, als er zum ersten Mal nach Los Angeles kam.

Nach dem Frühstück holte er seinen Wagen und begann ziellos herumzufahren; wohl die ermüdendste aller Fahrweisen. Als es ihm unerträglich wurde, was nicht lange auf sich warten ließ, hielt er an und parkte am Bordstein.

Mürrisch widmete er sich wieder seinem unlösbaren Problem.

Kaggs, dachte er bitter. Dieser verdammte Perk (Kurzform von Percival) Kaggs! *Warum konnte er mich nicht in Ruhe lassen? Warum war der Mann sich so verdammt sicher, daß ausgerechnet ich . . .*

Das sinnlose Nachdenken kam schließlich zu einem Ende. Roys Stirn glättete sich wieder, und ein kleines Lächeln spielte um seine Lippen.

Kaggs war ein Mann spontaner Entscheidungen, jemand, der schnell zu einem Entschluß kam. Daher war es wahrscheinlich, daß er sich genauso schnell wieder anders entschloß. Er würde sich von niemand etwas gefallen lassen. Wenn Kaggs einen angemessenen Grund fand, würde er Roy, ohne sich zu entschuldigen, die Stelle als Verkaufsleiter genauso schnell wieder abnehmen, wie er sie ihm angeboten hatte.

Roy rief Kaggs aus einem nahen Drugstore an. Er sagte, daß der Doktor ihn noch eine Weile krank geschrieben habe; und fragte Kaggs dann, ob er mit ihm zu Mittag essen wolle. Kaggs sagte, daß er sich selten die Zeit zum Mittagessen nehme, er lasse sich normalerweise ein Brötchen ins Büro kommen.

»Vielleicht solltest du öfter rausgehen«, schlug Roy ihm vor.

»Warum? Wegen meiner Magengeschwüre? Naja . . .«

»Nein, wegen deines Umgangs mit Leuten. Du würdest dann vielleicht besser mit ihnen zurechtkommen.«

Roy grinste belustigt, lauschte dem überraschten Schweigen am anderen Ende. Dann sagte Kaggs gleichmütig: »Naja, vielleicht ist da was dran. Ist dir zwölf Uhr recht?«

»Nein. Ich würde lieber um eins essen.«

Kaggs sagte, es sei in Ordnung, es passe ihm auch besser. »Also, wir sehen uns um eins, in dem kleinen Restaurant gegenüber.«

Roy legte den Hörer auf. Er überlegte, ob es ratsam sei, sich zu verspäten, und entschloß sich dann dagegen. Das wäre ganz einfach unhöflich und ordinär. Kaggs würde nur Verdacht schöpfen.

Er hatte seine Schroffheit vielleicht jetzt schon zu weit getrieben.

Roy kam kurz vor eins im Restaurant an. Sie aßen an einem kleinen Tisch im hinteren Teil des Lokals, und ihre Unterhaltung verlief ungefähr in den gleichen Bahnen wie bei ihrem ersten Zusammentreffen. Irgendwie – zu Roys Ärger – wuchs die Vertraulichkeit zwischen ihnen. Gegen Ende der Mahlzeit leistete sich Kaggs eine überraschende Geste – überraschend, was ihn selbst anging. Er langte über den Tisch und klopfte Roy sanft auf die Schulter.

»Fühlst dich nicht sehr wohl, was, mein Junge? Als würdest du gleich anfangen, Nägel zu kauen.«

»Was?« Roy sah ihn erstaunt an. »Wie kommst du denn darauf?«

»Ist doch ganz klar, daß du dich so fühlst, würde mir genauso gehen. Ein Mann kann nur eine gewisse Zeit faulenzen, dann macht es ihn wahnsinnig. Warum kommst du nicht für ne Weile mit mir ins Büro? Schaust dir alles in Ruhe an?«

»Nun ja, ich, du hast genug zu tun und ...«

»Ich geb dir auch was zu arbeiten«, sagte Kaggs und stand lächelnd auf. »War natürlich nur ein Witz. Du siehst dich einfach nur um, schaust dir mal die Akten der Vertreter an, wenn du Lust hast. Du kannst machen, was du willst, und gehen, wenn du genug hast.«

»Naja ...«, sagte Roy achselzuckend. »Warum nicht?«

Diese Frage war rein rhetorisch, ihm fiel keine glaubwürdige Ausrede ein. Und genauso erging es ihm in Kaggs' Büro bei Sarber & Webb: Es blieb ihm nichts anderes übrig, als die Ordner, die Kaggs ihm zuschob, zumindest flüchtig anzusehen. Er mußte zumindest ein gewisses Interesse an den Karteikarten zeigen.

Unmutig sah er sich als Opfer von Kaggs' Arroganz. Kaggs hatte ihn einfach vereinnahmt, genau wie damals, als sie sich zum ersten Mal getroffen hatten. Aber das stimmte eigentlich nicht. Es war ehrlicher zuzugeben, daß er sein eigenes Opfer geworden war, sein eigener Sklave. Er hatte seine Persönlichkeit dazu benutzt, sich selbst zu verkaufen. Und er konnte sich nicht weit oder für längere Zeit von dem Image entfernen, das er sich selbst geschaffen hatte.

Flüchtig, ohne sie anzusehen, überflog er die Karteikarten.

Dann begann er hinzusehen, begriff, was er las. Aus den Karten wurden Menschen, Geld, das Leben. Und er nahm die Karten einzeln aus dem Ordner, nachdenklich breitete er sie vor sich aus, verteilte sie auf dem Schreibtisch.

Er nahm sich einen Bleistift und einen Notizblock ...

Während Roy arbeitete, warf ihm Kaggs manchmal einen heimlichen Blick zu, und auf seinen dünnen Lippen formte sich ein Lächeln. Nach ein paar Stunden stand Kaggs auf und ging zu Roys Schreibtisch.

»Wie steht's bei dir?«

»Setz dich«, sagte Roy, und als der andere seiner Aufforderung gefolgt war, »meiner Meinung nach stimmt das ganze System hier nicht, Perk. Ich möchte ja nicht irgend jemand auf die Füße treten, aber wer immer es eingeführt hat . . .«

»Tritt ruhig fest zu. Hier gibt es keine heiligen Kühe.«

»Also, es ist irreführend, eine reine Zeitverschwendung. Sieh dir mal die Karte von dem Mann hier an. Sein wöchentlicher Bruttoverkauf war sechshundertfünfzig Dollar. Seine Provision, hier, in dieser Spalte, betrug insgesamt einundachtzig Dollar. Wieviel Prozent sind das vom Wochenverkauf?«

»Müßte ich genau ausrechnen. So ungefähr acht Prozent.«

»Nicht unbedingt. Kommt drauf an, was er verkauft hat; es könnte sein, daß er einige Artikel hatte, die fünfundzwanzig Prozent einbringen. Aber die Frage ist: Was zum Teufel hat er wirklich verkauft? Wieviel davon waren Sonderangebote, Artikel, die wir aus Konkurrenzgründen billig verkaufen müssen?«

Kaggs schaute ihn aufmerksam an, zögerte. »Hm, natürlich gibt es die Rechnungsdurchschläge, anhand ihrer wurden seine Provisionen ja berechnet.«

»Aber wo sind die Rechnungsdurchschläge?«

»Die Buchhaltung bekommt einen Durchschlag, das Lager einen zweiten und den dritten bekommt der Kunde beim Einkauf.«

»Warum braucht das Lager eine Kopie? Die Artikel werden doch registriert, sobald sie das Lager verlassen, oder? Jedenfalls sollte es so sein. Wenn nicht, würde man den gleichen Arbeitsgang zweimal machen. Aber wir brauchen die dritte Kopie hier, im Ordner des Vertreters.«

»Aber ...«

»Natürlich nicht in so einem Ordner. Da ist nicht genug Platz. Aber er muß ja nicht so aussehen. Wir haben doch nicht so viele Vertreter, daß wir nicht für jeden einzelnen einen großen Ordner anlegen können, so daß jeder Mann eine Schublade im Aktenschrank bekommt.«

Kaggs kratzte sich am Kopf. »Hmm. Nun ja, vielleicht.«

»Wir müssen es so machen, Perk. Das ist die einzige Möglichkeit, wenn wir ein klares Bild von dem haben wollen, was wirklich vorgeht. Wenn die Rechnungsdurchschläge in den Akten der Vertreter sind, weiß man sofort, wer von ihnen gut verkauft oder wer sich ausruht. Wer nur Aufträge annimmt. Und wir wissen dann genau, welche Artikel gut gehen, für welche man sich anstrengen muß und welche man aus dem Sortiment herausnehmen sollte. Natürlich stellt sich das am Ende auch so heraus. Aber diese Verzögerung kann ne Menge Geld kosten und ...«

Roy brach übergangslos ab, war plötzlich peinlich berührt von dem, was er sagte, und dem Ton, den er angeschlagen hatte. Er schüttelte den Kopf, benommen wie jemand, der gerade aufwacht.

»Wenn man mich so reden hört«, sagte er. »Ich bin heute das erste Mal hier, und schon zerreiße ich gleich dein ganzes System in der Luft.«

»Nur zu, zerreiß es noch mehr. Hör nicht auf, bevor es stimmt!« Kaggs strahlte ihn an. »Wie fühlst du dich? Bist du müde? Willst du für heute Schluß machen?«

»Nein, ich fühl mich wohl. Aber ...«

»Also, dann laß uns mal sehen.« Kaggs zog den Stuhl näher an den Schreibtisch und nahm sich einen Bleistift. »Was würdest du sagen, wenn wir ...«

Eine Stunde verging.

Zwei Stunden.

In einem der entfernteren Büros drehte sich eine Angestellte zu ihrer Kollegin um, starrte sie ungläubig an: »Hast du das gehört?« flüsterte sie. »Er hat *gelacht*! Der alte Sauertopf Kaggs hat laut gelacht!«

»Ich habe es gehört«, sagte die andere Frau grimmig, »aber ich kann es einfach nicht glauben. Der Typ hat nie lachen gelernt.«

Am selben Abend um halb sechs stellte die Telefonistin den Anrufbeantworter ein und schloß den Raum ab. In den Büroräumen an der Rückseite des Gebäudes wurde das Licht ausgeschaltet, und bald nachdem die letzten Angestellten das Gebäude verlassen hatten, war alles still. Und um sechs Uhr, als die Lagerarbeiter im Erdgeschoß beim stummen Ton der großen Stechuhr ebenfalls nach Hause gingen, breitete sich überall eine absolute Stille und Dunkelheit aus.

Um acht Uhr ...

Perk Kaggs nahm die Brille ab und rieb sich die Augen. Er schaute sich um, blinzelte abwesend, und dann nahm sein Gesicht einen fassungslosen Ausdruck an. Er fluchte erstaunt und sprang auf.

»Mein Gott! Guck bloß mal auf die Uhr! Wo zum Teufel ist denn der ganze Tag geblieben?«

»Was?« fragte Roy stirnrunzelnd. »Was ist los, Perk?«

»Komm schon, du mußt jetzt gehen! Und zwar sofort, verdammt noch mal! Mein Gott ...« Kaggs fluchte wieder. »Ich hab dich gebeten, dir mal alles kurz anzusehen, und du legst gleich einen ganzen Arbeitstag hin!«

Gemeinsam aßen sie ein etwas verspätetes Abendessen. Als sie sich verabschiedeten, sah Kaggs Roy scharf an, als wolle er ihn einer Prüfung unterziehen. »Sei ehrlich, Roy«, sagte er ruhig. »Du willst die Stelle doch, oder? Du willst doch unser Verkaufsleiter werden?«

»Also ...« Roy zögerte eine Zehntelsekunde.

Da war sie also, seine Chance abzulehnen. Und es war ihm plötzlich bewußt, daß er ablehnen konnte, ohne Entschuldigung oder Erklärung. Er konnte ganz einfach »nein« sagen, er wolle die Stelle nicht, und damit wäre alles klar. Und dann konnte er zu seinem alten Lebensstil zurückkehren, weitermachen, wo er aufgehört hatte. Denn zwischen ihnen, ihm und Kaggs, hatte sich etwas ergeben, etwas, das sie zu Freunden gemacht hatte. Und Freunde beargwöhnen sich nicht wegen ihrer Motive.

»Wieso, natürlich will ich die Stelle«, sagte Roy bestimmt. »Warum glaubst du eigentlich, daß ich sie nicht will?«

»Nichts. Ich habe nur gedacht – ach, nichts.« Kaggs kehrte zu seiner üblichen Schroffheit zurück. »Zum Teufel damit. Zum Teufel mit dir. Geh nach Hause und schlaf dich aus und laß dich nicht eher wieder in der Firma sehen, bevor der Arzt damit einverstanden ist.«

»Du bist der Boss«, sagte Roy grinsend. »Nacht, Perk.«

Während er zu seinem Hotel zurückfuhr, versuchte er seine Entscheidung vor sich selbst zu rechtfertigen, unterstellte sich die raffiniertesten Gründe für das, was er getan hatte. Aber es dauerte nicht lange. Warum sollte er nicht eine Stelle annehmen, die er haben wollte? Warum sollte ein Mann keinen Freund haben, einen richtigen Freund, nur weil er noch nie einen gehabt hatte?

Er stellte den Wagen ab und ging ins Hotel. Der alte Mann, der nachts am Empfang saß, winkte ihn zu sich.

»Jemand hat heute morgen für Sie angerufen, Mr. Dillon. Es war Ihre Mutter.«

»Meine Mutter?« Roy blieb stehen. »Warum haben Sie mich nicht auf meiner Arbeitsstelle angerufen?«

»Das hatte ich vor, Sir, aber sie sagte, daß es nicht notwendig sei. Ich nehme an, sie konnte nicht so lange warten.«

Roy ging zu einem der Haustelefone und rief Lilly in ihrer Wohnung an. Einen Moment später legte er verwirrt und besorgt auf.

Lilly war nicht mehr in ihrer Wohnung. Sie war heute morgen ausgezogen, hatte keine Nachsendeadresse hinterlassen.

Er ging auf sein Zimmer. Stirnrunzelnd zog er die Kleider aus und legte sich aufs Bett. Eine Zeitlang warf er sich unruhig herum, machte sich Sorgen. Dann entspannte er sich nach und nach und nickte langsam ein.

Lilly konnte schon selbst auf sich aufpassen. Es gab sicher einen harmlosen Grund – es mußte ihn einfach geben – für ihren plötzlichen Auszug.

Del Mar ... Vielleicht war sie wegen der Pferderennen dorthin gezogen. Oder vielleicht hatte sie in Los Angeles eine bessere Wohnung gefunden, die sie sofort beziehen mußte. Oder vielleicht hatte Bobo Justus sie plötzlich nach Baltimore zurückbeordert.

Er schlief ein.

Er wurde wieder wach; es war, als hätte er nur einen Augenblick geschlafen.

Das Zimmer war vom Sonnenlicht überflutet. Es war schon spät am Morgen. Er war sich bewußt, daß das Telefon lange geklingelt hatte. Jetzt war es stumm, aber das duchdringende Geräusch lag ihm immer noch in den Ohren. Er wollte den Hörer abnehmen, war aber immer noch benommen; er hatte den Schlaf nicht ganz abgeschüttelt, als es an der Tür klopfte. Und wieder und wieder.

Er ging zur Tür, öffnete sie weit genug, um hinaussehen zu können. Er blinzelte den Mann an, der draußen stand. Dann zeigte dieser Roy seinen Dienstausweis, bat routiniert um Verzeihung für den Grund seines Besuchs – entschuldigte sich, daß er ihn unter diesen Umständen aufgesucht hatte, und Roy öffnete die Tür für ihn.

Er blieb kopfschüttelnd, wie angewurzelt stehen, während der Mann ins Zimmer kam.

Nein, schrie er stumm auf. Es konnte nicht wahr sein! Es war ein dummer Fehler! Lilly konnte einfach nicht in Tucson sein! Warum – warum ...

Er sprach es laut aus, sah seinen Besucher herausfordernd an. Dieser spitzte abwägend die Lippen.

»Sie wußten also nicht, daß sie in Arizona war, Mr. Dillon? Sie hat Sie nicht davon unterrichtet?«

»Natürlich hat sie das nicht! Denn sie ist niemals hingefahren! Ich – ich ...« Er zögerte, seine übliche Vorsicht machte sich bemerkbar. »Ich wollte sagen, meine Mutter und ich waren uns nicht sehr nahe. Jeder führte sein eigenes Leben. Ich hatte sie fast acht Jahre lang nicht mehr gesehen, bevor sie mich hier vor ein paar Wochen besuchte, aber ...«

»Ich verstehe«, sagte der Mann nickend. »Das stimmt auch mit den Informationen überein, die wir haben.«

»Wie auch immer, Sie irren sich jedenfalls«, sagte Roy hartnäckig. »Es handelt sich um jemand anders. Meine Mutter würde sich nie ...«

»Ich fürchte, nein, Mr. Dillon. Es war ihr eigener Revolver, für den sie einen Waffenschein hatte. Der Besitzer des Motels erinnert sich, daß sie sehr verzweifelt war. Natürlich scheint es etwas seltsam, daß sie einen Revolver mit einem Schalldämpfer benutzt hat, um ... für so etwas. Aber ...«

»Aber sie hat es nicht getan! Es macht einfach keinen Sinn!«

»Das ist immer so, Mr. Dillon, es scheint immer sinnlos, wenn ein Mensch sich umbringt ...«

22

Der Mann hatte eine kleine Glatze, war stämmig gebaut, und sein fleischiges Gesicht hatte einen ehrlichen Ausdruck. Er hieß Chadwick und arbeitete für das Finanzministerium. Offensichtlich war es ihm etwas unbehaglich, Roy in dieser Situation zu begegnen. Aber wie unangenehm es auch war, es gehörte zu seinem Beruf, und er wollte alles so gut wie möglich erledigen. Er begann jedoch, sein Ziel auf Umwegen anzusteuern.

»Sie verstehen doch sicher, warum ich zu Ihnen gekommen bin und nicht jemand vom nächsten Polizeirevier, Mr. Dillon. Es fällt nicht in deren Bereich, jedenfalls nicht zu diesem Zeitpunkt. Es mag später noch einige unerfreuliche Reaktionen in der Presse geben, wenn die Todesumstände Ihrer Mutter bekanntgegeben werden. Eine attraktive Witwe, mit soviel Vermögen. Aber ...«

»Ich verstehe«, sagte Roy. »Es geht um das Geld.«

»Mehr als hundertdreißigtausend Dollar, Mr. Dillon. Sie hatte es im Kofferraum ihres Wagens versteckt. Es tut mir sehr leid, aber ...«, sagte er mit Zartgefühl, »aber ich fürchte, daß sie das Geld nicht versteuert hat. Sie hat ihre Steuererklärungen seit vielen Jahren frisiert.«

Roy sah ihn zynisch an. »Man hat ihre Leiche heute morgen gefunden; gegen acht, nicht wahr? Sie sind ja ein eifriges Kerlchen.«

Chadwick erklärte einfach, daß es sich tatsächlich so verhielt. »Unsere Steuerfahnder in dieser Stadt hatten noch keine Zeit, den Fall zu untersuchen, aber die Beweise liegen auf der Hand. Ihre Mutter konnte unmöglich soviel sparen bei dem angegebenen Einkommen. Sie hat sich der Steuerhinterziehung schuldig gemacht.«

»Wie schrecklich! Wirklich schade, daß Sie sie nicht mehr einsperren können!«

»Bitte!« sagte Chadwick gequält. »Ich weiß, wie Sie sich fühlen, aber ...«

»Es tut mir leid«, sagte Roy gleichmütig. »Das war nicht sehr fair von mir. Also, was kann ich für Sie tun, Mr. Chadwick?«

»Nun ja . . . Ich bin beauftragt worden, Sie zu fragen, ob Sie Anspruch auf das Geld erheben. Natürlich müssen Sie meine Frage nicht gleich beantworten. Vielleicht wollen Sie zuerst mit einem Anwalt sprechen, bevor Sie sich entscheiden.«

»Nein«, sagte Roy. »Ich erhebe keinen Anspruch. Ich brauche es nicht, will es auch gar nicht.«

»Danke schön, vielen Dank. Und jetzt möchte ich Sie noch fragen, ob Sie wissen, woher Ihre Mutter diese Einkünfte bezogen haben könnte. Es ist ganz offensichtlich, daß sich auch noch andere der Steuerhinterziehung schuldig gemacht haben und . . .«

Roy schüttelte den Kopf. »Vermutlich wissen Sie genauso viel über die Clique, mit der meine Mutter verkehrte, wie ich, Mr. Chadwick. Wahrscheinlich«, fügte er mit einem listigen Lächeln hinzu, »wissen Sie sogar sehr viel mehr.«

Chadwick nickte grimmig und stand auf. Er zögerte; den Hut in der Hand, schaute er sich im Zimmer um. Und in seinen Augen konnte Roy Zustimmung und sogar eine leichte Besorgnis erkennen.

Lillys Geld müsse eingezogen werden, murmelte Chadwick; auch das Auto, alles, was ihr gehört habe. Aber Roy dürfe nicht denken, daß die Regierung in dieser Angelegenheit herzlos sei. Die Summe, die für ihre Beerdigungskosten notwendig sei, würde man freigeben.

»Ich kann mir vorstellen, daß Sie die Einzelheiten sicher selbst regeln wollen. Aber wenn ich bei irgend etwas helfen kann ...« Er zog eine Visitenkarte aus der Brieftasche und legte sie auf den Tisch. »Wenn Sie mir sagen würden, wann Sie nach Tucson abreisen werden, falls Sie das vorhaben, meine ich, werde ich die örtlichen Behörden informieren und ...«

»Ich möchte sofort aufbrechen. Mit der nächstmöglichen Maschine.«

»Lassen Sie mich Ihnen behilflich sein«, sagte Chadwick.

Er nahm den Hörer auf und rief den Flughafen an. Er war geschäftsmäßig brüsk, gab eine Kodenummer der Regierung an. Er schaute Roy von der Seite an. »In einer Stunde, Mr. Dillon. Oder, wenn Ihnen das zu früh sein sollte ...«

»Das schaffe ich. Ich werde pünktlich da sein«, sagte Roy und zog sich hastig an.

Chadwick begleitete ihn zu seinem Wagen und schüttelte ihm herzlich die Hand, als Roy die Autotür öffnete.

»Alles Gute, Mr. Dillon. Ich wünschte mir, wir hätten uns unter anderen Umständen kennengelernt.«

»Sie waren großartig«, sagte Roy. »Und ich bin trotz allem froh, daß wir uns kennengelernt haben.«

Roy hatte noch nie einen so zähfließenden Verkehr erlebt wie heute. Er brauchte alle Konzentration, um voranzukommen; aber Roy war froh, denn so brauchte er für einige Zeit nicht an Lilly zu denken. Er kam zehn Minuten vor dem Start seiner Maschine am Flughafen an. Nachdem er sein Flugticket abgeholt hatte, rannte er zu seinem Flugsteig. Und dann, einer plötzlichen Eingebung folgend, bog er von seinem Weg ab und stürzte in eine Telefonzelle.

Ein paar Minuten später kam er wieder heraus. Seine Miene war grimmig, und in ihm tobte kalte Wut, während er zu seiner Maschine ging.

Es war eine Propellermaschine, da der Flug relativ kurz war, nur ganze fünfhundertachtzig Meilen. Während die Maschine einmal um das Flugfeld kreiste und dann nach Süden abdrehte, servierte eine Stewardess die Drinks vor dem Mittagessen. Roy trank einen doppelten Whisky. Er nahm einen kleinen Schluck, lehnte sich im Sitz zurück und starrte aus dem Fenster. Aber der Drink war schal, und Roy starrte ins Nichts.

Lilly. Arme Lilly ...

Sie hatte sich nicht umgebracht, sie war ermordet worden.

Denn Moira Langtry hatte ebenfalls ihre Wohnung aufgegeben. Auch sie war gestern morgen ausgezogen und hatte keine Nachsendeadresse hinterlassen.

Das Trickstergewerbe hatte einen Vorzug. Wenn man ihm lange genug nachging, kannte man seinen Gegner genausogut wie sich selbst. Zumeist sah man die Welt aus demselben Winkel. Wenn man also gewisse Umstände kannte, wußte man, was der andere tun würde oder getan hatte.

Und so ahnte Roy jetzt, ohne es genau zu wissen, was passiert war, wie und warum Lilly zu Tode gekommen war. Und sein Verdacht kam der Wahrheit erstaunlich nahe.

Moira hatte einen Kontaktmann in Baltimore. Und

Moira wußte, daß Lilly einen Batzen Geld mit sich herumtrug – daß sie, wie alle, die erfolgreich im Gaunergewerbe waren, eine Menge Geld angesammelt hatte, das sie nie aus den Augen ließ. Moira wußte allerdings nicht, wo das Geld versteckt war. Sie könnte lange suchen, ohne es je zu finden. Darum mußte sie Lilly zur Flucht bewegen, denn wenn sie floh, würde sie ihr Geld mitnehmen, und damit würden sich die Möglichkeiten, es zu verstecken, auf ihre unmittelbare Umgebung beschränken.

Und wie würde sie Lilly zur Flucht bewegen? Das war kein Problem. Denn auf Leuten ihres Gewerbes lastet immer ein Schatten der Furcht. Er legt sich selbst auf einen offensichtlich freundlichen Händedruck oder auf ein wunderschön verpacktes Geschenk. Er kriecht einem aus Kinderwagen entgegen; man spürt ihn im Sessel des Friseursalons, im Schönheitssalon. Man verdächtigt jeden Nachbarn, jeden Fremden, einfach *jeden*; selbst den eigenen Ehemann, die Ehefrau oder die Freundin. Je länger man in diesem Gewerbe arbeitet, um so ungastlicher wird der Aufenthalt.

Man brauchte Lilly keine Angst mehr einzujagen. Nur noch ein bißchen mehr Angst. Und wenn man einen Kontaktmann in der Stadt hatte, in der sie zugange war, und dieser ihr »eine freundliche Warnung« per Telefon zukommen ließ ...

Roy trank sein Glas aus.

Er aß das Mittagessen, das die Stewardess ihm servierte.

Sie holte das Tablett wieder ab, und er rauchte eine Zigarette; dann senkte sich die Maschine, flog über der Wüste tiefer und dann in die Einflugschneise von Tucson.

Am Flughafen wartete ein Streifenwagen auf Roy. Er brachte ihn schnell in die Stadt, wo ein Captain der Polizei ihn mit in sein Büro nahm und ihm die Einzelheiten mitteilte, soweit sie bekannt waren.

»... sie ist gestern abend ungefähr gegen zehn Uhr im Motel angekommen, Mr. Dillon. Der große Komplex mit den zwei Swimmingpools, wir sind auf dem Weg in die Stadt daran vorbeigefahren. Der Nachtportier sagte, daß sie ziemlich nervös gewesen sei, aber ich weiß, daß man sich auf so etwas nicht verlassen kann. Alle Leute erinnern sich im nachhinein daran, daß andere sich seltsam benahmen oder merkwürdig aussahen oder komisch sprachen – nachdem ihnen etwas zugestoßen ist. Wie auch immer, Ihre Mutter gab der Zentrale einen Weckauftrag für halb acht, und als sie das Telefon nicht abhob, ging eines der Zimmermädchen schließlich in ihr Zimmer ...«

Lilly war tot. Sie lag im Bett, trug ihr Nachthemd. Der Revolver befand sich auf dem Boden neben dem Bett. Ihrem Aussehen nach zu urteilen – *Roy verzog schmerzhaft das Gesicht* –, hatte sie sich den Revolver in den Mund gesteckt und dann abgedrückt.

Es gab keine Unordnung in ihrem Zimmer, keine Zeichen eines Kampfes, keinen Abschiedsbrief. »Das ist ungefähr alles, was wir wissen, Mr. Dillon«, sagte der Captain abschließend, bevor er beiläufig, aber gezielt hinzufügte: »Es sei denn, Sie könnten uns noch etwas sagen.«

Roy antwortete, daß er dazu nicht in der Lage sei, und es stimmte auch. Er hätte nur seinen Verdacht äußern können, und diese Beschuldigungen hätten nur ihn selbst belastet, ohne Moiras Schuld zu beweisen. Es hätte ihr vielleicht einige Unannehmlichkeiten bereitet, man hätte sie aufs Revier gebracht und verhört, aber mehr wäre nicht dabei herausgekommen.

»Ich weiß nicht, was ich Ihnen erzählen soll«, sagte Roy. »Ich vermute, daß sie sich mit gewissen Elementen herumgetrieben hat, aber das wissen Sie ja sicher längst.«

»Ja.«

»Können Sie sich vorstellen, daß es kein Selbstmord gewesen ist? Daß jemand sie umgebracht hat?«

»Nein«, der Captain runzelte zögernd die Stirn. »Nein, das würde ich ausschließen. Absolut. Es gibt keinen Hinweis auf Mord. Es ist zwar recht seltsam, daß sie den ganzen Weg aus Los Angeles hierher kam, um sich umzubringen, und daß sie ihr Nachthemd anzog, bevor sie es tat; aber, nun ja, Selbstmordkandidaten benehmen sich nun mal seltsam. Ich würde sagen, daß sie sehr große Angst hatte, daß sie so große Angst hatte, umgebracht zu werden, daß sie den Verstand verlor.«

»Das hört sich logisch an«, nickte Roy. »Glauben Sie, daß ihr jemand ins Motel gefolgt ist? Ich meine, die Person, die ihr Angst eingejagt hat?«

»Möglich. Aber das Motel liegt direkt am Highway, wissen Sie. Leute kommen und gehen stündlich. Wenn der Schuldige einer von ihnen war, ist es fast unmöglich, ihn zu finden; und abgesehen vom Geständnis, daß er Ihre Mutter mit dem Tode bedroht hat, wüßte ich nicht, wie wir es ihm beweisen sollten, selbst wenn wir ihn fänden.«

Roy murmelte etwas Zustimmendes. Dann gab er noch einen kleinen Hinweis auf Moira, den er dem Captain risikolos geben konnte.

»Ich bin mir sicher, daß Sie das schon überprüft haben, Captain, aber wie sieht es mit Fingerabdrücken aus? Würden sie nicht, äh ...«

»Fingerabdrücke«, der Polizist lächelte traurig. »Fingerabdrücke gibt es nur in Detektivromanen, Mr. Dillon. Wenn man dieses Büro danach absuchte, würde man wahrscheinlich schwerlich einen Satz von meinen finden. Man würde sicherlich Hunderte von verwischten Abdrücken finden, und wenn man nicht genau weiß, wann sie zurückgelassen wurden und nach wessen Abdrücken man genau sucht, wüßte ich nicht, was zum Teufel man damit anfangen sollte. Abgesehen davon haben Kriminelle die unglückliche Angewohnheit, bei der Arbeit Handschuhe zu tragen; und viele der notorischen Verbrecher sind in keiner Kartei der Polizei. Ihre Mutter, zum Beispiel, wurde noch nie eingelocht, und ihre Fingerabdrücke sind auch nie abgenommen worden. Es tut mir leid ...«, fügte er hastig hinzu. »Ich wollte damit nicht sagen, daß Ihre Mutter eine Verbrecherin ist. Aber ...«

»Ich verstehe schon«, sagte Roy. »Es ist in Ordnung.«

»So, und hier sind einige persönliche Gegenstände Ihrer Mutter, die Sie sicherlich mitnehmen wollen. Ihr Ehering, und anderes. Wenn Sie bitte diese Quittung hier unterschreiben ...«

Roy unterschrieb, und man händigte ihm einen dünnen, braunen Umschlag aus. Er steckte ihn ein; es war nicht viel, was von Lillys hartem und gehetztem Leben übriggeblieben war. Und dann begleitete der Captain Roy zurück zum wartenden Streifenwagen.

Das Beerdigungsunternehmen lag in einer Seitenstraße.

Es war ein imposantes Gebäude mit weißen Stuckverzierungen, die in der Nachmittagssonne matt glänzten. Aber drinnen war es fast eiskalt. Roy zitterte etwas, als er den übermäßig parfümierten Innenraum betrat, wo der Chef des Unternehmens, der auf Roys Kommen vorbereitet war, mit beflissenem Mitgefühl auf ihn zukam.

»Es tut mir so leid, Mr. Dillon. So schrecklich leid. Wie immer man auch versucht, sich auf solche tragischen Momente vorzubereiten ...«

»Ist schon in Ordnung.« Roy entzog dem Mann seine Hand. »Ich möchte Mutters – meine Mutter sehen.«

»Sollten Sie sich nicht erst einen Moment hinsetzen? Oder vielleicht wollen Sie einen Drink haben?«

»Nein«, sagte Roy bestimmt. »Das möchte ich nicht.«

»Es wäre vielleicht das beste, Mr. Dillon. Es gäbe uns ein bißchen Zeit, um, äh ... Nun ja, Sie verstehen schon, Sir. Angesichts der unüblichen finanziellen Regelungen waren wir nicht in der Lage, die, äh, die kosmetischen Vorkehrungen, die wir normalerweise durchführen, zu erledigen. Die sterblichen Reste der geliebten Toten – das Gesicht der armen Frau ...«

Roy unterbrach ihn brüsk. Er habe schon verstanden, sagte er. Und außerdem wisse er – er weidete sich dabei an der schmerzhaften Grimasse des Beerdigungsunternehmers –, wie eine Revolverkugel das Gesicht einer Frau zurichten kann, wenn sie in ihren Mund geschossen wird.

»Ich will sie jetzt sehen. Sofort!«

»Wie Sie wünschen, Sir!« Der Mann gab sich einen Ruck. »Bitte folgen Sie mir.« Er führte Roy in einen weißgekachelten Raum hinter der Kapelle.

Hier war es eiskalt. In die frostig glänzenden Wände hatte man mehrere tiefe Metallbahren eingelassen. Der Mann zog am Handgriff einer der Bahren, und sie glitt auf kleinen Rädern heraus. Mit verletzter Miene trat er zurück; Roy ging auf den Behälter zu und sah hinein.

Er schaute und wandte seinen Blick sofort wieder ab.

Er wollte sich schon abwenden. Und dann, seine Überraschung verbergend, zwang er sich dazu, langsam wieder die Frau im Sarg anzusehen.

Sie hatten ungefähr die gleiche Größe, dieselbe Hautfarbe; beide waren sie wohlgerundet, aber trotzdem feingliedrig. Aber die Hände! *Die Hand!* Wo war die schlimme Brandwunde, wo war die Narbe, die solch eine Wunde hinterlassen mußte?

Nun, zweifellos auf der Hand jener Frau, die diese hier umgebracht hatte. Die Frau, der Moira Langtry nach dem Leben trachtete, hatte statt dessen Moira Langtry getötet.

23

Es war spät am Abend, als der staubige Cadillac das Zentrum von Los Angeles erreichte und ein paar Häuser vom Grosvenor-Carlton entfernt anhielt. Die Fahrerin lehnte sich einen Moment ermüdet über das Steuer, ausgelaugt vor Erschöpfung; der Schlafmangel verursachte ein Schwindelgefühl. Dann hob sie entschlossen den Kopf, nahm ihre getönte Sonnenbrille ab und schaute sich aufmerksam im Spiegel an.

Ihre Augen sahen angestrengt aus, gerötet, aber das

machte ihr nichts aus. Wahrscheinlich würden sie noch viel mitgenommener aussehen, wenn sie diesem Schlamassel endgültig entkommen war, vermutete sie. Die Brille verdeckte ihre Augen, und mit dem eng um den Kopf geschlungenen und unter dem Kinn zusammengebundenen Schal konnte man sie leicht für Moira Langtry halten. Es war ihr zuvor im Motel in Tucson gelungen, und hier würde sie es wieder schaffen.

Sie zupfte den Schal zurecht, zog ihn etwas mehr über die Stirn. Dann vergaß sie ihre Müdigkeit, überwand sie mit Willenskraft und stieg aus dem Wagen, um ins Hotel zu gehen.

Der Empfangschef grüßte sie mit dem unterwürfigen Lächeln eines alten Mannes. Er hörte sich ihren Wunsch an, der eigentlich eher ein Befehl war, und sein Lächeln wurde etwas unsicher.

»Hm, eh. Mr. Dillon ist nicht in der Stadt, Mrs. Langtry. Er ist heute morgen nach Tucson geflogen und ...«

»Ich weiß, aber er wird in ein paar Minuten zurück sein. Ich soll hier auf ihn warten. Also, wenn Sie mir jetzt freundlicherweise den Schlüssel geben würden ...«

»Aber – aber, wollen Sie nicht lieber hier unten auf ihn warten?«

»Nein, das möchte ich nicht!« Herrisch streckte sie die Hand aus. »Den Schlüssel, bitte!«

Nervös herumtastend nahm er den Schlüssel vom Brett und gab ihn ihr. Während er ihr nachschaute, wie sie zum Lift ging, dachte er ohne Bitterkeit, daß das Schlimmste am Altern die Angst war. Die Unsicherheit, die aus der Angst entstand. Man wußte eben, daß man nicht mehr so viel taugte wie früher – o ja, er wußte es genau. Und er wußte auch, daß er sich nicht immer allzu intelligent anhörte, und er konnte nie mehr richtig tadellos aussehen, wie sehr er sich auch anstrengte. Und da er genau wußte, daß es unmöglich für ihn war, jemandem zu gefallen, versuchte er sich tapfer bei allen beliebt zu machen. Und so unterlief ihm ein Fehler nach dem anderen. Bis er schließlich sich selbst genausowenig leiden konnte wie andere auch. Und dann starb.

Aber vielleicht, dachte er hoffnungsvoll, hatte er jetzt ja auch nichts falsch gemacht. Schließlich waren Mrs. Langtry und Mr. Dillon *wirklich* gute Freunde. Und Besucher warteten eben manchmal in den Räumen der Gäste, wenn diese nicht im Hotel waren.

Währenddessen ...

Nachdem die Frau Roys Zimmer betreten hatte, schloß sie die Tür und lehnte sich einen Moment erschöpft dagegen. Nachdem sie die Sonnenbrille und die modische, große Handtasche aufs Bett geworfen hatte, ging sie schließlich zielstrebig auf die vier Bilderrahmen mit den Clownsbildern zu. Diese waren ihr schon beim ersten Besuch aufgefallen – irgendwie waren sie unpassend, absolut unvereinbar mit dem ihr bekannten Geschmack ihres Besitzers. Sie waren auf keinen Fall aus dekorativen Gründen aufgehängt worden, also mußten sie einen anderen Zweck haben. Und ohne daß ihr die Symbolik der vier weise grinsenden Gesichter aufgegangen wäre – Klotho, Lachesis, Atropos sowie eine vierte, von Roy Dillon selbst ausgewählte Maske –, hatte sie erraten, welche Funktion sie hatten.

Und als sie jetzt die Rückwände der Bilder herausnahm, sah sie, daß sie recht gehabt hatte.

Das Geld flatterte heraus, ein Schein nach dem anderen. Während sie es in ihrer Handtasche verstaute, mußte sie Roy gegen ihren Willen bewundern; er mußte sehr gut sein, um soviel anzusammeln. Dann unterdrückte sie dieses Gefühl und sagte sich, während sie ihre Aufgabe beendete, daß dieser Diebstahl ihn die Fruchtlosigkeit seines kriminellen Lebens lehren würde.

Obwohl die Handtasche sehr groß war, paßte die riesige Geldmenge nicht hinein. Sie konnte den Verschluß kaum schließen und war sich nicht sicher, ob er nicht wieder aufspringen würde.

Sie hob die Tasche stirnrunzelnd hoch, klemmte sie unter den Arm, wickelte das Ende des Schals darüber und überprüfte ihr Aussehen im Spiegel. Gar nicht mal so schlecht, dachte sie. Das blöde Ding durfte bloß nicht aufgehen, wenn sie durch die Halle ging! Sie dachte daran, einen Teil des Geldes hierzulassen, entschied sich aber kurzerhand dagegen.

Nein, nein! Sie brauchte die Mäuse. Jeden verdammten Penny, und noch sehr viel mehr.

Sie sah zum letzten Mal kurz in den Spiegel. Dann, die Tasche fest unter den Arm gepreßt, ging sie zur Tür hinüber, schloß sie auf und öffnete sie. Und trat mit einem erstaunten Ausruf zurück.

»Hallo, Lilly«, sagte Roy Dillon.

24

Die grundsätzlichen Elemente ihrer Geschichte waren so, wie Roy sie vermutet hatte ...

Zuerst bekam sie den warnenden Anruf aus Baltimore; dann folgte die panische unüberlegte Flucht. Sie fuhr, so lange und soweit sie konnte. Als sie dann völlig erledigt war, hielt sie in einem Motel in Tucson.

Das Motel hatte ein Parkhaus, keine individuellen Abstellplätze, und das hatte ihr gar nicht gefallen. Aber sie war zu müde, um weiterzufahren; und da das Parkhaus rund um die Uhr bewacht wurde, konnte sie eigentlich nichts daran aussetzen.

Sie legte den geladenen Revolver unter ihr Kissen, zog sich aus und ging zu Bett. Ja, natürlich hatte sie die Tür abgeschlossen, aber das hatte wahrscheinlich nicht viel zu sagen. Denn in Ferienbungalows und Motels wie diesem wurden so viele Schlüssel verloren, daß oft Generalschlüssel hergestellt wurden, die in mehrere Türschlösser paßten. Und das war zweifellos dort der Fall gewesen.

Wie auch immer, sie wachte einige Stunden später auf, zwei Hände schnürten ihr die Kehle zu. Hände, die jeden Hilferuf unterdrücken würden, während sie Lilly erwürgten. Sie konnte nicht erkennen, wer es war; und es war ihr egal. Man hatte sie gewarnt, daß man sie umbringen würde, und jetzt geschah es, das genügte ihr.

Sie zog den Revolver unter ihrem Kissen hervor. Blind richtete sie die Waffe nach oben, in das Gesicht ihres Angreifers. Und drückte ab. Und – und ...

Lilly zitterte wie Espenlaub, ihre Stimme brach. *»Oh,*

Gott, du hast keine Ahnung, wie schrecklich es war! Was es bedeutet, jemanden zu töten! Immer wieder hört man davon, liest darüber, a-aber, aber wenn man es selbst tut . . .«

Moira trug ein Nachthemd, ein alter Trick für nächtliche Streifzüge. Denn wenn man so in einem fremden Zimmer erwischt wurde, konnte man sich auf den unglücklichen Zufall herausreden, sich im Raum getäuscht zu haben.

In Moiras Tasche befand sich ein Schlüssel mit Anhänger – der Schlüssel zu einem der Nachbarzimmer. Es war auch der Schlüssel zu Lillys Problem. Denn er brachte sie auf eine Idee, und ohne weiter nachzudenken wußte sie, was sie zu tun hatte.

Sie legte Moiras Leiche in ihr Bett. Sie wischte die eigenen Fingerabdrücke von ihrem Revolver und preßte Moiras Finger auf die Waffe. Sie verbrachte die Nacht in Moiras Zimmer, und am folgenden Morgen verließ sie das Motel unter Moiras Namen, in den Kleidern der Toten.

Selbstverständlich konnte sie nicht ihren eigenen Wagen benutzen. Das Auto und das darin versteckte Geld gehörten jetzt ebenfalls Moira. Denn Moira war jetzt Lillian Dillon, und Lilly war Moira Langtry. Und so würde es von nun an bleiben.

»Was für ein Schlamassel! Und alles wegen nichts, fürchte ich. Die ganze Zeit lief mit Bobo alles so gut, aber jetzt, wo das passiert ist . . .« Sie schwieg einen Moment, ihre Miene hellte sich etwas auf. »Naja, vielleicht ist das Ganze für mich eine Chance, neu anzufangen. Ich wollte das Milieu schon seit Jahren verlassen, und jetzt hab ich's

wirklich geschafft. Ich kann einen ganz neuen Anfang machen und . . .»

»Du hast ihn schon gemacht«, sagte Roy, »aber so neu und frisch scheint er mir nicht zu sein.«

»Es tut mir leid«, Lilly errötete schuldbewußt. »Ich nehme dein Geld nicht gerne, aber . . .«

»Es braucht dir nicht leid zu tun«, sagte Roy. »Denn du bekommst es nicht.«

Für eine lange Sekunde, die sich wie eine Ewigkeit ausdehnte, starrte Lilly ihren Sohn an. Schaute in seine Augen, ihre Augen; und er erwiderte ihren Blick. Wir sind uns so ähnlich, dachte sie, und genau das dachte auch er. *»Warum versteht er mich nicht?«* dachte sie. Und er dachte: *»Warum versteht sie micht nicht?«*

Lilly stand zitternd auf, in ihrem Herzen breitete sich eine tödliche Kälte aus. Dann ging sie ins Bad. Sie wusch ihr Gesicht über dem Waschbecken, trocknete es vorsichtig mit einem Handtuch ab und trank einen Schluck Wasser. Dann füllte sie das Glas rücksichtsvoll noch einmal und brachte es ihrem Sohn. »Oh, danke, Lilly«, sagte er gerührt und entwaffnet von ihrer Aufmerksamkeit. Und Lilly sagte sich: *Er ist selbst schuld daran, ich habe ihm geholfen, als er in der Patsche saß, und wenn er mir jetzt nicht helfen will, wird er schon sehen, was passiert.*

»Ich brauche die Mäuse, Roy«, sagte sie. »Moira hatte ein Scheckbuch in ihrer Handtasche, aber das hilft mir überhaupt nichts. Ich kann nicht riskieren, was davon abzuheben. Sie hatte nur ein paar hundert Dollar bei sich, und was soll ich damit schon anfangen?«

Roy meinte, daß sie eine Menge damit anfangen könne. Ein paar hundert würden sie bis San Francisco bringen oder in eine andere, nicht allzu entfernte Großstadt. Sie könne einen Monat bescheiden davon leben, während sie sich eine Stelle suchte.

»Eine Stelle!« sagte Lilly schockiert. »Ich bin fast vierzig und habe noch nie in meinem Leben gearbeitet!«

»Du kannst es schaffen«, sagte Roy. »Du bist intelligent und attraktiv. Es gibt viele Berufe für dich. Laß den Cadillac irgendwo stehen, laß ihn verschwinden. Ein Cad paßt nicht zu deinem neuen Lebensstil und ...«

»Halt den Mund!« Lilly brachte ihn mit einer wütenden, brüsken Geste zum Schweigen. »Du sitzt einfach hier rum und sagst mir, was ich zu tun habe – ein Typ wie du, der so verkommen ist, daß er einem Baby die Milch stehlen würde!«

»Ich brauch dir das alles doch gar nicht zu erklären, du mußt es doch selbst wissen.« Roy lehnte sich bittend nach vorne. »Ein ehrlicher Beruf und ein ruhiges Leben sind deine einzige Chance, Lil. Wenn du dich auf den Rennplätzen oder anderswo sehen läßt, wo man dreckige Geschäfte macht, werden dich Bobos Jungs erkennen.«

»Das weiß ich selbst, verdammt noch mal! Ich weiß, daß ich mich verstecken muß, und das werde ich auch. Aber der Rest deines Vorschlags ...«

»Ist ein guter Rat, Lilly. Ich nehme ihn mir selbst zu Herzen.«

»Ja, und ob! Ich kann mir so richtig vorstellen, wie du die Betrügereien aufgibst!«

»Was ist daran so seltsam? Das ist doch, was du wolltest, oder? Du hast es mir doch immer wieder aufgedrängt.«

»Also gut«, sagte Lilly. »Also bist du jetzt ein ehrlicher Mann. Dann brauchst du also auch das Geld nicht, oder? Willst es nicht und brauchst es nicht. Warum zum Teufel willst du es mir dann nicht geben?«

Roy seufzte, versuchte zu erklären, warum: Ihr auf möglichst angenehme Weise nahezubringen, daß das Schmerzhafte nur zu ihrem Besten war. Und bei alledem verspürte er – während er mit ihr sprach und sah, wie sie litt – uneingestanden ein fast sadistisches Vergnügen. *Vielleicht erinnerte es ihn an seine Kindheit, als er noch Wünsche und Begierden hatte, die ihm verwehrt wurden, weil ihre Verweigerung gut für ihn war.* Jetzt war er an der Reihe. Jetzt war er im Recht – und ja, es war wirklich das beste für sie, und er brauchte noch nicht einmal etwas dafür zu tun. *Und jetzt war er der Zuhälter, der seine Hure bestrafte, ihrem Flehen zuhörte, um sie dann wieder zu schlagen. Und jetzt war er der kluge und konsequente Ehemann, der seine lasterhafte Frau zur Ordnung rief. Und jetzt, jetzt ergriff sein Unterbewußtsein Besitz von ihm, und ihm wurde ihre verboten lustvolle Beziehung klar. Und deshalb mußte er sie beschützen. Sie vor den Gefahren bewahren, denen sie durch das Geld ausgesetzt wäre. Sie mußte für ihn verfügbar bleiben ...*

»Also paß mal auf, Lilly«, sagte er nüchtern. »Das Geld würde doch nicht ewig reichen. Vielleicht sieben, acht Jahre. Und was würdest du dann machen?«

»Nun ja ... ich werde mir schon was einfallen lassen. Darüber brauchst du dir keine Sorgen zu machen.«

Roy nickte gleichmütig. »Ja«, sagte er. »Dir wird schon was einfallen. Ein neues Gewerbe. Ein anderer Bobo Justus, der dich verprügelt und dir Löcher in die Hand brennt. Genauso würde es kommen, Lilly, so oder noch schlimmer. Wenn du jetzt nicht aussteigen kannst, solange du noch relativ jung bist, wie willst du es dann schaffen, wenn du fast fünfzig bist?«

Fünfzig? Das hörte sich greisenhaft an, der Geruch von alterndem Fleisch und das zahnlose Gesicht des Todes ...

Und Carol? Ach, Carol. Eine nette junge Frau, eine begehrenswerte Frau. Vielleicht, abgesehen von der Beziehung, die er sich gerade erst eingestanden hatte, DIE *Frau in seinem Leben. Aber so, wie es nun einmal war, wurde sie nur benutzt, ein Bauer auf dem Schachbrett des Lebens, des Todes – und der Liebe –, im Spiel zwischen Roy und Lillian Dillon. Daher ...*

»Also, Lil, so steht es nun mal«, sagte Roy. »Darum kann ich dir das Geld nicht geben. Ich meine, äh ...«

Seine Stimme versagte. Er wich ihrem Blick aus.

Einen Augenblick später nickte Lilly. »Ich weiß, worauf du hinauswillst«, sagte sie. »Ich glaube, ich weiß es.«

»Nun ja ...«, er gestikulierte unbestimmt mit den Händen, wußte nicht, wohin mit ihnen. »Es ist doch wirklich ganz einfach.«

»Ja«, sagte Lilly. »Es ist wirklich einfach. Sehr einfach. Und außerdem ist da noch etwas anderes.«

In ihre Augen trat ein merkwürdiger Glanz, ihr Gesicht war plötzlich gespannt, die Stimme war rauh und gedämpft. Sie beobachtete ihn abschätzend, dann schlug sie langsam ein Bein über das andere.

»Wir sind Verbrecher, Roy. Damit müssen wir uns abfinden ...«

»Aber es muß nicht so sein, Lil. Ich fange ein neues Leben an. Und du kannst es auch.«

»Aber wir haben immer eine gewisse Klasse gehabt. Wir haben unser Privatleben ziemlich saubergehalten. Es gibt gewisse Dinge, die wir niemals tun würden ...«

»Ich weiß! Daher gibt es auch keine Komplikationen! Ich kann – wir können ...«

Das Bein wippte sanft auf und ab, lockte ihn, sprach zu ihm. Hypnotisierte ihn.

»Roy ... was wäre, wenn ich dir erzählen würde, daß ich in Wirklichkeit nicht deine Mutter bin? Daß wir gar nicht verwandt sind?«

»Wie?« Er schaute verblüfft auf. »Was denn, ich ...«

»Das würde dir gefallen, nicht wahr? Natürlich würde dir das gefallen. Du brauchst es mir gar nicht erst zu sagen. Also, dann erklär mir mal, warum das so ist?«

Er schluckte hart, versuchte zwanglos zu lachen. Alles entglitt ihm, die Initiative ging von ihm auf sie über. Das abrupte Bewußtwerden seiner Gefühle, das plötzliche Verstehen seiner eigenen Beweggründe, all der Terror, das Glück und die Begierde hielten ihn sprachlos in ihrem Bann.

»Roy ...«, so sanft, daß er sie kaum hören konnte.

»J-ja?« *Er mußte wieder schlucken.* »Ja?«

»Ich brauche das Geld, Roy. Ich muß es haben. Also, was muß ich tun, um es zu bekommen?«

»Lilly«, sagte er, oder versuchte er zu sagen, und vielleicht sagte er wirklich etwas von dem, was er sagen wollte:

»Lilly, du kannst nicht so weitermachen, du weißt, daß sie dich erwischen werden, dich töten. Du weißt, daß ich dir nur helfen will. Wenn du mir nicht soviel bedeuten würdest, gäbe ich dir das verdammte Geld. Aber ich muß dich daran hindern, so weiterzumachen. Ich – ich ...«

»Vielleicht ...«, sie wollte wirklich fair zu ihm sein. »Willst du sagen, daß du es mir wirklich nicht geben willst, Roy? Willst du es nicht? Oder doch? Kann ich dich umstimmen? Was muß ich tun, damit du es mir gibst?«

Aber wie sollte er es ihr sagen? Wie das Unaussprechliche in Worte fassen? Und doch, als sie aufstand, sich auf ihn zubewegte, mit derselben verführerischen Grazie wie Moira – *Moira, auch eine ältere Frau, die in Wirklichkeit nur eine andere Lilly für ihn gewesen war* –, versuchte er es ihr zu sagen. Und obwohl es unzusammenhängend klang, genügte es Lilly.

»Warum trinkst du dein Wasser nicht, Schatz?« fragte sie. Und dankbar, den kurzen Aufschub erleichtert annehmend, hob er das Glas. Und Lilly, die ihre schwere Handtasche fest umklammert hielt, schwang sie mit voller Kraft.

Es ist meine Schuld, sagte sie sich, so wie ich ihn aufgezogen habe. Wir waren fast gleichaltrig, wir haben miteinander gerungen und gebalgt, als wäre er mein kleiner Bruder gewesen. Es war mein Fehler, er ist mein Geschöpf. Aber was kann ich jetzt noch daran ändern?

Die Handtasche krachte gegen das Glas, es zersplitterte. Sie sprang auf, und das Geld ergoß sich wie ein grüner Sturzbach über den Boden. Wie ein Sturzbach, der mit Rot gesprenkelt und rot überschwemmt wird.

Lilly schaut verblüfft zu. Sie sah die klaffende Wunde am Hals ihres Sohnes. Er stand aus dem Sessel auf, klammerte sich daran fest, zwischen seinen Fingern sah sie ein gezacktes Stück Glas. Das Blut schoß aus seinem Mund, und unter gurgelnden Geräuschen sagte er: »Lil, i-ich – w-warumm ...« Und dann gaben die Knie unter ihm nach, und er fiel vornüber auf einen Teppich blutdurchtränkter Banknoten.

Es war wirklich schnell vorbei. Es war vorbei, bevor sie etwas erklären oder sich entschuldigen konnte – wenn es Erklärungen oder Entschuldigungen gegeben hätte.

Mechanisch legte sie die unbefleckten Geldscheine auf eine Seite, stapelte sie auf. Dann legte sie die Scheine in ein Handtuch, das sie aus dem Bad geholt hatte, stopfte es unter ihr Kleid und schaute sich ein letztes Mal im Zimmer um.

Alles schien in Ordnung. Ihr Sohn war von Moira getötet worden, von einer Person, die nicht mehr existierte. Sicher, ihre eigenen Fingerabdrücke waren im ganzen Zimmer verteilt, aber das bedeutete gar nichts. Schließlich hatte sie Roy hier vor seinem Tod besucht; und außerdem war Lilly Dillon offiziell tot.

Und vielleicht bin ich das auch wirklich, dachte sie. Oh, Gott, vielleicht wünsche ich mir, es wäre so!

Bevor sie auf ihren Sohn herunterschaute, bereitete sie sich darauf vor. Plötzlich wurde ihr ganzer Körper von einem Schluchzen erfaßt, und sie weinte hemmungslos.

Das ging vorbei.

Sie lachte, warf dem Ding auf dem Fußboden einen fast hämischen Blick zu.

»Also, Junge, ist doch nur eine Kehle, oder?«

Und dann verließ sie das Zimmer, das Hotel. Ging hinaus nach Los Angeles, Stadt der Engel.

Jim Thompson im Diogenes Verlag

Der Mörder in mir

Kriminalroman. Aus dem Amerikanischen von Ute Tanner und Ulrike Wasel

Lou Ford scheint ein sympathischer, menschenfreundlicher Deputy Sheriff zu sein. Ein Bulle mit Herz – denken die kleinen Ganoven in Central City mit herablassendem Respekt und gutmütigem Spott. Die meisten wissen allerdings auch nichts von seinem furchtbaren Geheimnis. Einem traumatischen Erlebnis aus früheren Zeiten, das ihn unberechenbar macht.

»Diese beunruhigende Innenansicht eines wahnsinnigen Mörders hat sich als einer der einflußreichsten Kriminalromane herausgestellt.«
The New York Times Book Review

»Mein liebster Krimi-Autor – oft kopiert, nie erreicht – ist Jim Thompson.« *Stephen King*

Getaway

Kriminalroman. Deutsch von Günther Panske und Klaus Timmermann

Der Bankraub war ein Spaziergang. Alles klappte so, wie Doc McCoy es geplant hat: Sie hatten sich fast 300 000 Dollar geschnappt, und niemand hatte sie verfolgt. Doch dann fangen die Probleme an. Denn die Flucht ist alles andere als ein Spaziergang: die Flucht vor der amerikanischen Polizei über die mexikanische Grenze.

»Thompsons Krimis gehören zu den unerbittlichsten, die das Genre zu bieten hat. Sie beleuchten immer das zwiespältige Verhältnis der amerikanischen Gesellschaft zur Gewalt. Und das erlaubt keine Happy-End-Stories.« *Hamburger Abendblatt*

»Jim Thompson ist mit Abstand der beste Thriller-Autor.« *The New York Times*

Zwölfhundertachtzig schwarze Seelen

Kriminalroman. Deutsch von E. R. von Schwarze
und Andre Simonoviescz
Mit einem Nachwort von Wolfram Knorr

Zwölfhundertachtzig schwarze Seelen, nicht mehr und nicht weniger Einwohner zählt das gottverlassene Pottsville im amerikanischen Süden. Ein ödes und schmutziges Kaff. Was nicht zuletzt dem Sheriff zu verdanken ist, der ein Regime von Grausamkeit, Lynchjustiz und Erpressung errichtet hat. Denn die Vorgesetzten sind weit weg, und das Gesetz dient dem, der es für seine Zwecke gebraucht.

»Thompsons Romane sind so rabenschwarz wie die Seelen seiner Helden. Die Sprache ist dem Inhalt angepaßt, kurz, hart, lakonisch. Pflichtlektüre für Anhänger des Hard-boiled-Krimis.«
Kölner Stadt-Anzeiger

Muttersöhnchen

Kriminalroman
Deutsch von Andre Simonoviescz

Roy Dillon ist ein kleiner Trickbetrüger mit großen Problemen. Die drei Frauen in seinem Leben wollen ihn alle für sich haben: Carol, die junge Krankenschwester, möchte von ihm geheiratet werden, Moira will in erster Linie, daß er beruflich vorwärtskommt, während seine Mutter Lilly ihn zum Aussteigen aus dem Milieu ermuntert. Irgendwann muß sich Roy entscheiden…

»Seine besten Geschichten gehen weit über das Genre hinaus, nicht nur weil sie vom Mord erzählen aus der Perspektive der Täter, sondern weil diese Täter sich zu ihren Taten eine ganze Philosophie erfinden, eine Theologie des Mordes und die Moral dazu.«
Der Spiegel, Hamburg

Jason Starr im Diogenes Verlag

Top Job

Roman. Aus dem Amerikanischen von Bernhard Robben

Bill Moss ist knapp über dreißig, wohnt in New York und hat eigentlich das Zeug zu einem echten Aufsteiger, er hat sich nämlich sowohl im Studium als auch in seinem ersten Job erfolgreich geschlagen. Doch die Lage auf dem Arbeitsmarkt treibt ihre spätkapitalistischen Blüten, Bill sollte froh sein, nach zweijähriger Arbeitslosigkeit endlich einen schlechtbezahlten Job als Telefonverkäufer zu ergattern. Ist er aber nicht, sondern doppelt unter Druck: Sein Abteilungsleiter schikaniert ihn nach allen Regeln der Kunst, und seine Freundin will heiraten. Daß Bill nicht genug verdient, um eine Familie zu gründen, führt zu einer handfesten Beziehungskrise. Die Lage scheint sich zu bessern, als Bill völlig unerwartet zum Abteilungsleiter befördert wird – doch dann kommt alles nur noch schlimmer.

»Ein Psychothriller mit völlig neuem Sujet: Jason Starr zerrt vor allem dadurch an den Nerven, daß er mit der neuen kollektiven Angst vor wirtschaftlichem Abstieg und Arbeitslosigkeit spielt. Der Thriller fühlt den Puls einer Gesellschaft, in der man ohne erfolgreichen Job sich selbst nicht mehr spannend finden kann. Das Beklemmende an *Top Job* ist der gnadenlose Realismus.« *Bettina Koch/Spiegel Online, Hamburg*

Die letzte Wette

Roman. Deutsch von Bernhard Robben

Maureen und Leslie kennen sich seit der Schulzeit und sind trotz unterschiedlicher Karrieren der Ehemänner dick befreundet geblieben. Joey beneidet den gutaussehenden David um seinen Erfolg bei Frauen, sein

Geld und sein glückliches Familienleben mit Frau und Wunschkind. Doch eines Tages gesteht David dem Verlierer Joey, daß er völlig am Ende sei, weil er von einer wahnsinnigen Ex-Geliebten erpreßt wird.

»Ein spannender, kurzweiliger, dabei aber rabenschwarzer Roman über die Unfähigkeit, mit dem Leben zurechtzukommen, und die Fähigkeit, dennoch weiterzuexistieren.« *Martin Lhotzky/FAZ*

Ein wirklich netter Typ

Roman. Deutsch von Hans M. Herzog

Tommy Russo ist zweiunddreißig, und sein Traum, ein berühmter Schauspieler zu werden, verblaßt zusehends; seine Tage verbringt er mit Wetten bei Pferde- und Hunderennen, nachts arbeitet er als Rausschmeißer in einer Bar in Manhattan. Als sich ihm die Gelegenheit bietet, einer von fünf Besitzern eines jungen Rennpferds zu werden, will Tommy diese Chance unbedingt ergreifen. Auf einmal hat er einen neuen Traum: ein berühmter Rennpferdbesitzer zu werden und auf der Bahn von Hollywood Park die Siege seiner Galopper zu feiern! Da gibt es nur ein kleines Problem… Er braucht zehntausend Dollar, um Mitglied der Besitzergemeinschaft zu werden. Was mit Notlügen und kleinen Diebstählen beginnt, führt bald zum völligen Realitätsverlust.

»Jason Starr ist ein phantasievoller Autor und schreibt so rabenschwarz wie im Hollywood der vierziger Jahre. Als ein gescheiter Krimi noch ein richtiger Lesegenuß war.«
Martina I. Kischke/Frankfurter Rundschau

Hard Feelings

Roman. Deutsch von Bernhard Robben

Eine flüchtige Wiederbegegnung mit einem Jugendfreund wirft den vierunddreißigjährigen Richard Segal völlig aus der Bahn. Zunächst kann er sich nicht erklären, was ihn so verwirrt. Doch ausgelöst durch irgendeine Kleinigkeit plagen ihn Flashbacks, die sich langsam zu einem unheilvollen Bild zusammensetzen.

»Wenn etwas schwärzer als schwarz sein soll, heißt es gelegentlich pechschwarz oder rabenschwarz. Freunde düsterer Psychothriller können inzwischen von ›starrschwarz‹ sprechen, denn der amerikanische Autor Jason Starr macht auch mit Hard Feelings seinem Ruf alle Ehre. Die Stimmung wird rasant beklemmender, die Handlung kulminiert, und Starr läßt seine Leser am Ende starr vor Schrecken werden.«
Kieler Nachrichten

»Es gelingt Jason Starr, seine Leser zu verblüffen und wirklich zu überraschen. Sobald man sich in Sicherheit wiegt und meint, die Strukturen zu durchschauen, schlägt Starr noch einmal knüppeldick zu.«
Ute Bauermeister / Badisches Tagblatt, Baden-Baden

Twisted City

Roman. Deutsch von Bernhard Robben

David Miller, Journalist bei einer zweitklassigen Wirtschaftszeitung in New York, hat es schwer. Vor nicht allzu langer Zeit ist seine geliebte Schwester Barbara an Krebs gestorben, und er leidet immer noch sehr unter dem Verlust. Als ihm aber seine Brieftasche abhanden kommt und er sich von einem Junkie erpressen läßt, beginnt ein wahrer Alptraum, denn er tut das Dümmste, was man tun kann: Er gibt nach.
Ein spannender Psychothriller und ein fesselnder New-York-Roman.

»Mit unerbittlicher Konsequenz zeigt Jason Starr hier einmal mehr, wie eine bürgerliche Existenz auseinanderbricht. Und weil die Zahl der Toten ebenso steigt

wie die Geldforderungen der Erpresser, wird der Roman zu einer atemberaubenden Lektüre.«
Sven Boedecker / SonntagsZeitung, Zürich

»Männer im freien Fall sind Jason Starrs Spezialität.«
Thomas Linden / Kölnische Rundschau

Stalking

Roman. Deutsch von Ulla Kösters

Der Mann, der Katie Porter folgt, wohin auch immer sie geht, ist nicht ihr Freund Andy. Der ist viel zu sehr mit seinem Job beschäftigt – und mit der Frage, ob er nicht auch noch bei anderen Frauen landen könnte. Aber ein anderer hat bereits entschieden, daß Katie die Frau seiner Träume ist, denn er beobachtet sie schon seit einiger Zeit. Er verfolgt sie, Tag für Tag, unermüdlich und unauffällig. Aber vor allem sieht er sie als Heldin seiner Zukunft, die Frau, mit der er seinen Traum von der großen Liebe wahrmachen wird. Jetzt, wo er sie endlich wiedergefunden hat, wird er doch nichts mehr dazwischenkommen lassen...
Die Kombination von rasiermesserscharfen Dialogen, schwarzem Humor und tödlicher Spannung jagt einem einen Schauer nach dem anderewn über den Rücken. Nach dem Lesen von *Stalking* schließt man nachts seine Tür gleich dreimal ab.

»Jason Starr schreibt Thriller über Männer auf dem Höllentrip. Seine Helden sind weder unschuldig noch angenehm. Opfer ihres Ehrgeizes, ihrer Triebe und Süchte, aber eben deshalb auch gefährlich. Sie verstricken sich rettungslos, in den Netzen von Starrs meisterhaft gewebten Geschichten und verdienen irgendwie alles, was ihnen Schreckliches widerfährt. Und trotzdem – da zeigt sich das perfide Talent des Autors – zittern und zappeln die Leser mit.«
Andreas Frane / Nürnberger Zeitung

Raymond Chandler im Diogenes Verlag

Die Philip-Marlowe-Romane
in sieben Bänden in Kassette. Alle Bände auch als Einzelausgaben:

Der große Schlaf
Roman. Aus dem Amerikanischen von Gunar Ortlepp
Auch als Diogenes Hörbuch erschienen, gelesen von Christian Brückner

Lebwohl, mein Liebling
Roman. Deutsch von Wulf Teichmann

Das hohe Fenster
Roman. Deutsch von Urs Widmer

Die Tote im See
Roman. Deutsch von Hellmuth Karasek

Die kleine Schwester
Roman. Deutsch von Walter E. Richartz

Der lange Abschied
Roman. Deutsch von Hans Wollschläger
Auch als Diogenes Hörbuch erschienen, gelesen von Gert Heidenreich

Playback
Roman. Deutsch von Wulf Teichmann

Außerdem liegen vor:

Mord im Regen
Frühe Stories. Mit einem Vorwort von Philip Durham. Deutsch von Hans Wollschläger

Erpresser schießen nicht
und andere Detektivstories. Mit einem Vorwort des Verfassers. Deutsch von Hans Wollschläger
Daraus die Story *Nevada-Gas* auch als Diogenes Hörbuch erschienen, gelesen von Günter Lamprecht

Der König in Gelb
und andere Detektivstories. Deutsch von Hans Wollschläger
Daraus die Stories *Spanisches Blut* und *Zierfische* auch als Diogenes Hörbücher erschienen, gelesen von Günter Lamprecht

Gefahr ist mein Geschäft
und andere Detektivstories. Deutsch von Hans Wollschläger
Daraus die Story *Gefahr ist mein Geschäft* auch als Diogenes Hörbuch erschienen, gelesen von Günter Lamprecht

Notizbücher
Drei Geschichten und Parodien, Aufsätze, Skizzen und Notizen aus dem Nachlaß. Mit Zeichnungen von Edward Gorey, einer Erinnerung von John Houseman und einem Vorwort von Patricia Highsmith. Deutsch von Wulf Teichmann und Hans Wollschläger (vormals: *Englischer Sommer*)

Die simple Kunst des Mordes
Briefe, Essays, Notizen, eine Geschichte und ein Romanfragment. Herausgegeben von Dorothy Gardiner und Kathrine Sorley Walker. Deutsch von Hans Wollschläger

Meistererzählungen
Deutsch von Hans Wollschläger

Frank MacShane
Raymond Chandler
Eine Biographie. Deutsch von Christa Hotz, Alfred Probst und Wulf Teichmann

Cornell Woolrich im Diogenes Verlag

Cornell Woolrich, zusammen mit Chandler und Hammett einer der größten der ›Schwarzen Ära‹, wurde 1903 in New York geboren, wohin er nach einem Aufenthalt in Hollywood, einer kurzen Ehe und ein paar homosexuellen Episoden wieder zurückkehrte, um fortan mit seiner Mutter in billigen Hotels zu wohnen. Sein erster Roman begründete den ›Roman Noir‹ und den ›Film Noir‹. Viele seiner Romane und Erzählungen wurden von berühmten Regisseuren verfilmt, darunter Alfred Hitchcock, Sidney Pollack und François Truffaut. Trotz all dieser Erfolge starb er 1968 verbittert und einsam in einem heruntergekommenen New Yorker Hotel.

Der schwarze Engel
Roman. Aus dem Amerikanischen von Harald Beck und Claus Melchior

Der schwarze Pfad
Roman. Deutsch von Daisy Remus

Das Fenster zum Hof
und vier weitere Kriminalstories. Deutsch von Jürgen Bauer und Edith Nerke

Walzer in die Dunkelheit
Roman. Deutsch von Jobst-Christian Rojahn

Im Dunkel der Nacht
Kriminalstories. Deutsch von Signe Rüttgers

Rendezvous in Schwarz
Roman. Deutsch von Matthias Müller. Mit einem Nachwort von Wolfram Knorr

Ross Macdonald im Diogenes Verlag

»Ross Macdonald gilt schon heute als ein Klassiker des Kriminalromans. Kein anderer lebender Thriller-Autor ist in den USA und in Großbritannien so gefeiert worden wie er: Die ›New York Times Book Review‹ und ›Newsweek‹ widmeten ihm mehrere Titelgeschichten – kein anderer ist so erfolgreich.
Lew Archer, Macdonalds grauhaariger und keineswegs heldenhafter Privatdetektiv, gehört zu der Spezies, wie sie vor ihm etwa Hammetts Sam Spade und, vor allem, Chandlers Philip Marlowe verkörperten.«
Luzerner Neueste Nachrichten

Die Kehrseite des Dollars
Roman. Aus dem Amerikanischen von Günter Eichel

Unter Wasser stirbt man nicht!
Roman. Deutsch von Hubert Deymann

Die Küste der Barbaren
Roman. Deutsch von Marianne Lipcowitz

Der Fall Galton
Roman. Deutsch von Egon Lothar Wensk

Gänsehaut
Roman. Deutsch von Gretel Friedmann

Der blaue Hammer
Roman. Deutsch von Peter Naujack

Blue City
Roman. Deutsch von Christina Sieg-Welti und Christa Hotz

Außerdem erschienen:

Einer lügt immer
Eine Detektivstory. Diogenes Hörbuch, 2 CD, gelesen von Tommi Piper

Valerie Wilson Wesley im Diogenes Verlag

»Die aufregendste Entdeckung auf dem Krimi-Gebiet: Valerie Wilson Wesley. Endlich wieder einmal eine Crime-Lady, die ihre gewaltversessenen männlichen Kollegen nicht einfach durch noch mehr Hartgesottenes zu übertrumpfen sucht. Mit Tamara Hayle hat Valerie Wilson Wesley eine echte, überzeugende Frauenfigur als Privatdetektivin geschaffen, die das Zerbrechen elementarer mitmenschlicher Ordnungen miterlebend erhellt.«
Gerhard Beckmann / Die Welt, Berlin

»Man könnte sich sicher schnell an die sympathische Farbige gewöhnen, so wie man ganz schnell Brunetti-süchtig wurde.«
Dieter Schneider / Antenne Brandenburg

Es wird alles anders bleiben
Roman. Aus dem Amerikanischen
von Gertraude Krueger

Vier Frauen
Roman. Deutsch von Gertraude Krueger

Die Fälle für Tamara Hayle:

Ein Engel über deinem Grab
Roman. Deutsch von Gertraude Krueger

Todesblues
Roman. Deutsch von Gertraude Krueger

Auf dem Weg nach oben
Roman. Deutsch von Gertraude Krueger

Off-Road-Kids
Roman. Deutsch von Gertraude Krueger

Remember Celia Jones
Roman. Deutsch von Gertraude Krueger